Das rheinische Motto „Et kütt wie et kütt – Et hätt noch immer jot jejange" ist ein zentrales Leitmotiv der Aufzeichnungen. Ob schließlich alles so ist, wie erwartet, „Happy End, oder was auch immer...". Dies möge der geneigte Leser entscheiden.

Gabi Weber-Körner

Königin der Tafel

Roman

Bibliografische Information der Deutschen Nationalbibliothek:
Die Deutsche Nationalbibliothek verzeichnet diese Publikation in der
Deutschen Nationalbibliografie; detaillierte bibliografische Daten sind
im Internet über dnb.dnb.de abrufbar.

Herstellung und Verlag:
BoD – Books on Demand, Norderstedt
Printed in Germany

ISBN: 9783750452572

Inhalt

1 Auf zu neuen Ufern 6

2 Annegrete 15

3 Heinrich der Eroberer 25

4 Erste Herausforderungen 37

5 Heinrichs letzter Auftritt 48

6 Rita im Glück 57

7 In anderen Umständen 69

8 Schöner Wohnen 79

9 Hochzeit auf Spanisch 87

10 Ankunft im Alltag 95

11 Die kleine Prinzessin 104

12 Auf nach Benidorm und schnell zurück 112

13 In guter Hoffnung und in Alfies Welt 117

14 Immer so weiter? 126

15 Der Zusammenbruch. Alte Erinnerungen 133

16 Therapie mit Nebenwirkungen 139

17 Alles auf Anfang. Dauercamper 146

18 Lieben und leben lassen 153

19 Neues aus der Arbeitswelt 161

20 Karriere für alle 165

21 Kurts Ende. Für die Zukunft alles Gute 175

22 Das Beste zum Schluss. Finale Begegnungen 186

1 Auf zu neuen Ufern

Die Glocke der kleinen Friedhofskapelle läutete bedächtig und ein wenig feierlich zur Beerdigung von Annegrete Wolters. Rita, die älteste Tochter von insgesamt vier Kindern der Verstorbenen, ging langsam zum Grab. Sie verabschiedete die Mutter mit einem grünen Zweig, den sie auf den Sarg fallen ließ.

Ihre Mutter war viel zu früh an einem Herzinfarkt gestorben. Rita war gerade einmal sechzehn Jahre jung. Die Mutter war mit achtunddreißig Jahren von der Familie gegangen. Der Stiefvater Ritas war ein Mann, auf den die Mutter große Stücke setzte. Sie stand mit zwei Kindern alleine da. Sie hoffte mit der Heirat auf ein geregeltes Leben. Doch in Ritas Augen entpuppte sich der neue Vater als fauler Hund und obendrein als Säufer.

Annegrete schenkte ihrem Heinrich noch zwei weitere Kinder. Sie war eine schmächtige Frau. Eigentlich viel zu zart für weitere Schwangerschaften. Heinrich Wolters meinte jedoch, wenn er sie mit ihrer schlanken Taille ansah, dass die schmalen Frauen die zähesten Weiber sind. Der Speiseplan der Familie Wolters sah eher sehr mager aus. Eine Scheibe Brot mit einer Abendsuppe musste reichen. So war's auch beim Leichenschmaus oder wie's im Rheinland heißt, „beim Fell versuffe". Alles war sehr schlicht gehalten. Heinrich behauptete auf der Bestattungsfeier, dass seine Annegrete nie eine traurige Beerdigung haben wollte. Deswegen soff er auch, ohne sich um die anderen Trauergäste zu kümmern.

Die zwei großen Mädchen aus Annegretes erster Ehe kümmerten sich um die zwei kleineren Geschwister. Nachdem der Stiefvater seinen Rausch nach zwei Tagen ausgeschlafen hatte, schmiedete er Pläne, wie es mit der Familie weiter gehen könnte. Er eröffnete Rita, dass sie in Zukunft in der Fabrik arbeiten müsse, damit sie finanziell zum Haushalt der Familie einiges beisteuern könne.

Rita, die mit ihrem Stiefvater schon immer auf Kriegsfuß stand, erwiderte, dass sie für seine Sauferei keinen Finger krumm mache. Wenige Minuten später fand sie sich auf dem Hausflur wieder. Nebst einer Jacke und einigen Habseligkeiten, die ihr der Stiefvater in der Eile noch schnell nachwarf. Nach der Beerdigung seiner Verblichenen jagte er seine Älteste kurzerhand aus der Wohnung.

Rita stand jetzt im Freien. Mit ihrem Mut, mit ihrer Wut und ein wenig Gottvertrauen. Oder das, was noch vom Allmächtigen in ihrer jungen Seele übrig geblieben war. Was sollte sie nun machen? Oma und Opa hatten eine kleine Wohnung in Spieldorf. Opa litt unter chronischem Asthma. Das hielt ihn aber nicht davon ab, die Wohnung mit reichlich starken selbstgedrehten Zigaretten einzunebeln. Hatte die Oma schließlich Atemnot, behauptete er, „das kommt vom Herz." Die Oma müsste nur regelmäßig ihre Pillen nehmen. Auf dem Wohnzimmersofa schlief hin und wieder Onkel Peter. Er wurde ab und an wegen allgemeiner Unfähigkeit von seiner jeweiligen Lebensgefährtin vor die Türe gesetzt.

Rita überlegte. In diese enge und rauchige Bude wollte sie nicht. Die Großeltern schieden also schon mal aus. Tante Froni hatte auch ihre Sorgen. Sie stand den ganzen Tag im Tabakladen, verkaufte dort unter anderem Süßigkeiten, Brötchen und Kaffee. Es war, wie es im Spieldorfer Jargon hieß, „dat Büdche op de Eck".

Eine besondere Serviceleistung der Tante. Sie nahm sich allen Kunden mit ihrer besonderen Fürsorge an und stand ihnen mit Rat und Tat in allen wichtigen Dingen des Alltags beiseite. In diesem Sinne war sie auch eine Art Kummerkasten für ihre Kundschaft. Sie behauptete immer, genau zu sehen, was die Kunden brauchen. Wann und an welchen Stellen sie ihre Streicheleinheiten benötigten.

Rita dachte, „die erste Nacht kann ich doch im Wartehäuschen von Spieldorf bleiben." Es war ein kleiner, überdachter Holzverschlag an der Spieldorfer Haltestelle der Köln-Bonner-Eisenbahn. Sie beschloss, dort einige Zeit zu bleiben. Angst hatte sie keine. Rita lernte schon früh, sich zu wehren. Zur Not mussten männliche Belästiger mit einem unverhofften Tritt in die Eier rechnen.

Im Wartehäuschen war eine provisorische, etwas wackelige Sitzgelegenheit. Dort machte sie sich breit. So gut es ging.

„Für eine Nacht", dachte sie, „werd ich's hier schon aushalten."

Morgen früh würde sie zu ihrer Freundin Britta gehen. Dort wollten die beiden dann überlegen, wie es weiterging. Gegen sechs Uhr kam ein Polizist bei seinem üblichen Routinegang am Wartehäuschen vorbei. Er sprach Rita an. Diese war zwischendurch immer mal wieder eingeschlafen. Mit halb offenen Augen sah sie den Gesetzeshüter, der ihr mit ruhiger Stimme erklärte, „das ist aber gefährlich, hier so allein." Das war es weiß Gott. Der Polizist wollte sie nach Hause bringen. Das lehnte Rita kategorisch ab. Ihr Stiefvater hätte sie gestern rausgeschmissen. Ihre Freundin Britta wohne an der Burg 19 um die Ecke. Es sei alles abgesprochen. Dort könne sie eine Zeitlang wohnen. Die Mutter ihrer Freundin sei Witwe und sehr sauber. Auch wäre die Mutter schon sehr lange in fester Stellung in einer Süßwarenfabrik im Schichtdienst tätig.

Der Polizist, Herr Lehmann, war schon lange mit den Verhältnissen in Spieldorf vertraut. Ihm waren sozusagen viele der familiären Besonderheiten im Dorf bekannt. Rita musste ihm in die Hand versprechen, dass das alles nicht gelogen sei. Um ganz sicher zu gehen und um seiner gesetzlichen Fürsorgepflicht zu genügen, begleitete er das Mädchen vor die Türe der Familie Weiler.

Britta öffnete etwas überrascht und verschlafen die Wohnungstür. Die Mutter, vom Klingeln geweckt, kam mit ihrem Frotteebademantel bekleidet und den dazu passenden Hausschuhen ebenfalls zur Haustüre. Als sie Herrn Lehmann sah, hegte sie schon den Verdacht, ihr Sohn Dieter hätte wieder ein Ding gedreht. Sie war aber dann erst mal erleichtert, als sie Rita sah.

Als Witwe mit drei Kindern alleine, das war nicht immer einfach. Sie vertrat die Ansicht, „lieber keinen als einen beschissenen Ehemann und Vater." Herr Lehmann fragte sie, ob sie Ritas Version der Geschichte bestätigen könne. Inge Weiler war eine Frau der schnellen Entscheidungen. Sie bat Herrn Lehmann und Rita erst mal in die Wohnung. Es musste ja nicht jeder im Haus mitkriegen, was hier los ist.

Gerade die Nachbarin, die vom Leben nicht verwöhnte Frau Müller, hatte immer große Ohren. Sie beschäftigte sich gerne mit den Niederlagen anderer Leute, weil sie selbst ja ein Leben ohne Höhepunkte führte. Leider hatte sie niemals auf der Sonnenseite gestanden. Seit ihr Mann krank war, kam sie selten aus dem Haus. Er war Gerüstkellner, wie es die Leute nannten. Auf dem Arbeitsmarkt wurde diese Tätigkeit als Facharbeiter für Gerüstaufbau eingestuft. Es war ein harter Job. Viele konnten diese Tätigkeit nur bis zu einem bestimmten Alter ausführen. So auch Herr Müller. Vor allem die Bandscheiben machten ihm zu schaffen. Und dazu noch die verschiedenen Gelenkerkrankungen. Zuerst fing es mit der Schulter und den Knien an. Dann kamen immer mehr Gelenke, wie Hüfte, Hände und Ellenbogen hinzu. Mittlerweile waren die Eheleute Müller dazu verdonnert, die meiste Zeit des Tages in ihrer kleinen Wohnung zu verbringen.

Das tägliche Fernsehprogramm schaute er rauf und runter. Seine Frau machte bei jeder Gelegenheit, die sich bot, die Wohnungstüre auf. Das war ihre ständige Verbindung zur Außenwelt. Wenn sie Stimmen im Hausflur hörte, öffnete sich sofort die Türe der Frau Müller. Immer unter dem Vorwand nach ihrem Kater Morchen zu sehen. Sie wispelte dann „Morchen, Morchen, wo bist du?" Den Kater liebte sie eigentlich viel mehr als ihren Mann. Sie beneidete das Tier um seine Freiheit. Sie war mit ihrem kranken Mann eingesperrt. Dagegen konnte der Kater draußen herumstreunen, hatte soziale Kontakte und bekam in der warmen Wohnung sogar noch seine vielen Streicheleinheiten. Davon konnten die Eheleute nur träumen.

Jeder Tag der Familie Müller war dem anderen ähnlich. Um acht Uhr Frühstück, weil sonst hat man ja nichts vom Tag. Mittagessen um zwölf Uhr. Ob man Hunger hatte, oder nicht. Das war Tradition. Nachmittags um vier Uhr eine Tasse Kaffee mit einem Keks. Aber alles sehr in Maßen, weil Herr Müller seit kurzem auch noch unter Diabetes litt. Abends um sechs gab's Abendbrot. Nichts Besonderes. Brote mit Aufschnitt, manchmal mit einer Gurke obendrauf. Hin und wieder servierte Frau Müller auch eine aufgeschnittene Tomate.

Die beiden Eheleute schwiegen beim Essen. Nur wenn etwas gereicht werden sollte, wurden absolute kommunikative Kurzformen, wie „die Margarine" oder „das Wasser" gewählt. Wenn man Müllers tägliche Gespräche zusammenfassen sollte, konnte man mitunter die Menge der gesagten Worte an einer Hand abzählen.

Dagegen sprach Frau Müller umso mehr mit Morchen. Liebchen hier, Liebchen da. Nach dem er abends vom Streunen zurückkam, fragte sie ihn nach seinen Erlebnissen. Da sie die Katzensprache nicht verstand, erzählte sie ihrem Kater, durchaus phantasievoll, was er alles erlebt hatte. Dazu kraulte sie seine süßen Ohren. Der Kater war hochzufrieden. Als einziger in dieser trostlosen Familie.

Frau Müller nutzte die Gelegenheit. Einmal sah sie Rita im Hausflur, sprach sie an, fasste sie an der Hand zog sie locker aber bestimmt in ihre Wohnung. Zwei Parteien im Haus hatten bereits alles mitbekommen. Geheim halten konnte man da nichts. Gerade Frau Müller hatte gute Sensoren für die kleinsten Veränderungen und Neuigkeiten in der Nachbarschaft. Damit konnte sie ihren tristen Alltag etwas verschönern.

Sie lud Rita auf ein Butterbrot mit Schmierwurst und Holländer Käse ein. Denn so ein junges Ding muss doch was im Bauch haben. Rita war froh über das Angebot. Bisher hatte sie ganz vergessen zu essen. Das passierte ihr häufig, wenn sie im Stress war. Die letzte Mahlzeit gab es bei der Beerdigung. Nicht besonders üppig. Zwei halbe Brötchen mit Käse und einer Gurke. Dazu eine Cola, das war's. Auf dem Friedhof und in der Kneipe musste sie sich ständig um ihre kleinen Geschwister kümmern.

Ritas Mutter hatte ihren ersten Mann bei einem Autounfall verloren. Er war Beifahrer eines Getränkewagens. Der Wagen wurde geblendet. Es war die letzte Fuhre am Abend. Die Dunkelheit hatte schon eingesetzt an diesem nasskalten Herbsttag. Der Fahrer verlor die Kontrolle und fuhr frontal gegen eine Mauer. Beide waren sofort tot. Dabei sollte der Vater bald einen eigenen Getränkewagen bekommen.

Ein Polizist überbrachte damals der jungen Mutter die tragische Nachricht. Annegrete, ohnehin gesundheitlich nicht besonders stabil, war am Ende. Ein Asthmaanfall nach dem anderen. Schon als Kind erkrankte sie regelmäßig an Bronchitis. Der Arzt riet den Eltern zu einer Kur an der Nordsee. Über die Kinderhilfe der Caritas kam Annegrete auch einmal nach Borkum. Danach besserte sich ihr Zustand. Doch die Wohnbedingungen zuhause waren für den weiteren Gesundheitsprozess Annegretes alles andere als optimal. Sie lebten in einer Mansardenwohnung in der Bonner Altstadt. In sehr beengten Verhältnissen auf der Breite Straße. Das Clo war eine Treppe tiefer und wurde von zwei Familien benutzt. Manchmal waren die Briketts zu teuer. Da musste die Mutter sehr haushalten beim Heizen. Es war so kalt in der Wohnung, da nur mit dem Herd in der Küche geheizt wurde. Annegrete zitterte solange abends in ihrem Bett mit ihrem kleinen Bruder Peter, bis sie es mit Hilfe der gemeinsamen Körperwärme in den Schlaf schafften.

In der zweiten Etage des Mehrfamilienhauses, in dem Rita jetzt lebte, wohnten Anne und Willi Klein. Sie waren beide fast Analphabeten. Frau Weiler las ihnen, wenn sie zu Hause war, das Programm aus der Fernsehzeitung vor. Ein Film, der das Interesse der Beiden weckte, wurde mit einem Rotstift angekreuzt. Die Uhr kannten sie ja so einigermaßen, so dass sie dann auch meistens punktgenau das Gerät einschalten konnten.

Anne hatte schon seit Jahren eine feste Putztätigkeit in einem Bonner Kaufhaus. Zahlen konnte sie gut lesen. Das war wichtig. Alle Arbeitsutensilien, die Räume und Arbeitsbereiche waren mit einem Nummern- und Farbensystem gekennzeichnet. Das machte es für Anne leichter, sich zurechtzufinden. Willi hatte immer wieder verschiedene Jobs. Er konnte weder lesen noch schreiben. Dafür tanzte er aber hervorragend Buggy. Überhaupt war er sehr charmant, wenn es darum ging, die Damenwelt auf dem Parkett hin und her zu bewegen. Er wirbelte sein Ännchen im Gasthof „Zum kalten Bügeleisen" über die Tanzfläche, bis sie Luftnot bekam. Ein paar Gäste wollten schon gesehen haben, dass Anne schon blau angelaufen war. Aber was macht man nicht alles aus Liebe.

Ab und zu gingen Anne und Willi zum Arzt. Ihre Dialoge im Wartezimmer waren mitunter sehr laut, hatten aber, so die Spieldorfer, durchaus großen Unterhaltungswert. Fast alle der Patienten kannten die Beiden. Sie schauten erwartungsvoll auf ihre Mimik und Gestik. Willi konnte nicht gut warten. Er rutschte ständig nervös auf dem Stuhl hin und her. Dann stand er auf und nahm eine Zeitschrift. Des Lesens nicht kundig, blätterte er wie ein Wilder darin herum. Über die Bilder regte er sich auf. Vor allem wenn diese in schwarz-weis gehalten waren. „So ein Mist, nicht mal bunte Fotos haben die in ihren Blättern", faselte er dann mürrisch herum. Und so ging das eine Zeit lang, bis er ankündigte, „ich gehe schnell noch eine rauchen, bis wir zum Doktor gerufen werden."

Anne erwiderte fassungslos, „wir sind doch gleich dran. Und wenn du nicht da bist, wie steh ich dann da?" Willi antwortete pragmatisch, „da kommen wir eben heut Abend wieder." Anne versetzte ihm einen Stoß in die Rippen und sagte, „das tätest du, im Dunklen laufen." Sie vermittelte den gespannt zuhörenden Mitpatienten das Bild, als ob nach Einbruch der Dunkelheit auf Spieldorfs Straßen die Gewalt und Brutalität der Unterwelt von Rio de Janeiro herrschte.

Rita saß mit Britta in der Weilerschen Küche. Sie wollte noch etwas Milch in ihren Kaffee. Britta deutete auf den Kühlschrank und sagte, „bediene dich, fühl dich wie zu Hause." Es war die pure Lust in diesen Kühlschrank zu schauen. Nicht nur Margarine, Rübenkraut und Schmierkäse. Und das alles unter der Woche. Während es bei Rita zuhause nur an den Wochenenden kleinere Bereicherungen im Nahrungssortiment gab. Dann kaufte man Fleischwurst, Leberwurst und Holländerkäse. Manchmal auch Toastbrot. Der Weilersche Kühlschrank dagegen war jeden Tag gut sortiert. Jetzt war noch Essen vom Mittag übriggeblieben. Linsensuppe mit Würstchen. Zusätzlich konnte zwischen drei Sorten Wurst und verschiedenen Käsevarianten, Gurken und Tomaten gewählt werden. Dazu gab's noch gute Butter und Fleischsalat.

Rita nahm sich eine Tüte Milch und goss reichlich in den Kaffee. Britta meinte zu Rita, „du kannst gerne einige Zeit hier bleiben. Ich habe eine Luftmatratze im Keller." Britta hatte sogar ein eigenes Zimmer. Die zwei Brüder bewohnten ein gemeinsames Zimmer, was des Öfteren zu größeren Auseinandersetzungen führte. Insgesamt gab es vier Zimmer und eine Küche mit Bad. Frau Weiler hatte es nicht leicht mit ihren drei Kindern. Keiner wusste wie lange sie noch zu Hause wohnten. Was sollte sie dann mit der großen Wohnung.

Ihre Arbeit bei einer großen Süßwarenfabrik war Gold wert. Sie verdiente anständig, hatte allerdings Schichtarbeit. Die karge Witwenrente hätte hinten und vorne nicht gereicht. Von der Firma bekam sie Gummibärchen und Konfekt zu günstigen Preisen. Am Anfang nahm sie diese Möglichkeit gerne in Anspruch, doch als sie merkte, dass ihre Kinder keine Mengenbeschränkungen einhielten, wurde dieser Zustand geändert. Deswegen standen nur an bestimmten Tagen Süßigkeiten auf dem Tisch.

Sie war eine der ersten in der Siedlung, die sich einen Farbfernseher und eine Stereoanlage leisten konnte. Inge achtete stets auf ordentliche Kleidung für sich und ihre Kinder. Vor allem konnte sie von ihrem Verdienst immer einen Betrag für einen kleinen Urlaub zurücklegen. Fast jeden Sommer fuhren sie mit der Eisenbahn in die Lüneburger Heide und besuchten dort Frau Weilers Lieblingstante. Rita durfte manchmal die Familie begleiten. Das erste Mal war besonders aufregend für sie. Das Mädchen hatte vorher noch nie das Meer gesehen. Sie war dann auch sehr aufgeregt, als Tantes Mann, der früher zur See gefahren war, die Kinder in das Auto lud und mit ihnen ans Meer fuhr. Die Nordsee war nicht allzu weit.

Und manchmal fuhr die ganze Familie. Früh am Morgen ging die kleine Reise los. Mit allerlei Decken, einem gut gefüllten Fresskorb und in hervorragender Stimmung waren diese Tagesausflüge an den Nordseestrand ein unvergessliches Erlebnis für Rita. Manchmal prahlte sie mit diesen Reisen. Um Kinder zu ärgern, die sie vorher provoziert hatten, sagte sie, „ihr seid doch aus Grau-Rheindorf nicht rausgekommen. Ich war schon am Meer und in den hohen Bergen."

Rita war schließlich auch schon mal im Schwarzwald. Im Kindererholungsheim. Dort gab es immer gutes und reichliches Essen. Ihre Mutter kochte eher aus Selbsterhaltungstrieb. Eigentlich nur, weil Kinder halt essen mussten, um zu überleben. So ihre Einstellung. Für Rita war dieser Kuraufenthalt deshalb ein Fest. An manchen Tagen gab es sogar Spätzle mit echtem Braten, breiten Nudeln und einer leckeren Soße. Und das alles sogar mitten in der Woche. Sonntags gab es frischen Obstkuchen, verschiedene Torten und kleine süße Teilchen so viel man wollte. Rita freute sich sehr über diese Möglichkeiten der Kindererholungen.

Rita und Britta saßen wie so oft wieder zusammen in der Küche. Sie überzeugte Britta mit unschlagbaren Argumenten für ihre alsbaldige Aufnahme im Hause Weiler. Rita hatte sich für eine Ausbildung im Seniorenheim angemeldet. Dort verdiene sie gutes Geld, so ihre Hoffnung. Brittas Mutter erhält dann Miete und Kostgeld. Sie dachte so an zweihundert Mark. Sie wollte nichts geschenkt. Britta unterbreitete ihrer Mutter die Nachricht der neuen zahlenden Mitbewohnerin. Inge Weiler, sehr erfreut über die neue Kostgängerin, war einverstanden mit dem Deal. Zweihundert Mark im Monat für Kost und Logis. Die Sache war beschlossen.

Sollte doch irgendeiner vom Jugendamt kommen. Davor hatte Inge keine Angst. Sie war eine saubere Frau mit einem geregelten Einkommen. Außerdem hatte sie sich nie etwas zu Schulden kommen lassen. Wenn auch der Sohn Dieter hin und wieder Zicken machte. Pünktlichkeit war nicht seine Stärke. Deswegen eckte er ständig mit seinem Chef an. Regelmäßig kam er zu spät in den Kfz-Betrieb. Der Kfz-Meister Jansen war auch schon bei Frau Weiler vorstellig geworden, um sie zur Mithilfe eines erfolgreichen Lehrabschlusses ihres Sohnes zu bewegen. „Lehrjahre sind keine Herrnjahre, liebe Frau Weiler", betonte er. Die Mutter holte dann ihren Bruder und Patenonkel des Jungen zur Hilfe. Der redete dann so lange auf Dieter ein, bis er es schließlich nicht mehr hören konnte. Der Onkel stellte ihm sogar, sollte es zu einem erfolgreichen Lehrabschluss kommen, sein Moped in Aussicht. Na das war doch mal eine Perspektive.

Nach kleineren Ausrutschern kam Dieter jetzt immer pünktlich zur Arbeit. Nur mit der Berufsschule hatte er Schwierigkeiten. Mit viel Geduld der Mutter und des Ausbilders erreichte er schließlich sein Ziel. Werner, der andere Junge, lief ohne große Probleme durch. Wäre in der Bäckerlehre nicht die frühe Zeit des Arbeitsbeginns in der Backstube gewesen, hätte Werner einen vortrefflichen Lehrjungen abgegeben. Er konnte arbeiten wie ein Karrenpferd. Der Bäckermeister beschwerte sich dennoch, aber sehr selten, bei Frau Weiler, dass ihr Sprössling in der Schubkarre am späten Vormittag eingeschlafen sei.

Inge Weiler, eine Frau die zupackte, besorgte ein Bett für die neue Bewohnerin und schaffte auch Platz in Brittas Kleiderschrank. Viel brauchte Rita nicht. Ihre Kleidung war überschaubar. Sie musste noch wohl oder übel die Klamotten beim Stiefvater abholen. Der hatte sich gar nicht die Mühe gemacht, die Stieftochter zu suchen. Außerdem erfuhr er die Neuigkeiten in der Kneipe „Zum kalten Bügeleisen". Die zwei Kleinen, die ihm die Verstorbene zurückließ, wurden abwechselnd von seiner Mutter und der Schwester, die auch schon mal im Haushalt aushalf, betreut. Er litt ordentlich unter der Last des armen Witwers mit zwei kleinen verlassenen Kindern. Gitta, Ritas Schwester, hatte später auch das Weite gesucht. Sie war bei ihrer Oma auf engstem Raum untergekommen.

2 Annegrete

Als Ritas Mutter noch lebte, stand sie jung und unerfahren mit ihren zwei Mädchen im Leben. Annegretes Mutter, Oma Irmgart, fand während dieser schweren Zeit für ihre Tochter überraschend schnell eine Wohnung in Spieldorf. Irmgart wohnte in unmittelbarer Nähe zu Annegrete. So stand sie ihrem Mädchen täglich mit Rat und Tat zur Seite. Für die junge Witwe mit zwei kleinen Kindern war es schwer, im Alltag klar zu kommen. Schon in der Schule war Annegrete eher schwach und immer auf die Hilfe der Mutter angewiesen. Irmgart freute sich, wenn ihr zartes, sensibles Kind in das nächste Schuljahr versetzt wurde. Trotz ihres schmächtigen Wesens, konnte Annegrete zupacken. Schon früh nahm sie Irmgart zu ihren diversen Putzstellen mit.

Dort half sie der Mutter sehr gewissenhaft. Schon die Herrschaften auf dem Spieldorfer Berg, wo Irmgart die meisten ihrer Arbeitsstellen hatte, schätzten schon die fleißige und ordentliche Art der Kleinen. Diese Tatsache sollte sie ihr Leben lang verfolgen.

Annegrete, Anfang dreißig, war nach dem überraschenden Tod ihres Mannes Witwe mit zwei Töchtern. Ihre Große, namens Rita, war sieben Jahre und in der ersten Schulklasse. Die kleine Gitta war fünfeinhalb. Sie besuchte den katholischen Kindergarten in Spieldorf.

Annegrete stand schon mit vierzehn Jahren in der Großküche in einem städtischen Seniorenheim. Die Küchenbediensteten waren alle viel älter als sie. Doch in der Not gab es nichts anderes. Die Stelle war frei. Sie war Mädchen für alles in dem Küchenteam. Die anderen Frauen waren ebenfalls gezwungen mitzuarbeiten. Entweder verdienten die Männer sehr wenig oder die Familien wollten sich auch mal kleine Extras leisten. „Von nichts kommt nichts", hieß es so schön.

Annegrete weinte Oma Irmgart in der Wohnküche die Hucke voll, „immer nur arbeiten, ich würde auch mal gerne mit den Mädchen in Urlaub fahren." Die Großmutter meinte lakonisch, „wann sind wir denn mal weg gewesen, außer dass ich den Papa in der Kur in Bad Mergentheim besucht habe." Die Mutter verstand es immer wieder, Annegrete Mut zu machen und sie aufzubauen. „Du bist doch eine hübsche junge Frau. Da tut sich bald was. Deine Attraktivität und Ausstrahlung überzeugt den ein oder anderen bestimmt bald. Auch wenn du zwei Mädchen am Hals hast. Ich spüre das." Annegrete lebte auf.

Sie sah ja wirklich passabel aus. Mit ihrer zierlichen Figur, den braunen Augen und den hübschen dunkelblonden Locken war sie auf den ersten Blick für die Männerwelt sehr anziehend. Wenn sie Geld hatte, ließ sie sich bei der Nachbarin, die zwei Jahre eine Friseurlehre durchgezogen hatte, allerdings wegen einer Allergie aufhören musste, helle Strähnchen einfärben. Dann sah sie richtig fetzig aus. Leider war nicht immer Geld vorhanden. Ihre Kleinen brauchten Kleidung und Schuhe. Manchmal ging auch etwas im Haushalt kaputt. Aber für Zigaretten reichte es immer. Als ihr Mann noch lebte, fuhren sie sonntags manchmal nach Luxemburg. Dort deckten sie sich dann mit einigen Stangen ein.

Einmal hatten sie eine Butterfahrt dort hingemacht. Der Tag war wunderschön. Alles toll. Der Reisebus hielt an einem Vorzeigebauernhof. Dort empfingen die Gastgeber die Reisegruppe außerordentlich herzlich. Jeder bekam ein Geschenk. Fünf Mettwürstchen und einige Dosen Gulasch. Aus eigener Herstellung. Angeblich. In Wahrheit stammte die Ware von einem osteuropäischen Export-Import-Großhandel.

Zum Mittagessen reichte man Wiener Schnitzel mit Pommes frites und gemischtem Salat. So viel man wollte und essen konnte. Quasi der Vorläufer von „all you can eat". Die Veranstalter legten es natürlich in erster Linie darauf an, ihre vermeintlich guten Töpfe und anderen Ramschwaren zu verkaufen.

Annegrete hätte sich auf Ratenzahlung eingelassen, doch da kannten die Verkaufsbrüder ihren Mann schlecht. Da war kein Geschäft zu machen. Der Tag war einfach paradiesisch für Annegrete. Auch ihr Mann war zufrieden. Er hatte als Ausbeute des Tages noch zwei Pfund geräucherten Schweinebauch ergattert. Mit allen Habseligkeiten saßen sie im Bus und waren glücklich. Annegrete kuschelte sich an ihren Ehemann. Sie fuhren mit satter Beute in Richtung Heimat. Schöne Erinnerungen.

Als Annegrete der tödliche Unfall ihres Mannes mitgeteilt wurde, weinte sie tagelang und war zu nichts zu gebrauchen. Während dieser schweren Zeit versorgte Oma Irmgart die beiden Mädchen. Annegretes Mutter hatte nur ein Problem. Bei nicht sachgemäßer Handhabe der Insulinmenge fiel sie schon mal um. Schon als kleines Mädchen kümmerte sich

Rita um die Oma. Sie konnte recht früh das Insulin spritzen.

Annegrete arbeitete nach wie vor stundenweise in der Küche des Seniorenhauses. Alltägliche Besorgungen und die Betreuung der Mädchen übernahm dann ihre Mutter. Abends schaute Annegrete Liebesfilme. Dann musste sie immer weinen. Dabei rauchte sie mehrere selbstgedrehte Zigaretten. Neben ihrem Wohnhaus war ein Spielplatz. Für die junge Mutter sofort einsehbar. Vom Küchenfenster beobachtete sie die Mädchen beim Spiel. Nachmittags traf sie sich schon mal zum Kaffee. Kuchen gab es selten. Viel lieber rauchten die jungen Mütter.

Mitunter las Annegrete Basteiromane. Es waren Leihexemplare. Von ihrer Nachbarin. Im Laufe der Zeit wurde sie süchtig nach dieser Lektüre. Weil ihr das Leben in ihren jungen Jahren kaum Höhepunkte bot, identifizierte sie sich mit den glücklichen Protagonistinnen dieser Erzählungen. Manchmal dachte sie, da muss doch noch was kommen. Das kann es doch noch nicht gewesen sein. Die Personen der Liebes- und Arztromane waren auch vom Pech verfolgt. Oft nicht zu knapp. Aber dann kam die Wende. Das happy end. Darauf hoffte Annegrete jeden Tag.

Einmal verordnete ihr der Hausarzt eine Mutter-Kind-Kur. Nach Winterberg im Sauerland. Darauf freute sie sich riesig. Bestimmt konnte sie dort auch mit anderen Müttern einmal tanzen gehen. Wie viele Frauen liebte sie das Tanzen. Sie liebte Rock 'n' Roll und Elvis. Wenn sein Lied „Love me tender" erklang, vergaß sie alles um sich herum. Auf dieses Lied hatte sie immer mit ihrem verstorbenen Mann getanzt. „Schöne Erinnerungen", dachte sie.

Endlich war es soweit. Der Zug nach Winterberg fuhr ein. Auf Gleis eins. Es zog wie Hechtsuppe im Bonner Hauptbahnhof. Es war März und noch sehr kalt. Oma und Opa verabschiedeten Annegrete und die zwei Mädchen. Als der Zug anfuhr und quietschende Töne von sich gab, hatte Rita auf einmal Herzklopfen. Sie sollte auf die Mama aufpassen. Das verlangten die Großeltern von ihr. Sie war ja schon ein großes Mädchen. Und Rita übernahm den Auftrag. Hilflos und überfordert. Gitta hopste ungezwungen und voller Freude

im Zugabteil hin und her. Plötzlich trat sie einer gegenüber-
sitzenden Dame auf die Füße. Dabei erwischte das Kind die
Hühneraugen der Frau. Diese schrie auf und rief sofort nach
dem Zugpersonal. Sie war ein humorloses älteres Frauen-
zimmer, die in ihrem Pelzmantel nebst Iltiskragen, der verloren auf ihrer großen Brust lag, das halbe Abteil für sich in
Anspruch nahm.

Nach kurzer Zeit stand der Zugschaffner in der Tür. Die
mondäne Dame von Welt, wie sie gerne erscheinen wollte,
beschwerte sie lauthals über das Kind und die damit verbundene Unruhe. Sie habe ja schließlich auch ein Recht,
entspannt und ohne Geräuschkulisse ihren Zielort zu erreichen. Das sei ja schließlich in ihrem Fahrpreis inbegriffen.
Mit Fensterplatz, jawohl. Der Beamte versuchte die Frau
zu beruhigen. Es gelang ihm nicht. Sie steigerte sich immer
mehr in Rage, bis ihr warm wurde. Sie zog ihren Mantel aus,
so dass ihr schickes Landhauskleid verrutschte und sogar
ihre Kniestrümpfe sichtbar wurden.

Das fand die kleine Gitta besonders lustig. Schließlich beruhigte sich die Dame von Welt. Ja, sie freundete sich fast
noch mit den Kindern an. Als ihr Rita, sie war die Spreche-
rin der kleinen Familie, erzählte, dass alle etwas aufgekratzt
waren. Weil es war ja der erste Urlaub nach dem frühen Tod
ihres Papas. Das stimmte die Dame sehr nachdenklich. Von
da an wurde sie sichtlich milder. Bevor sie alle in Winterberg
ausstiegen, schenkte sie den Kindern noch eine der berühm-
ten Prinzenrolle-Kekse.

In Winterberg lag noch hoch Schnee. Für Rita und Gitta war schon der Anblick des idyllischen Provinzbahnhofs
märchenhaft. Auf Kosten des Hauses holte sie ein Kurtaxi
ab und fuhr durch die winterliche Landschaft zum Ziel. Jetzt
waren alle gespannt auf das große Kurhaus. Es lag acht Kilometer entfernt auf einer Anhöhe mit einem herrlichen Blick
auf das Tal.

Die Schwestern waren von der Eingangshalle überwältigt.
In ihrem kleinen Leben hatten sie noch nie solch einen Eingang gesehen. Der Fußboden der großen Empfangshalle war
mit Eichenholz ausgelegt. Die Treppe schwang sich majestä-

tisch herab. Auf jedem Stockwerk waren wunderschöne Jugendstilfenster, die zu einem herrlichen Ausblick einluden. Gitta sagte ehrfurchtsvoll zu ihrer Mama, „das ist wie in einem Märchenschloss."

Es schien, als ob die Prinzessin mit einem langen Kleid die Treppe herab kommt. Die kleine Familie war überwältigt. Das innenarchitektonische Ambiente lud alle zum Träumen ein. Auch bei Annegrete wurden Märchenphantasien aus Kindertagen wach. Wenn schon mal die Halle so toll ist, wie würden dann erst die Zimmer aussehen. Auch die Sicht aus den Zimmerfenstern war wunderschön. In früheren Zeiten war das Kurhaus einmal ein Lungensanatorium für Herrschaften der besseren Gesellschaft. Danach ein Kinderkurheim für Mädchen und Jungen kinderreicher Familien. Und jetzt ein Erholungsheim für Mutter-Kind-Kuren.

In den Glanzzeiten waren die Zimmer komfortabel ausgestattet und für Einzelpersonen gedacht. Mittlerweile waren die Räume für Mütter und ihre Kinder umgebaut worden. Der stilvolle Kamin war nicht mehr funktionsfähig. Aus dem großzügigen Badezimmer wurden eine Dusche mit WC und eine Abstellkammer hergerichtet. Die Mütter hatten ein eigenes Bett. Ihre Kinder schliefen in einem der Hochbetten. Am Fenster stand ein antiker Tisch mit fünf Stühlen. Das gab dem Zimmer eine gemütliche Note.

Um acht Uhr wurde das Frühstück aufgetragen. Um zwölf servierte das Bedienungspersonal ein reichhaltiges Mittagessen. Um sechs Uhr läutete das Personal zum Abendbrot. Viele Mütter schmierten sich für die anschließenden Abendstunden noch Schnittchen. Bei der im Speisesaal herrschenden Unruhe vergaßen sowohl die Mütter als auch die Kinder, sich satt zu essen. Deswegen kam irgendwann vor dem Einschlafen der Hunger wieder zurück. Da griffen alle gerne zu den leckeren Schnittchen vom Abendbrottisch.

Annegrete genoss den immer gedeckten Tisch und den Umstand, dass die Bediensteten sehr fürsorglich vielseitige und abwechslungsreiche Speisen servierten. Weniger für sich selbst, als für ihre Mädchen. Für sie persönlich war Essen eigentlich nicht wichtig. Kaffee und Zigaretten reichten ihr. Und ein Liebesroman. Das war ihre Leidenschaft. Die Kinder wurden fast rund um die Uhr von hauseigenen Erzieherinnen betreut. So konnte sie nach Herzenslust ihre Romane lesen, Zeit mit sich verbringen und den vielfältigen Angeboten des Hauses nachgehen.

Mittlerweile hatten sich Annegrete und die Mädchen an die neue Umgebung gewöhnt. Das Zimmer war einfach aber sauber. Und vor allem groß. Die Schwestern fühlten sich richtig wohl. Tagsüber erkundeten die Kinder mit ihren Betreuerinnen das riesige Kurhaus und die Umgebung. Alles war so aufregend. So gab es einen großen Saal, in dem früher immer ausgelassene Tanzveranstaltungen abgehalten wurden. Rita und Gitta ließen ihrer Phantasie freien Lauf. Sie malten sich Feste aus. Wie in den Märchen, die sie kannten.

Sie spielten auch Rollen. So war Gitta das Aschenputtel. Rita schritt als Prinz in den Saal. Andere Kinder schlossen sich den Märchenspielen an. Fanfaren erklangen. Alle Ballgäste waren ruhig, eine Nadel hätte man fallen hören können, wäre eine da gewesen. Sie hielten geradezu den Atem an. War das eine Spiel zu Ende, begann die nächste Phantasiereise. Die Kinder erfanden und spielten immer weiter Geschichten. Wie würde die junge schöne Dame wohl aussehen, die zum Tanze geführt wird? Für den nächsten Karneval planten Rita und Gitta schon ihre Kostüme. Natürlich Prinzessinnen. Dabei fielen dichte Schneeflocken auf die Erde. Es war wie im Märchen, alle hatten so viel Spaß. So verbrachten die Schwestern gerne ihre freie Zeit.

Annegrete, etwas scheu, kam nur langsam mit den anderen Müttern in Kontakt. Die junge Frau, mit der sie zusammen vom Bahnhof kam, sprach sie an. Ihre Jungs waren Zwillinge und das Mädchen in Ritas Alter. Mara, so hieß die junge Mutter, war auf die Kur dringend angewiesen. Krankheiten in der Familie und der Alkoholismus ihres Mannes, der bereits schon aus der dritten Stelle geflogen war, setzten der armen Frau sehr zu. Diese Bedingungen hinterließen ihre Spuren in den Gesichtern der Familie. Endlich konnten sie sich entspannen. Die Sorgen in ihrem Alltag waren oft erdrückend.

Mara hatte ihren randalierenden Mann nach einer Sauftour aus der Wohnung verwiesen. Mit Hilfe der Polizei.

Die beiden jungen Mütter freundeten sich an und verbrachten viel Zeit zusammen. Sie gingen gemeinsam mit ihren Kindern zu den Mahlzeiten und nahmen auch sonst an den vom Haus angebotenen Aktivitäten teil. Es gab vielfältige Bewegungsangebote, Gesprächsgruppen sowie medizinische und psychotherapeutische Unterstützungen. Die Kinder verbrachten oft ihre Zeit mit Schwimmen in der hauseigenen Schwimmhalle. Das war die Gelegenheit. Zu Hause war entweder kein Geld da oder Annegrete hatte keine Lust, mit den Mädchen schwimmen zu gehen.

Annegrete und Mara hatten einen Plan. Sie wollten mit zwei anderen Müttern in die örtliche Diskothek. Die vier Frauen boten alles auf, um sich in Schale zu werfen. Mit klopfendem Herzen und voller Erwartungen fuhren sie nach Winterberg. Männer waren genug anwesend. Doch bis ein Herz zum anderen Herzen findet, konnte es eine Weile dauern. Selbst nur für das Tanzen. Der Raum war in etwas dämmriges Licht gehüllt. Mit Holzverkleidung. Das sollte gemütlich wirken. In den einzelnen Nischen standen Telefone auf den Tischen. Die Herren konnten ihre Tanzpartnerin per Telefon auffordern. Das war ja ganz nett aber unfair. Die Damen mussten immer die Katze im Sack kaufen. Wenn der Partner nun überhaupt nicht den Vorstellungen der Tänzerin entsprach? Es herrschte reges Treiben am kleinen Tisch der vier Damen. Annegrete wurde aufgefordert. Ein Herr mit einem rheinischen Akzent möchte sie sprechen. Sie war ganz schön unruhig. „Wie wird er wohl aussehen", dachte sie. Außerdem müssten alle Anwesenden ihre Nervosität spüren.

Dann war es soweit. Der junge Mann stand vor ihr. Schon waren sie auf der Tanzfläche und ganz schön aufgeregt. Sie devot, wie immer. Den Blick artig gesenkt. Er musste jetzt aus der Tüte kommen. Heinrich, so hieß der Tänzer, begann die Unterhaltung. Das übliche. Wo kommen sie her. Was machen sie. Ach ja, auch aus dem Rheinland. Ich auch. Das war eine „wunderbare Unterhaltung". Die Kommunikation stockte ein wenig. Sie tanzten einfach weiter. Jetzt spielte ein Rock'n Roll. Beide gingen zur Hochform über. Heinrich wirbelte Annegrete durch das Lokal. Am Ende blieb beiden etwas die Luft weg. Heinrich war über Eins achtzig und kräftig. Er legte los und schwang sie wie eine Puppe um sich herum. Glücklich nach der Anstrengung, lud Heinrich sie zu einem Bier ein. Während Annegrete den weiteren Abend zwei kleine Biere trank, schlug Heinrich richtig zu. Eins nach dem anderen. Zum Schluss war sein Deckel voller Striche. Auf dieses Maßverhältnis hätte sie schon mal achten müssen.

Er war mit einigen Jungs eines Kegelclubs unterwegs. Die wollten jetzt weiter ziehen. Doch Heinrich blieb bei seiner neuen Eroberung. Er war beim Straßenbau in Bonn tätig. Als Vorarbeiter, wie er betonte. In seiner Mannschaft hatte er vier Arbeiter unter sich. Er war sehr redselig und überzeugte Annegrete noch, einen Eierlikör zu trinken. Er wollte sie nicht eher gehen lassen, bevor sie ihm in die Hand versprach, dass sie sich morgen Abend wieder in der Disko treffen. Beide verabschiedeten sich mit einem zarten Küsschen. Das sollte für den Anfang reichen. Annegrete ging wie über Wolken zurück in ihr Zimmer.

Die Kinder schliefen. Die großen Mädchen hatten ihren Babysitter-Job gut gemacht. Sie fühlte sich so wohl, wie schon lange nicht mehr. Im Bad betrachtete sie ihr Gesicht im Spiegel. Jetzt bemerkte sie, dass die Trauer aus ihren Augen gewichen war. Zum ersten Mal, seit langer Zeit, sah sie glücklich aus. „Möge dieser Zustand doch nie vergehen", dachte sie auf dem Weg zum Bett. Bald schlief sie ein.

Am nächsten Morgen war Gymnastik angesagt. Da konnte sie gut mithalten. Ihr Appetit nahm zu. Sie hatte wieder richtig Lust zu essen. Vor allem Schokolade und verschiedene Sorten Kuchen. Sie freute sich jetzt sogar auf die Mahlzeiten mit all den leckeren Angeboten. Heute gab es Pfannkuchen. Das war ihr Leibgericht. Sie haute rein.

Nicht wie zu Hause in Spieldorf. Ein Pott Kaffee und eine Zigarette, vielleicht auch zwei. Ihre Töchter aßen ihr Butterbrot mit Frischkäse und Erdbeermarmelade. Dazu tranken sie eine Tasse Kakao. Danach gingen sie alleine zum Kindergarten oder zur Schule. Annegrete machte in ihrer kleinen Wohnung Ordnung. Später, wenn sie mal nicht zu ihrer Arbeit ins Seniorenheim musste, widmete sie sich sehr gerne dem Kaffee, den Zigaretten und den Basteiromanen. Jedoch war das nicht so oft der Fall. Die Töchter kamen gegen Mittag hungrig aus der Schule und dem Kindergarten. Oma Irmgart hatte immer Mittagessen für die Familie gekocht. Wenn Annegrete arbeiten musste, versorgte die Oma die Kinder. Das war den Mädchen eigentlich auch lieber.

Bei Irmgart schmeckte es ganz einfach besser. Ihre Mama hatte, was die Zubereitung appetitlicher Speisen betraf, keine große Phantasie und Erfahrung. Aber auch keine richtige Lust.

Entweder gab es Kartoffelbrei aus der Tüte mit Fischstäbchen, Würstchen oder ein Spiegelei. Manchmal auch Spinat aus der Tiefkühltruhe. Ein besonderer kulinarischer Höhepunkt waren Spaghetti mit Fleischsauce und leckere Pfannkuchen. Dieses Rezept hatte Annegrete von der Oma gelernt.

Im Kurhaus im schönen Winterberg dagegen verlief der Tag ganz anders. Hier war das Essen auch für das Auge genussvoll angerichtet. Jede Familie saß an einem eigenen Tisch. Von den bereitgestellten Schüsseln und Platten bedienten sie sich. Ein Problem war, dass die Kinder sich zu viel auf den Teller nahmen, was sie oft nicht alles aßen. Zu Hause war der Speiseplan sehr begrenzt und nicht so reichhaltig. Das mussten die Familien und die Kinder erst lernen.

Annegrete bekam ein kleines Bäuchlein. Sie erholte sich zusehends. Der ständige Husten blieb bald ganz weg. Bis auf morgens nach dem Aufstehen. Mit dem Rauchen wurde es auch weniger. Sie reduzierte mit der Zeit ihren Zigarettenkonsum von dreißig auf acht. Mit Rita und Gitta war Annegrete oft draußen an der frischen Luft. Da gab es ja im Sauerland sehr viel davon. Die Aktivitäten des Hauses wurden häufig nach draußen verlagert. Das hatte zur Folge, dass viele Mütter sich mit ihren Kindern an der frischen Luft aufhielten. Es war auch das Motto des Erholungsheims und gehörte zum Programm des Kuraufenthaltes.

Das Treffen mit Heinrich in der Disko kam leider nicht zustande. Er hatte sie versetzt. Annegrete war enttäuscht. Trotzdem schaute sie in den nächsten Tagen immer an der Rezeption vorbei. Sie hoffte noch auf eine Nachricht. Aber es tat sich nichts. Sie hatte schon fast diesen netten Tanzabend vergessen, als nach einigen Tagen ein Brief für sie im Fach lag. Der Absender lautete Heinrich Wolters. Annegrete war keine Leuchte, was Rechtschreibung betraf. Aber dieser Text strotzte nur so vor Fehlern.

Das konnte sie schon beim ersten Lesen der Adresse und des Empfängers feststellen. Sie öffnete den Brief und hatte nach weiterer Lektüre ein seltsames Unbehagen. Wie konnte ein sogenannter Vorgesetzter, wie er sich bezeichnet hatte, nur so ein Deutsch zustande bringen. Nachdem sie den Schluss gelesen hatte, „isch akenne disch met verpunteten Aujen, Isch love jou un wir sehn uns in Bonn isch hab ja ding Adres, ding Heinrich", machte ihr dieser Brief Angst. Selbst sie bemerkte die Vielzahl der Fehler. Warum hatte er niemand gefragt, bevor er ihn abschickte? Sie hatte kein gutes Gefühl. Sie wollte doch keinen Dummkopf kennen lernen. Dann erinnerte sich Annegrete wieder an den Tanzabend, „ein netter Kerl war's ja. Rechtschreibung ist ja auch nicht alles im Leben." Vielleicht konnte sie ihm ja noch ein bisschen Anstand beibringen.

3 Heinrich der Eroberer

Die Kur war zu Ende. Den Dreien ging es sichtlich besser. Rita und Gitta freuten sich nicht so richtig auf zu Hause. Das Herumtollen in der freien Natur, die gute Luft, das hervorragende, regelmäßige Essen wurde gegen den tristen Schul- und Kindergartenalltag eingetauscht. Annegrete hatte noch Heinrich im Kopf. Sein Brief lag ihr immer noch auf der Seele. Er wollte sich ja melden. Aber vielleicht traf sie ihn aus Zufall am Bonner Westbahnhof. Dort arbeitete er. Oder in der Bahnhofswirtschaft „Zum kalten Bügeleisen". Wer wusste das schon?

Inzwischen kam Heinrich an Ritas Telefonnummer. Er rief sie an und sie verabredeten sich im „kalten Bügeleisen". Der Kneipenwirt engagierte sich beim Karnevalsverein „Blaue Funken" und war, so sein Ruf, ein anerkannter Menschenkenner. Als Annegrete zur Verabredung erschien, stellte er ihr eine Cola auf den Tresen. Ein Bier wäre für eine Frau alleine zu problematisch gewesen, so der Menschenkenner. Frauen ohne Begleitung trinken keinen Alkohol. Höchstens Flittchen. Aber der Wirt kannte Annegrete schon von Kindesbeinen an. Das war ein liebes, ordentliches und seriöses Mädel.

Sie nippte mehrmals an ihrem Cola und ließ dabei aber die Eingangstüre nicht aus den Augen. Kein Heinrich in Sicht. Währenddessen unterhielt sie sich mit einem Dauergast. Karlchen, der schon zum Kneipeninventar gehörte, wollte wissen, warum sie denn so alleine rumsteht und auf wen sie wartet. „Och ich warte auf einen Bekannten. Der hat bestimmt noch was zu tun. Der ist immer schwer und viel am arbeiten", so die junge Frau. Karlchen, seine Beute in Form von Annegrete sehend, meinte, „also ich würde nicht so ein nettes Mädchen so lange warten lassen. Es ist doch schon bald halb neun." Sie rauchte aus Verzweiflung noch eine Zigarette. Karlchen gab ihr Feuer und rückte näher an sie ran. Die beiden unterhielten sich über die Nachbarn und was sonst so in Spieldorf angesagt war. Karlchen trank ein Kölsch nach dem anderen und wurde immer redseliger. Er sprach über Dinge, die Annegrete null interessierten. Dass „dat dicke Berta" einen sozialen Verein gründen wollte unter dem Namen „Kannste nix, krichste du sowie so nix", oder so ähnlich, war für Karlchen die große Neuigkeit des Tages.

Annegrete nickte ihm höflich aber gelangweilt zu. Sie war mit ihren Gedanken wieder in Winterberg. In der Kur, der Ruhe, dem guten Essen und der schönen Landschaft. Dort war für alles gesorgt. Immer pünktliche Mahlzeiten, eine ordentliche Unterkunft und warme Zimmer. Das war bei ihr durchaus nicht immer gewährleistet. Die Stadtwerke hatten ihr kürzlich den Strom abgestellt. Sie vergaß die Rechnung zu überweisen. Die Mahnungen legte sie in eine Schublade.

Diese Briefe waren ihr lästig. Aber es half ja nichts. Allein wegen der Kinder brauchte man Heizung und warmes Wasser zum Duschen und Licht, Radio und TV konnte man ohne Strom auch vergessen.

Um diesen Mahnungen vorzubeugen, hatte sie mittlerweile mehrere Töpfe im Küchenschrank aufgestellt. Dort deponierte sie Geld. Jeweils einen Topf für Strom , Miete, Essen und Sonstiges. Die Kinder brauchten ständig irgendwas. Zum Beispiel der anstehende Ausflug zur Waldau. Demnächst das Schullandheim. Und die laufenden Kosten für Strom, Heizung und Miete. Das war das Allerwichtigste. Selbst ein Kneipenbesuch wurde mit einkalkuliert. Hatte sie mal ein paar Mark über, ließ sie es krachen. Wenn mittwochs der Hähnchenwagen am Bonner Bahnhof stand, brachte sie ihren Kindern ein Hähnchen zum Mittagessen mit.

Das reichte dann meistens für zwei Tage. So war sie in ihren Gedanken versunken, während Karlchen laberte und laberte, als plötzlich Heinrich neben ihr stand.

„Hallo süße Fee, das ist ja ganz lieb von dir, dass du auf mich gewartet hast", sagte er mit einer Unverschämtheit, die seinesgleichen suchte. Es war mittlerweile halb zehn und Annegrete erwiderte angesäuert, „wir hatten acht und nicht halb zehn gesagt." Heinrich verzog sein Gesicht zur süßlichen Miene. „Och Schatz, ich hatte so viel am Bau zu tun. Da war ein Großauftrag nur für die Profis." Karlchen schaute etwas ungläubig zu ihm hinüber und lallte, „ja, ja ein Großauftrag, das kannst du deiner Oma erzählen. Bei der Dunkelheit mit Flutlicht. Das habt ihr euch wohl vom Fußballplatz besorgt."

Und zum Wirt, „Jupp, isch möchte zahlen, mir wird die Luft hier zu dünn, dat Seemannsgarn kann isch jetzt nicht vertragen." Als Karlchen die Tür hinter sich zumachte, atmete Heinrich erleichtert auf. „Gott sei Dank ist der Faulenzer weg. Der geht mir schon lange auf den Zeiger, Schatz." Er bestrahlte sie mit einem Lächeln, was Annegrete umwarf. Mit den Augen einer Verliebten gesehen, war sie sehr empfänglich für seine Schmeicheleien.

Später erfuhr Annegrete aus Zufall von Nachbarn, dass Heinrich bekannt für das Zocken war. Er verspielte manchmal einen Teil seines Lohnes. Hin und wieder gewann er auch eine größere Summe. So wurde es in Spieldorfer Kreisen erzählt. Im „kalten Bügeleisen" war es schon fast elf Uhr. Annegrete saß, trotz ihrer Verliebtheit, auf heißen Kohlen. Sie musste morgen früh raus. Auch wegen der Kinder. Heinrich bestellte jetzt aber noch ein kühles Helles zum Abschied und „ein Piccolöchen für die Dame", wie er sich ausdrückte. „Jupp, anschreiben, wie immer", sagte er zum Wirt. Der erwiderte etwas genervt, „also wieder bis zum Monatsende".

Annegrete und Heinrich schauten sich tief in die Augen und vergaßen Raum und Zeit um sich. Sie spürte Flugzeuge im Bauch. Er fühlte die Flugzeuge woanders. Am liebsten wäre er gleich zur Tat geschritten. „Aber so direkt kann man mit der nicht umgehen", dachte er bei sich. Annegrete war nicht die Frau des schnellen Zugriffs. Da hatte er seine Erfahrungen. Sie war eine Typ Frau, die umworben werden wollte. Romantisch und so. Außerdem hatte er es inzwischen auch nicht mehr so gern. Eine, die gleich aufs Ganze ging, da bekommt ein richtiger Mann doch Angst vor. Er ist der Macher, das war schon immer so und wird auch so bleiben.

Er brachte Annegrete nach Hause. Es war gleich um die Ecke. Vor der Tür küssten sich die beiden inniglich. Es war ein langer tiefer Kuss. Dann zog sich der Herr langsam zurück. Mit der Tür ins Haus fallen, das wollte er nicht. Annegrete war eine Frau, die musste langsam aufblühen wie eine Rose. Das hatte er schon raus.

Am nächsten Sonntag verabredete sie sich mit Heinrich. Er sollte auch mal die zwei Mädchen kennen lernen. Mit dem Bus ging es nach Bonn. Sie schlenderten durch die Stadt und anschließend verbrachte die neue Familie den restlichen Tag im Hofgarten. Dort spielten Rita und Gitta immer gerne auf dem kindgerechten Spielplatz.

Während die Mädchen alle Spielgeräte ausprobierten, saßen Annegrete und Heinrich in der Frühlingssonne. Er erzählte ihr, wie Karlchen schon vermutete, Seemannsgarn. Aber in einer derart professionellen Rhetorik, dass Annegrete alles als wahr empfand. Er sprach davon, dass er immer wenig Zeit hätte, weil ständig die Firma dazwischenfunkte. Im Moment hatten sie einen Großauftrag an Land gezogen. In dieser Situation mal frei zu bekommen war unmöglich. Deshalb solle sie nicht unglücklich sein, wenn er mal Verabredungen nicht einhielt. Die Arbeit geht halt vor. Und der Chef ist streng.

Der verlangt auch mal, dass seine Mitarbeiter nach Feierabend länger bleiben. Selbst der Samstag und Sonntag seien für den Chef keine Tabuzeiten. Und wenn man in der Firma noch was werden wolle, was er ja vorhatte, dann müsse man sich den Vorgaben fügen. So gerissen wie Heinrich war, baute er schon mal vor. Damit Annegrete keine dummen Rückfragen stellte. Sie wunderte sich nämlich schon, warum er die letzten Tage sich nicht gemeldet hatte. Jetzt, nach diesen langen Ausführungen verstand sie es. Schon wieder ein Großauftrag in der Firma, so ein Pech aber auch. „Ja die Arbeit geht halt vor", meinte er bedauernd.

Die Wahrheit war, dass Heinrich von Karnevalsdonnerstag bis Aschermittwoch durchgefeiert hatte und ständig besoffen war. Soviel dazu. Er kaufte den Kindern pflichtbewusst ein Eis im Eissalon. Das konnten sie ja auf der Hand essen. Er wollte sich doch in ein gutes Licht stellen. Bei einem neuen gemeinsamen Treffen an einem Sonntag wollte der Gute sie alle in seinem neu erworbenen VW, Baujahr irgendwann so nach Kriegsende, abholen. Doch von Heinrich war nichts zu sehen. Den Kindern wurde es langweilig. Sie spielten Mäusetwist. Annegrete rauchte eine nach der anderen. Vielleicht hatte er wieder einen Großauftrag. „Sicher wird er gleich kommen", dachte sie, ihn entschuldigend. Heini, wie sie ihn nun nannte, wollte um halb drei da sein. Um vier kam er dann, völlig abgehetzt und sprach wieder davon, dass er am Arbeitsplatz aufgehalten wurde. Er hätte mit einem Privatkunden noch über ein Projekt reden müssen.

Es war April. Die Sonne hatte sich dezent zurückgezogen und einem Regenschauer Platz gemacht, als die Gesellschaft das schon etwas in die Jahre gekommene Fahrzeug bestiegen und zur Waldau fuhren. Nachdem die Kinder sich auf dem ausgedehnten Spielplatz vergnügten und Heini und

Anni, wie sie sich jetzt beide liebevoll nannten, eine Kippe nach der anderen geraucht hatten, entschlossen sie sich, ins Café zu gehen. Die Mädchen waren begeistert. So ein Event war selten. Voller Erwartung betraten sie das vornehme Kaffeehaus. Heinrich suchte ein Tisch aus. Annegrete ging mit den Kindern ans Kuchenbuffet. Jede durfte sich ein Stück aussuchen. Sie wussten gar nicht für was sie sich letztendlich entscheiden sollten.

Nach längerer Debatte, das Fräulein hinter der Theke wurde schon etwas ungehalten, entschied sich Annegrete für einen trockenen Streuselkuchen mit Puddingeinlage, Rita und Gitta für ein Stück Frankfurter Kranz. Den gab es immer bei der Oma an Festtagen. Annegrete nahm einen Kaffee, die Kinder einen Kakao und Heinrich bestellte einen Kaffee mit einem doppelten Weinbrand. Die beiden Verliebten und die Kinder genossen die angenehme Atmosphäre. Annegrete und Heinrich unterhielten sich lebhaft. Bald bestritt er den Hauptteil der Unterhaltung. Sie nickte oft und sagte selten einen kurzen Satz. Die Kinder antworteten nur, wenn sie gefragt wurden. Nach dem ersten doppelten Weinbrand folgte der zweite. Heinrich war zufrieden. Er zeigte den Mädchen einige Kartentricks. Er hatte immer Karten dabei. Für alle Fälle. Annegrete verstand nicht, wie jemand immer Spielkarten mit sich herumtragen konnte. Das erfuhr sie dann später.

Sie jedenfalls hatte immer ihre Geldbörse dabei. Das war auch heute sehr wichtig. Obwohl Heinrich alle eingeladen hatte, beugte er sich, als es ans Bezahlen ging, zu Annegrete rüber und flüsterte ihr zu, dass er sein Geld vergessen hätte. Seinem treuen Hundeblick konnte Annegrete nicht widerstehen. Und als er dann noch mit seiner rauchigen sexy Stimme sprach, „liebster Schatz, leg's mir vor, das kriegst du wieder", war sie hin und weg und beglich die Rechnung.

Angesichts des herrlichen Nachmittags musste heute eben der Topf für Extras dran glauben. Auch war sie froh, dass es den Kindern so gut gefallen hatte. Rita meinte, als sie ins Auto stiegen und zurück nach Spieldorf fuhren, „hier ist es so schön wie im Urlaub".

Heinrich arbeitete in der Gerüstbaufirma Tengelmann und Söhne. Es war ein Familienbetrieb, der auch unter den Schlechtwetterphasen litt. Die Gerüste konnten bei Eis und Schnee oder einem starken Sturm nicht betreten werden. „Das sieht der Gesetzgeber nicht vor", meinte der Chef zu seinem großen Bedauern. Er war aber der Meinung, mit festen Arbeitsschuhen ginge das schon. Er würde das auf seine Kappe nehmen. Die feinen Herren in ihren Nadelstreifen, die sich diese Vorschriften in ihren warmen komfortablen Büros ausdachten, könnten sich gar nicht vorstellen, was von einem kleinen Unternehmer alles so beachtet werden müsse. „Wir Mittelständler", so der Chef, „sind doch immer die Verarschten, obwohl wir die Stützen der freien Marktwirtschaft bilden. Hätten die uns nicht, könnten sie einpacken".

Deswegen verlangte er von seinen Arbeitern, dass sie auch mal Sicherheitsvorschriften ignorierten. Dass es dabei mitunter zu Unfällen kam, nahm Tengelmann billigend in Kauf. Bisher hatte er Glück. Ein Super-GAU in Form schwerer Verletzungen oder gar Arbeitsunfähigkeit infolge von nichtbeachteten Sicherheitsvorschriften blieben bisher aus. Kleinere Problemfälle wurden vertuscht. Der Chef legte dann ein Scheinchen drauf. Wenn die Leute nicht spurten und sich bei Gefahren weigerten, Arbeiten auszuführen, wurde ihnen der Lohn empfindlich gekürzt. Darüber hinaus mussten sie damit rechnen, dass sie gekündigt wurden. Diesen Knochenjob wollte allerdings nicht jeder machen. Deswegen musste auch Tengelmann schon mal kleine Brötchen backen und auf die Leute zugehen. Das wusste auch Heinrich.

Annegrete nahm einige besser bezahlte Putzstellen in der Nähe an. Sie arbeitete die Woche über in drei Haushalten. Die Arbeit in der Küche des Seniorenheims hatte sie gegen den besser bezahlten Job in einer Metzgerei eingetauscht. Allerdings schwarz, ohne Arbeitsvertrag. Bei Fleischermeister Müller putzte sie an drei Abenden den Verkaufsbereich und die gesamten Arbeitsräume. Rita und Gitta waren solange bei der Oma. Sie durften sogar Fernsehen. Das war für die Mädchen immer die Attraktion bei Oma.

Einmal in der Woche und am Wochenende versorgte der Fleischermeister Müller Annegrete immer mit einem stattlichen Wurst- und Fleischpaket. Der Metzgereibesitzer war ein gutmütiger, schon etwas älterer Mann und hatte seine Putzhilfe mit der Zeit schätzen gelernt. Er meinte, „da haben sie was zu essen für sich und ihre zwei Liebchen." Annegrete rechnete schon damit. Wurst und Fleisch waren teuer. Und von der beachtlichen Menge der Fleisch- und Wurstwaren konnten auch die Großeltern und der nichtsnutzige Bruder profitieren.

Die Putzstelle bei einer älteren Dame war für Annegrete sehr angenehm. Einmal in der Woche ging sie in das große Haus. Die Dame benutzte lediglich zwei Zimmer. Alle anderen Räume standen leer. Dort war schon lange kein Leben mehr. Frau Kruse, so hieß die ältere Witwe, war gut betucht. Sie hatte früh ihren Mann verloren. Der war ein hoher Beamter und hinterließ seiner Frau eine gute Pension. Für Frau Kruse war Annegrete nicht nur eine Putzfrau, sondern vor allem eine geschätzte Gesprächspartnerin.

Wichtig war für Frau Kruse, dass Annegrete mit ihr Kaffee trank und sich ihre Monologe anhörte. Sie las sehr viel und war auch gebildet. So empfand es Annegrete, als Frau Kruse regelmäßig anfing aus Schillers „Glocke" zu rezitieren. Nach einigen Strophen musste sie aufgeben. Dann fing sie mit Annette von Droste-Hülshoff an. „Der Knabe im Moor" war ihr Lieblingsgedicht. Annegrete saß ehrfurchtsvoll dabei und hörte zu. Manches verstand sie allerdings nicht so richtig. Aber es war so gemütlich und unterhaltsam bei der alten Dame. Sie ging gern dort hin. Frau Kruse war auch alles andere als geizig. Sie gab Annegrete immer etwas mehr als vereinbart und mitunter auch zehn Mark extra, als Taschengeld für die Mädchen.

Eine andere Putzstelle war nicht so komfortabel. Pünktlich immer dienstags um fünf Uhr nachmittags musste sie bei Frau Santhagen arbeiten. Diese Familie besaß ein großes Gründerzeithaus auf dem Spieldorfer Berg. Das Haus war sehr nobel und geschmackvoll eingerichtet. Frau Santhagen telefonierte gerne mit ihren Freundinnen und vielen anderen

Herrschaften. In ihrem Job stand sie ihre Frau, war korrekt gekleidet und hatte immer einen Zeitplan. Sie leitete eine große Bibliothek. Die Dame betonte ständig, dass diese verantwortungsvolle Tätigkeit ein ausgeprägtes Organisationstalent voraussetze. Nur zu Hause haperte es sehr oft damit.

Das Bad sah aus wie ein Schlachtfeld. Alles lag auf dem Boden. Selbst der Nassrasierer mit kleinen Härchen dran wurde von der sonst so tollen Dame nicht entsorgt. Sie hatte ja Annegrete, „ihre Putze". So sprach Frau Santhagen über sie in Bibliothekskreisen. Annegrete fand jedes Mal ein Chaos vor. In der Küche stand noch das Frühstücksgeschirr vom Morgen auf dem Tisch. Der Mülleimer war übervoll und stank die ganze Küche aus. Der Herd strotzte vor Dreck. Annegrete war es ein Rätsel, wie man so etwas hinbekommt. Die Ränder der Herdplatte sprachen ebenfalls Bände. Sie brauchte immer zwanzig Minuten, um diesen Herd zu reinigen.

Frau Santhagens Auto musste Annegrete mit dem Staubsauger aussaugen. Die Dame sah nicht ein, eine Waschanlage aufzusuchen. Wozu hatte man eine Putze, die ja eh ihre eigentliche Reinigungszeit im Haus nicht voll ausschöpfte. Die Bibliotheksdirektorin war ganz das Gegenteil von Frau Kruse. Sie war geizig, fordernd und rechnete den Lohn auf Heller und Pfennig ab. Hin und wieder musste Annegrete wegen ihrer Kinder oder anderen Angelegenheiten schon mal zehn Minuten früher weg. Ohne mit der Wimper zu zucken, zog Frau Santhagen diese Zeit vom Lohn ab.

Nach zehn Tagen meldete sich Heinrich wieder mal bei Annegrete. Sie war sauer, gab sich aber, wie so oft in diesen Fällen, selbst die Schuld. Vielleicht hatte sie irgendetwas falsch gemacht. Eigentlich schlief er fast jedes Wochenende bei ihr. Oft lief dieses Prozedere nicht immer harmonisch ab. Freitagabends gingen sie in die Kneipe, um dort das Wochenende zu begießen und einzuläuten. Annegrete hatte nach zwei Bier genug. Außerdem musste sie samstags die Metzgerei putzen. Heinrich dies zu erklären war sehr schwierig. Nach einigen Versuchen gab sie es schließlich auf. Sie ging dann schon mal früher nach Hause. Sie vereinbarten, dass er gleich nachkomme. So gegen halb drei morgens tauchte er dann auf. Meist stark alkoholisiert kam er ins Schlafzimmer, legte sich neben sie in ihr früheres Ehebett, schnarchte zu allem Elend so laut, dass manchmal die Nachbarn an die Wand klopften. Meist ging Annegrete zu ihren Töchtern ins Zimmer, um noch eine Mütze voll Schlaf zu bekommen. Heinrich schlief ordentlich seinen Rausch aus. Die Kinder gingen zur Oma. Gitta, die Kleine, lief schon mal vor.

Rita musste vorher noch für ihre Mutter einiges erledigen. Samstags legte Annegrete ihr immer einen großen Zettel hin. Darauf standen alle Aufgaben, die sie zu verrichten hatte. Zum Standard gehörten das Bad und die Küche zu putzen und anschließend einzukaufen. Rita ekelte sich vor der Badreinigung. Vor allem wenn Heinrich bei ihnen übernachtete. Für sie war es kein schöner Anblick, wenn sie eine verdreckte Toilette vorfand. Oft stank es bestialisch nach abgestandenen Urin-, Alkohol- und Nikotinausdünstungen.

Als Annegrete mit dem Fleischpaket aus der Metzgerei in die Küche kam, um dort den Sonntagsbraten zuzubereiten, wurde Heinrich so langsam wach. „Ein gutes Stück Fleisch ist dem Arbeitsmann sein Spaß", frohlockte er in der Küche. Er wollte es kaum abwarten, bis er den Schmorbraten aus der erstklassigen Metzgerei probieren konnte. Annegrete putzte dann noch den Rest der Wohnung. Dann begann ihre Ruhephase mit Kaffee, Zigaretten, Schokolade und einem Basteiroman auf dem Sofa. Ihr ständiges, leichtes Hüsteln veranlasste Heinrich zu der Bemerkung, „Schatz, hör doch mal endlich mit dem vielen Rauchen auf". Dabei biss er genüsslich in das Brötchen mit Schweinemett. Danach rauchte er selbst mit zufriedener Miene eine Zigarette nach der anderen.

Am Abend servierte Annegrete meistens Kartoffelsalat und Würstchen. Nach dem Essen strich er sich zufrieden über den Bauch und sprach, „ich glaube ich brauch jetzt ein Schnäpschen zur Verdauung, Schatz." „Wie willst du schon wieder in die Kneipe", maulte Annegrete. Es käme doch gleich was Schönes im Fernseher. Sie hatte voller Stolz ihr Fernsehgerät gerade abbezahlt. „Ich bin gleich wieder da. Stell schon mal das Kölsch kalt. ‚Zum Peter Frankenfeld' bin ich wieder zurück", sagte er im Gehen. Wenn überhaupt, trank sie einen Eierlikör mit Limo am Abend.

Müde und erschöpft war sie sofort eingeschlafen. Nach ein paar Stunden polterte Heinrich unbeholfen ins Schlafzimmer. Sein Kumpel, der Gerhard, ein ehemaliger Schulkamerad, ein netter Kerl. Den müsste sie auch mal kennen lernen, lallte er. „Der hat mich getroffen und aufgehalten. Aber jetzt bin ich ja hier." Nun wollte Heinrich noch den Wochenendbeischlaf. Annegrete, zwar müde von der anstrengenden Arbeitswoche, machte mit, so gut sie konnte. Heinrich gab sich auch alle Mühe, der Sache gerecht zu werden. Danach legte er sich befriedigt auf die Seite und schlief ein. Leise schnarchte er vor sich hin. Annegrete dachte bei sich, „ob das der Richtige ist. Er trinkt ja ein bisschen viel, aber das machen ja die meisten in der Siedlung. Na wenn es nicht mehr wird", überlegte sie sich im Bett. Dann schlief sie wieder ein. Sonntagsmorgens saß sie mit Rita und Gitta am Frühstückstisch. Plötzlich wurde ihr schlecht. In der Toilette übergab sie sich. Die Kinder dachten, die Mama hat sich wohl den Magen verdorben. Rita kochte ihr einen Tee. Alles umsonst. Sie ging zum Arzt. Der bestätigte, was sie schon vermutete. Sie war schwanger.

Sie heirateten. Damit es kein Gerede gibt unter den Leuten. Es muss doch alles seine Ordnung haben und in geregelten Bahnen laufen. Annegrete wollte keine sein, die alle zwei Jahre von irgendeinem Kerl ein Kind bekam. Sie war eine anständige Frau. Die Trauerzeit war vorüber. Jetzt konnte sie sich ihren Heinrich zum Mann nehmen.

Als Annegrete vom Arzt zurückkam, spielten die Mädchen im Hof „Fischer wie tief ist das Wasser". Oma Irmgart, Annegretes Mutter, kam ihr aus der anderen Richtung entgegen. Sie hatte frische, leckere Reibekuchen und Apfelkompott. Danach waren die Mädchen ganz verrückt. Annegrete liebte das Gericht ihrer Mutter auch. Normalerweise. Als sie jetzt den Geruch der frischgebackenen Speise wahrnahm, rannte sie, so schnell sie konnte hoch in ihre Wohnung. Im Bad übergab sie sich.

Als sie dann in die Küche zurückkam, saßen die Kinder mit ihrer Oma beim Essen. Annegrete sah auf die Reibekuchen und lief erneut ins Bad. Vor ihrer Mutter konnte sie nichts verbergen. Sie erkannte sofort, dass ihre Tochter wieder in guter Hoffnung war. Die Oma weinte. Sie ahnte, was auf sie zukam. Annegrete versuchte sie zu beruhigen, „och Mama das wird schon wieder. Wir lieben uns doch, der Heinrich und ich". Die Oma wischte sich die Tränen mit einem Taschentuch aus dem Gesicht und seufzte, „na ja, so ein übler Kerl ist er ja nicht. Wenn er mal das Trinken aufhört, kann aus dem noch was werden."

Die Mädchen wussten nicht so richtig um was es ging. Sie sahen nur, dass es der Mama jetzt wieder besser ging und freuten sich darüber. Sie alberten herum und waren in guter Stimmung, als die Tür aufging und Heinrich hereinkam. Er meinte, ob es was zu feiern gäbe, weil alle so gut drauf wären. Zunächst druckste Annegrete ängstlich herum, bis sie schließlich Mut fasste und ihm die Neuigkeit mitteilte.

Er stand da wie eine Salzsäule und sagte kleinlaut, ob sie das auch ganz genau wüsste. Dann setzte er noch einen drauf und fragte, „ist das Kind auch von mir?" Annegrete fühlte sich wie vom Donner gerührt. Mit wem bitte schön sollte sie denn irgendetwas angefangen haben. Sie hatte doch schon lange mit keinem Mann mehr Sex. So eine Unverschämtheit war ihr noch nicht untergekommen. Nachdem alles geklärt war, setzten sich alle Anwesenden an einen Tisch und ließen sich die Reibekuchen und das Apfelkompott schmecken. Zur Feier des Tages tranken sie ein paar Flaschen Kölsch und einige Schnäpschen. Die Kinder durften sogar eine Bluna trinken. Man erklärte den Abend zur Verlobungsfeier. Bei der Großmutter kamen nach wie vor große Zweifel auf.

Annegrete putzte so gut es ging noch bis zum siebten Monat. In der Metzgerei wurde sie in diesem Zustand nicht mehr geduldet. Das sei ja eine Zumutung für die Kundschaft, meinte die Metzgersgattin. Wenn der Bauch dicker wurde, blieb die werdende Mutter am besten zu Hause. So war oft die einhellige Meinung zu diesem Thema in dieser Zeit. Annegrete bereitete schon mal alles vor. Sie hatte ja Erfahrung. Am Anfang war das Baby im Elternschlafzimmer am besten aufgehoben. Später kam es dann zu den Mädchen ins Zimmer. Die Eltern hatten ja schließlich ein eigenes Zimmer verdient. Rita und Gitta avancierten als kleine Dienstboten der Familie. Kamen sie aus der Schule, konnten sie sich um die kleine Wilma kümmern.

Annegrete nahm sehr schnell wieder ihre Arbeit auf. Die Leute waren froh, dass sie ihre ordentliche und gewissenhafte Putzhilfe wieder hatten. In der Metzgerei war sie natürlich auch wieder willkommen. Ihre Arbeitgeber hatten ihr die Stelle frei gehalten. Die junge Mutter war froh, wieder in der Metzgerei Müller arbeiten zu können. Das Wurst- und Fleischpaket war nach wie vor sehr willkommen.

4 Erste Herausforderungen

Inzwischen war Rita zehn Jahre alt. Die Anweisungen und Forderungen der Mutter wurden vielfältiger und strenger. Annegrete verlangte ihrer Großen, wie sie gerne sagte, einiges ab. Wann und wie sie der kleinen Wilma ihren Brei zu geben hatte. Auch die Babypflege und was sonst noch so anfiel, blieb an Rita hängen. Von ihr erwartete die Mutter alles. Gitta war immer verspielt, sie vergaß gerne, was Annegrete ihr auftrug. Mit ihr hatte sie unendliche Nachsicht. Sie war die Kleine. Daher musste sie auch nicht so früh funktionieren. Die Großmutter sah das mit Sorge. Sie sagte ihrer Tochter, dass sie Rita auch mal spielen lassen sollte. Sie sei ja noch ein Kind und müsse auch ihre Freiräume haben. Annegrete sah das nicht ein und konterte, dass sie in dem Alter auch schon ran musste.

Rita hatte inzwischen einen Fulltimejob. Schule, Hausaufgaben, Wilma füttern und Babypflege. Am Wochenende war sie noch für die Reinigung der Wohnung zuständig. Nur regelmäßig einkaufen musste sie nicht mehr.

Das übernahmen meistens Annegrete und Heinrich. Beide hatten inzwischen geheiratet. Die Feier war ganz nett. Oma Irmgart bestellte ihrer Tochter ein schickes Jackenkleid zur Hochzeit. Das bezahlte sie beim Versandhaus in kleinen Raten ab. Eine Nachbarin kreierte Annegrete eine wunderschöne Hochsteckfrisur und drapierte kleine Blümchen um den Kopf herum. Die Kinder waren von Mamas hübscher Erscheinung begeistert. Sie hatten von der Oma zu dieser Gelegenheit schöne Kleider bekommen, die sie später noch öfter anziehen konnten. Nur der Bräutigam meinte eher abfällig zur Braut, „jetzt siehst du aus wie Heidi auf der Alm. Lang sind deine Haare schöner." Heinrich hatte sich den Anzug und die Schuhe zur Feier von einem Freund geliehen. Der gute Mann konnte deswegen leider nicht zur Hochzeit kommen. Was hätte er anziehen sollen.

Das Fest feierten die Brautleute im „kalten Bügeleisen". Für vierzig Personen war eingedeckt. Das Hochzeitsmenü wurde aufgetragen. Erst eine klare Brühe mit Markklößchen. Als zweiten Gang gab es Schmorbraten mit Petersilienkartoffeln, dazu Erbsen mit Möhren. Zum Dessert wurde eine süße Creme namens Moselglück serviert. Die Gesellschaft amüsierte sich köstlich. Den Plattenspieler bediente Jupp, der Wirt, höchstpersönlich. Zu fortgeschrittener Stunde legten die Gäste wilde Tänze auf das Parkett. Heinrich tanzte mit Annegrete wieder einen Rock'n' Roll. Wie damals in Winterberg. Es fehlte ihnen zwar ein bisschen an Übung. Doch im Laufe des Abends tanzten sie immer ausgelassener. Sehr zur Belustigung der anwesenden Gäste.

Andere versuchten sich mit anderen lockeren Tänzen, als plötzlich die Eingangstüre aufging. Eine junge Frau und ein junger Mann betraten den Saal. Keiner der anwesenden Gäste konnte das Paar irgendwie einordnen. Bis auf Heinrich. Sein Gesicht war leichenblass. Der junge Mann eröffnete die Unterhaltung gegenüber Heinrich im ruhigen, ernsten Ton, „du weißt warum wir gekommen sind?" war seine Eingangsfrage. Heinrich versuchte zunächst zu leugnen und den Auftritt als schlechten Scherz abzutun. Im Laufe des Gesprächs wurden jedoch immer mehr Fakten auf den Tisch gelegt. Es kam heraus, dass Margret, so hieß die junge Frau, im sechsten Monat von ihm schwanger war. Das wollten sie und ihr Bruder dem werdenden Vater mitteilen.

Er hatte ihr, so Margret, auf die Ehre seiner Mutter geschworen, sie zu heiraten. Heinrichs Mutter rang nach Luft.

Was hatte denn ihr sauberer Herr Sohn wieder angestellt. Mein Gott, ging das denn nie vorbei. Herr und Frau Wolters waren doch anständige Leute.

Und jetzt so was. Der Junge war im Grunde ein lieber Kerl, nur mit der Wahrheit und der regelmäßigen Arbeit, nahm es der Sohn nicht so genau. Schon in der Schule wurden sie oft zum Fräulein Scholz gerufen. Was hatte sie der Frau nicht alles hingetragen. Vom Pflaumenkuchen bis zur Häkelgarnitur. Bis zu einem gewissen Punkt zog die Scholz den kleinen Heinrich mit durch. Aber irgendwann war Schluss. Die Noten des Abgangszeugnisses der Volksschule waren so unterirdisch, dass Heinrichs Mutter einen entfernten Verwandten beknien musste, damit er ihren Sohn in seiner kleinen Schlosserei aufnahm. Doch die Schlosserlehre war nichts für den Jungen. Als ihm dann das Wasser in jeder Hinsicht bis zum Hals stand, hatte er aus Verzweiflung als Hilfskraft beim Gerüstbau angefangen. Das war natürlich Knochenarbeit die ihm in den Rücken ging. Doch Kinder machen konnte er dennoch. Und der Bruder der geprellten Margret bestand jetzt darauf, dass der Bräutigam mit vor die Türe kommt, damit die ganze Sache wie unter Männern geklärt werden könne. Danach sollte sich der schöne Heini noch mit den juristischen Folgen rumschlagen.

Annegrete erholte sich nur langsam von diesem Schock. Auf den Schreck trank sie mehrere Liköre. Einen kippte sie sich über ihr Kostüm. Kontrollverlust oder so was. Die Feier war versaut. Niemand tanzte mehr. Einige verließen das Lokal. Andere gaben sich die Kanne. Margrets Bruder versuchte mehrmals auf Heinrich loszugehen. Jupp, der Wirt, und seine Bodyguard-Truppe ließen keine Gewalt zu. Plötzlich schrie Margret „es geht los!" Sie hatte sich wohl verrechnet. Jetzt liefen alle zur Schwangeren. „Sie bekommt bestimmt ihr Kind früher. Kein Wunder. Die ganze Aufregung. Das musste ja so weit kommen", war die einhellige Meinung der Gäste. Ein Onkel, der schon einiges getrunken hatte, fuhr die Gebärende ins Krankenhaus. Die Gute hatte wohl zu viel Mettbrötchen mit Zwiebel gegessen, was bei ihr immer außerordentliche Blähungen verursachte. Blinder Alarm also. Aber was kommen musste, kam.

Heinrich bezahlte nun monatlich für seinen Ausrutscher Unterhalt. Von dem überschaubaren Lohn, den Heinrich verdiente, musste er zu alledem noch für den kleinen Erwin bezahlen. Annegrete ließ zu diesem Thema ein Donnerwetter los. Am Ende der Hochzeitsveranstaltung wurde ihr Gatte noch volltrunken von den Trauzeugen nach Hause getragen. Sie verdonnerte ihn, mit einem Nachtlager auf dem Sofa vorlieb zu nehmen. Zur Strafe. Das war Heinrich ganz recht. Zu einer romantischen Liebesnacht wäre es ohnehin nicht gekommen. Am anderen Morgen schwor er Annegrete ewige Treue. Die Schlampe habe ihn verführt, um ihn unter die Haube zu kriegen. Annegrete wollte den Ausführungen Heinrichs einfach glauben. Denn Liebe macht ja bekanntlich blind. Zum Schluss verfluchte sie das Flittchen, die so übel mit ihrem Mann umgegangen war. „Das hatte die hinterhältige Hexe sich so ausgedacht", fluchte Annegrete jedes Mal, wenn sie die Bankauszüge mit den Unterhaltszahlungen für den kleinen Erwin las.

Rita versuchte in der Schule fleißig mitzuarbeiten, um in vielen Fächern gute Noten zu bekommen. Sie wollte selbstständiger sein, als ihre Mutter. Vor allem nicht von einem Mann abhängig sein, für den sie vielleicht auch noch arbeiten musste. Gutes Geld wollte sie verdienen. Doch bis dahin war ein weiter Weg.

Erst Mal sollte sie in der wachsenden Familie die ihr von Annegrete verordnete Rolle des großen verantwortlichen Mädchens spielen. Bald stellte sich heraus, dass ihr Stiefvater die Arbeit im Gerüstbau wegen mehreren Bandscheibenvorfällen nicht mehr ausüben konnte.

Durch Beziehungen eines Onkels, der im Ministerium des Innern arbeitete, ergatterte Heinrich einen Posten als Pförtner. Das sollte eine Lebensstellung werden. Alle waren froh. Öffentlicher Dienst, mit all den Zulagen und Vergünstigungen. Es wurde auch höchste Zeit. Die Familie erweiterte sich wieder. Dieses Mal war es ein Sohn. Welche Freude. Er wurde auf den Namen Herbert getauft. Da Heinrich ein FC

Köln Fan war, kaufte er seinem Sohn sehr zeitig die diversen Fan Artikel. Für seine Töchter gab er kein Geld aus. Ihre Geburtstage vergaß er immer. Seinen eigenen feierte er gerne mit seinen Saufkumpanen im „kalten Bügeleisen". War er besoffen, holten Annegrete oder die Töchter ihn aus der Kneipe ab.

Bei der Taufe seines Sohnes Herbert glänzte der Vater besonders. Annegretes Bruder Peter war der Pate des Kleinen. Während der Tauffeier ließ er einen Trinkspruch los, der nicht so gut ankam. Außerdem war Peter voll besoffen und verlor sein Gleichgewicht. Hätte sein Schwager Heinrich ihn nicht beherzt an seiner Krawatte gepackt und Schlimmeres verhindert, wäre Peter im leckeren Schmorbraten gelandet.

Heinrich konnte es sich nicht verkneifen, den Paten seines Sohnes in diesem Zusammenhang einen Nichtsnutz und Knallfrosch zu nennen. Was wiederrum zu einem erneuten Streit der beiden Kontrahenten führte. Seit er Pförtner in einem Ministerium war, hielt er sich für was Besseres. Diese Haltung brachte Oma Irmgart erneut auf die Palme. Sie nahm ihren Schwiegersohn bei Seite und erklärte ihm zornig, „du hast meinem Sohn gar nichts zu sagen. Kuck lieber auf dich. Und sauf nicht so viel." Heinrich blieb die Luft weg. Er widersprach nicht. Vor Irmgart hatte er Respekt. Er wusste nicht recht warum. Aber alle waren dann still, wenn die Oma ihr Wort erhob.

Sie war das unausgesprochene Oberhaupt der Familie. Keine Frau großer Worte. Aber wenn Irmgart loslegte, fühlten alle, was es geschlagen hatte. Um das betretene Schweigen zu überwinden, erhob der Opa auf den kleinen Herbert sein Glas. Alle Anwesenden stießen erleichtert mit ihm an.

Rita war müde. Sie dachte wieder an die ständig brüllenden Geschwister, die sie zu versorgen hatte. Bis sich die letzten Gäste verabschiedet hatten, dauerte endlos. Annegretes Älteste war schon mal mit den Kleinen nach Hause gegangen. Die Mutter kam später nach und der Vater des Hauses betrat irgendwann in der Nacht stockbesoffen die Wohnung. Gottseidank randalierte er heute nicht. Er holte sich noch einen Absacker aus dem Kühlschrank und schnarchte seinen Rausch aus. Am nächsten Tag hatte er Nachtdienst. Er konnte bis abends seine Zeit im Bett verbringen.

Nicht so Rita. Montags musste sie in die Berufsschule. Sie hatte doch die Ausbildung in einem vornehmen Seniorenstift in Bornheim. Auf Grund ihrer guten Noten wurde sie unter mehreren Bewerberinnen ausgesucht. Ihr Stiefvater, wie sie ihn etwas abwertend nannte, war der Ansicht, „Mädchen brauchen nichts zu lernen. Sie heiraten doch irgendwann und wenn sie einen Braten in der Röhre haben", wie er sich ausdrückte, „geht ohnehin alles seinen Weg". Er war der Ansicht, dass eine einfache Arbeit in der Fabrik genügte. „Und wenn einer mal ganz ehrlich ist", so Heinrich, „sie sieht doch ganz passabel aus".

Da musste man ein Auge drauf halten, dass so ein Schlawiner das Mädchen am Ende noch schwängerte. Dann wäre sie weg und du hast nur Kosten. Ja man musste sehen wo man blieb. Rita hatte sich mit Hilfe der Mutter und der Oma mit ihrer Berufswahl gegen Heinrich durchgesetzt. Annegretes „Große" durfte eine Lehre machen. So ging erst mal alles seinen Lauf. Mehr schlecht als recht.

Mit Annegretes Gesundheit stand es nicht zum Besten. Schon als Kind war sie oft krank. Vor allem starke, fiebrige Erkältungen plagten sie mehrmals im Jahr. Daraus wurde dann eine chronische Bronchitis. Und jede Schwangerschaft zehrte an ihrer Gesundheit. Nach der Geburt des kleinen Herbert hatte ihr Arzt sie schon darauf hingewiesen, dass eine erneute Schwangerschaft zu großen Problemen führen könne. Er würde ihr unbedingt davon abraten. Ihr ohnehin labiler Gesundheitszustand, vor allem die ständige Luftnot, waren keine guten Signale.

Mehrere Untersuchungen bestätigten, dass sich die bisher in unregelmäßigen Abständen auftretende Bronchitis mittlerweile zu einer dauerhaften Entzündung der Atemwege, mit Husten und Auswurf, entwickelt hatte. Dazu trug auch Annegretes Ernährung und Lebensstil bei. Zuzunehmen war für sie, die unter chronischem Untergewicht litt, eine Last. Essen eine Notwendigkeit. Gummibärchen und Schokolade, das ging noch. Am Abend machte sie sich immer eine Kanne

Kaffee. Das war ihre Nervennahrung. Und die ständige Nikotinzufuhr der Selbstgedrehten war für den ausgezehrten Körper die schlimmste Plage.

Die Putzstellen musste sie auf jeden Fall behalten. Ein Pförtner mit vier Kindern verdiente nicht so viel. Zumal er einen prächtigen Durst hatte. Rita half ihrer Mutter wo sie konnte. Als es ihr wieder mal schlecht ging, begleitete sie Annegrete zu ihrer Putzstelle am Spieldorfer Berg. Sie fand das Haus himmlisch. Als sie den Flur betrat, war sie geblendet von solch einem Stil. Es waren herrliche Glasornamente in der Eingangstüre. Annegrete erklärte ihr, dass dieses schöne große Haus eine sogenannte Gründerzeitvilla war. Das hatte ihr Frau Santhagen einmal gesagt. Was das genau war, wüsste sie nicht.

Als sie ins Esszimmer kamen, stand dort ein wunderschöner Tisch aus glänzendem Kirschbaumholz. Dazu die edlen Stühle. Am Tisch saß eine bildhübsche junge Frau. Ihre kunstvoll gearbeitete Hochsteckfrisur glänzte in dem alten, verzierten Rokokospiegel. Sie saß an dieser herrlich, mit feinem Geschirr gedeckten Tafel. Ausgesucht edle Teller mit dem dazugehörigen feinen Besteck, sehr filigrane Gläser nebst Kristallschalen mit einem Rosengesteck aus Seidenblumen zur Zierde und eine teure silberne Vase in der Mitte des Tisches rundeten das Bild ab.

Der ausladende Speisesaal erhielt sein Licht von den vielen Kerzenleuchtern, die überall an den Wänden geschmackvoll angebracht waren. Vor der jungen Frau stand ein kunstvoll gefertigter mehrarmiger Kandelaber. Das vorteilhafte Licht seiner Kerzen ließen die junge Frau noch strahlender erscheinen. Rita war förmlich geblendet. Und als die Tochter des Hauses mit ihren filigranen, mit teuren Ringen bestückten Händen das Glas erhob und einen Schluck Brut trank, konnte das Mädchen seine Augen nicht mehr von der jungen Dame lassen. Diese blickte mit ihren grünen Augen träumend in die Ferne. Rita war sichtlich ergriffen und meinte, den Blick der jungen Dame verfolgend, in eine Märchenwelt zu versinken. Ihre Gedanken wurden jäh unterbrochen, als Frau Santhagen hereinkam und unwirsch bemerkte, „so, so meine Damen, jetzt aber an die Arbeit. Es gibt doch wohl genug zu tun."

Die Nachmittagsgesellschaft war schon aufgebrochen. Frau Santhagen hatte zu einem kleinen Arbeitsessen eingeladen. Nur acht Personen aus ihrem Kollegenkreis und die Gattin des befreundeten Landtagsabgeordneten waren zugegen. Die Tochter des Hauses saß auch dabei und trank gelangweilt ihren Sekt. Den Abschlusskaffee rührte sie nicht an. Das Essen war von einer leisen Tafelmusik untermalt worden. Frau Santhagen beauftragte die Köchin eines stadtbekannten Sterne Restaurants mit den Vorbereitungen.

Nach dem Event fragte Annegrete Fräulein Santhagen, die noch etwas gedankenverloren an ihrem Sektglas nippte, ob sie und ihre Tochter Rita anfangen könnten abzuräumen? „Ja, ja gerne", antwortete die junge Frau, „ich habe gerade geträumt", stand auf und schwebte mehr als sie ging in das Nebenzimmer. Rita schaute ihr verzückt hinterher. Sie dachte, „so will ich auch mal leben. Und so schön sein. Zigaretten aus einem silbernen Etui nehmen. Nicht immer selber drehen müssen. Und dazu einen edlen Sekt trinken. Das wär's doch".

Annegrete verlor immer mehr Gewicht. Der Husten wurde auch nicht besser. Sie machte sich große Sorgen. Vor allem wegen der Kinder. Andererseits dachte sie, geht's irgendwie immer weiter. Ihr Mann allerdings war keine große Unterstützung. Das wusste sie mittlerweile. Insgesamt war er zwar zuverlässiger geworden. Er schob seine Pförtnerschichten im Ministerium, fiel selten aus und war auf der Arbeit beliebt. Mit dieser Tätigkeit nahm aber auch sein Selbstwertgefühl mitunter schon krankhafte Züge an. Jedem der es hören wollte oder auch nicht, vermittelte er den Eindruck einer einflussreichen und mit unendlicher Verantwortung ausgestatteten Amtsperson. Hörte man ihm länger zu, konnte der Zuhörer zu dem Ergebnis kommen, dass Heinrich gleich hinter dem Innenminister rangierte.

Rita, die ohnehin ein gespanntes Verhältnis zu ihrem Stiefvater hatte, nervten diese Sprüche und das ständige Gerede von Ministerium, Innenausschüssen, Regierung und was er sonst noch für Begriffe benutzte. „Die", so Rita, „hat der irgendwo aufgeschnappt. Erklären, was dahinter steckt, kann der eh nicht!" Rita arbeitete in besagtem Seniorenstift und gab sich große Mühe, ihre Arbeit gut zu machen. Übrig gebliebenes Essen durfte sie mit nach Hause nehmen. Manchmal hatte sie auch ein paar Mark Trinkgeld in der Tasche. Das behielt sie dann für sich. Ihren Lohn musste sie zuhause abgeben. Das Leben war teuer.

Heinrich ging jede Woche zum Stammtisch. Alle vierzehn Tage kegeln. Und zwei Kegeltouren im Jahr. Diese Ausgaben überstiegen um eine vielfaches das Budget des Familienurlaubs in Bayern. Nur die Kleinen durften mit. „Sonst wird's zu teuer", so Heinrich. Die angeschlagene Annegrete war damit nicht zufrieden. Aber immer öfter verlor sie auch die Kraft, sich mit ihm auseinanderzusetzen. Und so gab sie gottergeben nach.

Was sollten auch die großen Mädchen dabei. Die Beiden waren heilfroh und Heinrich gegenüber sogar dankbar, dass der Rest der Familie mal für zehn Tage weg war. Endlich hatten sie ihr Zimmer alleine. Die beiden kleinen Geschwister waren mit den Eltern in Urlaub, herrlich. Endlich hatten Rita und Gitta das Mädchenzimmer für sich alleine. Der Junge hatte ein eigenes Zimmer. „Das braucht unser Stammhalter", meinte der Vater.

Annegrete durfte auf keinen Fall mehr schwanger werden. Heinrich betonte zwar, dass die Familienplanung abgeschlossen sei. Doch bald merkten beide, dass wieder etwas schief gegangen war. Er hatte wie immer nicht aufgepasst und so sah Annegrete erneut Mutterfreuden entgegen. „Na ja, wo vier Kinder satt werden, können auch fünf Zöglinge aufgezogen werden", meinte Annegrete. Bei ihren Überlegungen plante sie auch die regelmäßige Hilfe ihrer zwei Töchter mit ein.

Heinrich hatte seinen unehelichen Sohn Erwin fast vergessen. Nur am Monatsende wurde er aufmerksam, als die Unterhaltskosten zu Buche schlugen. Annegrete traute sich gar nicht mehr zum Arzt. Er hatte sie doch vor einer weiteren Schwangerschaft gewarnt. Und so kam es, wie es kommen musste. Ihre Lungen schmerzten immer heftiger. Beim

Treppensteigen blieb ihr die Luft weg. Ihre Laborwerte waren katastrophal. Doktor Schlüter nahm ihr schon mal das Versprechen ab, sich zu schonen und häufig hinzulegen. Das konnte sie doch nicht machen.

Das Geld von drei Putzstellen würde fehlen. Wenn Annegrete dieses Problem erwähnte, wurde der Arzt sehr ernst und machte ein finsteres Gesicht. Als ob sie sich das Kind selbst gemacht hätte. Annegrete übergab sich ständig. Sie konnte die ersten drei Monate nichts bei sich behalten. Ihr Mann war sauer, da die Gattin ständig Bettruhe einhalten musste. Alles hing an ihm. „Die ganze Arbeit und die Bälger", so schimpfte er ständig rum. Dabei sprang Oma Irmgart dauernd ein, wenn es um die Betreuung der Kleinen ging.

Nach ihrer Arbeit übernahm Rita das Kommando. Gitta half ihr dabei so gut es ging. Das Essen aus dem Seniorenstift war für den Speiseplan der Familie Wolters immer eine sehr willkommene Ergänzung. Allerdings musste Rita fast jeden zweiten Tag abends für die ganze Familie vorkochen.

Annegrete verlor kontinuierlich an Gewicht. Sie war schließlich nur noch ein Gerippe. Von der erneuten Schwangerschaft war nichts zu sehen. Sie rauchte während dieser Zeit eine stattliche Anzahl Zigaretten. „Der Stress eben", meinte sie. Zur Entspannung trank sie einen etwas dünneren Kaffee. Eines Morgens wurde ihr blitzartig schlecht. Hinzu kamen starke Unterleibsschmerzen. Rita, die zufällig frei hatte, rief den Notarzt. „Sofort in die Klinik", hieß es.

Rita rief ihren Stiefvater an. Es sei sehr ernst. Heinrich war nicht sehr erstaunt über den Zustand seiner Frau. Er nahm das Ganze sehr gelassen und weigerte sich auch, sofort in die Klinik zu fahren. „Ich habe hier zu tun. Was soll ich da, etwa die ganze Zeit Händchen halten? Die Ärzte kümmern sich schon um sie", schrie er durchs Telefon. Und außerdem solle sie mal das verdammte Rauchen lassen und mal wieder genug essen, dann würde sich die Sache schon zum Guten wenden. „Schließlich ist ja eine Schwangerschaft keine Krankheit", so Heinrich.

Rita war entsetzt. Wie konnte ein Ehemann nur seine Frau so im Stich lassen. Sie nahm den nächsten Bus und fuhr in die Klinik zu ihrer Mutter. Annegrete sah aus wie eine Tote. Es dauerte nicht lange, verlor sie das Bewusstsein. Es ging zu Ende. Mittlerweile war auch Heinrich gekommen. Ihn hatte wohl das schlechte Gewissen gepackt. Er nahm sich frei, leerte zwischendurch noch einen Flachmann und marschierte ins Krankenhaus. Als er dort ankam, verstarb Annegrete. Herzversagen aufgrund einer Lungenembolie.

Inzwischen trafen auch die anderen Kinder mit den Großeltern und Annegretes Bruder Peter ein. Sie saßen alle am Totenbett und weinten fürchterlich. Nur Rita hatte im Moment keine Tränen. Sie kümmerte sich um ihre Geschwister. In ihrer Not versprach sie den Kleinen, mit ihnen ein Eis essen zu gehen. Nicht nur ein Bällchen in einer Waffel, sondern richtig mit einem Becher am Tisch im Eissalon. Die Kinder ließen sich mit der Aussicht auf einen Kinderbecher etwas beruhigen. Rita bezahlte die Zeche mit ihrem Lehrlingslohn.

Die Großeltern regelten alle anfallenden Kosten im Krankenhaus. Die Beerdigungskosten mussten irgendwie aufgebracht werden. Heinrichs Gehalt als Pförtner im Innenministerium war jeden Monat aufgebraucht. Allerdings erhielt er Sterbegeld von der Krankenkasse und einen einmaligen bescheidenen Betrag aus dem Betreuungsfond des Ministeriums. Die Nachbarn sammelten für einen Kranz. Rote Nelken mit weißem Schleierkraut. Heinrich meinte, die Lieblingsblumen seiner Gattin zu kennen, weil sie sich immer freute, wenn er ihr einen Strauß roter Nelken mit weißem Schleierkraut schenkte.

Die Großeltern mütterlicherseits bezahlten das Beerdigungsfrühstück im „kalten Bügeleisen". Dabei floss auch wieder reichlich Alkohol. Nach einigen Kurzen meinte Annegretes Bruder Peter zu Heinrich, dass er jetzt freie Bahn für die Mutter seines unehelichen Sohnes hätte. Die könne ja dann auch die anderen Blagen mit großziehen. Das war zu viel. Und während ihn die Beerdigungsgesellschaft als pietätloses, versoffenes Schwein beschimpfte, blieb Heinrich die Ruhe selbst. „Kommt Zeit, kommt Rat", bemerkte er lächelnd.

Peter, unbeeindruckt von den Schimpftiraden, wollte Heinrich unbedingt aus der Reserve locken. Er warf ihm

Verantwortungslosigkeit und die Ausbeutung der beiden älteren Mädchen vor. Sie müssten den gesamten Haushalt schmeißen und noch den sauer verdienten Lohn in die Familienkasse legen, damit sich der gnädige Herr ein bequemes Leben gönnt und all seinen Neigungen nachgehen könne. Oma Irmgart und Heinrichs Mutter waren entsetzt. Gerade vor dem Hintergrund, dass die arme Annegrete noch nicht kalt sei und man auch dem Ehemann seine Trauer zugestehen solle, sei Peters Gerede eine absolute Unverschämtheit. Er solle sich fortscheren. Gesagt, getan.

Die sogenannten Freunde Heinrichs, sprich seine Saufkumpane, nahmen Peter am Kragen und beförderten ihn an die frische Luft. Damit er etwas Atem schöpfen konnte. Nach diesen Turbulenzen servierte die Kellnerin den Streuselkuchen. Dazu gab es wieder Kaffee, Likör und Schnaps. Schließlich verabschiedete sich die Trauergesellschaft und jeder wankte seines Weges.

5 Heinrichs letzter Auftritt

Am anderen Tag hatte Heinrich frei. Er nahm sich noch zusätzlich drei Wochen Urlaub, weil er zu Hause ja so viel am Hals hatte. So gegenüber seinem Chef und den Kollegen. Das brachte ihm ungeahntes Mitleid ein. Jetzt hatte er Zeit für sich und konnte planen. Rita und Gitta wollte er sich als erste vornehmen. Sie mussten jetzt richtig ran. In der Zigarettenfirma in Hersel wurden junge und fitte Arbeitskräfte gesucht. Das wäre doch was für die Beiden. Die Mädchen brauchten keine Lehre. Das war verlorene Zeit. Dort konnten sie schnell gutes Geld verdienen. Dazu sollte Rita ihre Lehre im Altenheim abbrechen.

Er entschied. Er war der Erziehungsberechtigte. Annegrete konnte ihm jetzt nicht mehr reinreden. Ferner war Rita auch noch eine günstige Arbeitskraft für seinen Haushalt. Sie konnte gut organisieren und kochen. Das Essen schmeckte wesentlich besser als bei seiner Verstorbenen. Das waren zunächst nur Gedankenspiele. Der Stiefvater hatte bisher nichts unternommen. Nur vom Hörensagen in der Kneipe war er zunächst auf diese Idee gekommen.

Ein Kumpel arbeitete in der Zigarettenfabrik. Der Chef stellte vorzugsweise Hilfskräfte ein. Ohne Tarifvertrag. Er setzte allein den Lohn fest. Nach Schnelligkeit und Zuverlässigkeit. Für die Tätigkeiten brauchte er flinke Hände und Ausdauer. Das hatten die Mädchen. Heinrich freundete sich immer mehr mit der Vorstellung an.

Zuvor musste er aber mit Frau Schrank, der Küchenchefin des Altenheims, Ritas Vorgesetzte und Ausbilderin, sprechen. Bei ihr hatte Rita einen Stein im Brett. Frau Schrank wusste von den prekären Verhältnissen der Familie. Deswegen ermunterte sie das Mädchen, übrig gebliebenes Essen mit nach Hause zu nehmen. Manchmal war sogar ein Blech mit Kuchen dabei. Darüber freuten sich besonders Ritas kleine Geschwister. Oft brachte sie auch noch Schnitzel zum Aufbacken mit nach Hause. Ein besonderer Leckerbissen für den Stiefvater. Und wenn sie einmal in der Woche mit einer großen Schüssel Pudding in der Türe stand, waren alle begeistert. Daran dachte Heinrich auch. Er überlegte und beschloss, dass er hinsichtlich Ritas Ausbildung erst Mal nichts unternehmen würde. „Aber Gitta, das faule Luder", wie er sich ausdrückte, „muss in die Fabrik". Die Lehre als Frisörin konnte sie sich aus dem Kopf schlagen. Aber dazu später.

Als Annegrete noch lebte war immer das gleiche Wochenendritual. Sie saß samstags am frühen Nachmittag, als Rita vollgepackt mit ihren Schätzen aus dem Altenheim, wie sie es nannte, nach Hause kam, mit einer Zigarette, einer Tasse schwarzen Kaffee am Küchentisch und schmökerte in einem ihrer Basteiromane. Gegen drei klingelte Oma Irmgart und lieferte die Kleinen ab. Die mussten jetzt gebadet werden. Natürlich von den großen Mädchen.

Die Schwestern wechselten sich ab. Rita durfte anschließend mit einer Freundin in die ortsbekannte Diskothek „Violetta". Allerdings war um zehn Zapfenstreich, wie die Mutter immer betonte. Die Disko öffnete um sieben, die Zeit war also kostbar. Vorher ruhte sich Rita noch was aus. Dann machte sie sich startklar. Sie hatte heute mehr Zeit, weil Gitta mit dem Baden der Kleinen an der Reihe war. Darauf achtete Heinrich. Ordnung und Sauberkeit muss sein. Seine Kinder sollten ordentlich aufwachsen. Er war ja schließlich fast Beamter in einem Ministerium.

Rita dachte bitter, „wenn der Alte sonst immer so sauber und korrekt wäre". Nach seinen Aufenthalten im Badezimmer sah man das ganze Elend. Ihm war nicht klar, dass eine Toilettenbürste zur WC-Reinigung vorhanden war. Auch stank es ständig nach Männerpisse. Nach seinen Sauftouren war der Geruch besonders bestialisch. Rita, die nach wie vor für die Reinigung des Badezimmers und der Toilette zuständig war, kaufte von ihrem Trinkgeld ordentliche Chemiekeulen gegen den Gestank und die Bakterien im Sanitärbereich.

Samstags abends, Rita war schon weg, ging Heinrich ins „kalte Bügeleisen". Er nahm jede Möglichkeit wahr, dorthin zu verschwinden. Einmal hatte ihn eine Nachbarin mit der Mutter seines unehelichen Sohnes gesehen. Als Annegrete davon erfuhr, gab's einen riesen Krach. Er bezichtigte sie der krankhaften Eifersucht. Sie hätte ja auch nie Lust, mal mit in die Kneipe zu gehen und es so richtig krachen zu lassen. Sie sei eine richtige Schlaftablette geworden, so der Herr und Meister. Und wie immer rechtfertigte sich Annegrete in ihrer devoten Art. Sie sei müde und abgearbeitet. Samstags komme immer die Woche raus. Und überhaupt, das dumme Gerede im Suff könne sie eh nicht leiden.

Da wäre ihr die Lektüre eines Basteiromans schon hundert Mal lieber. Heinrich rechtfertigte das Treffen mit Erwins Mutter. „Die Schlampe", so setzte er an, „hat sich nichts Besseres einfallen lassen, als wieder zu heiraten". Einen Maurer. Von dem sei sie schon wieder schwanger. Und von ihm würde sie weiterhin Unterhalt kassieren. Das fand Heinrich eine bodenlose Unverschämtheit.

Das hinderte ihn allerdings nach Annegretes Tod nicht daran, der Mutter des kleinen Erwin seine Aufwartung zu machen. Mit einer Schachtel „Edle Tropfen in Nuss" bewaffnet, schritt er nach dem Trauerjahr mutig zur Tat. Eine Frau und

Mutter fehlte in seinem Haushalt. Er würde sicher fündig werden, meinte er. Diesmal holte sich der Gute jedoch einen Korb. Jetzt stand er da. Unverrichteter Dinge. Wer weiß wofür es gut war. Die Dame war mit der Zeit ganz schön aus dem Leim gegangen. Dann war sie ja auch noch zu allem Elend mit diesem üblen Maurer verheiratet.

Heinrichs Pläne schienen sich nicht so zu realisieren, wie er sich das vorstellte. So allein als Witwer war kein schönes Leben. Zumal die Annehmlichkeiten fehlten. Annegretes wöchentliches Wurstpaket vom Metzger, bei dem sie als Putzhilfe beschäftigt war. Vor allem das Geld, welches die Verstorbene als Reinigungskraft verdiente. Annegrete war ja fast nie angemeldet, ergo bekam sie auch nur eine minimale Rente. Außerdem, wer drehte jetzt die Zigaretten? Rita hatte er rausgeschmissen und Gitta arbeitete zwar in einer Zigarettenfabrik. Aber Kippen bekam er keine von ihr. Die Gratispröbchen verrauchte sie selber. „Ganz ihre Mutter", dachte er bei sich.

Rita vermisste Annegrete. Nach dem Tod ihrer Mutter lief fast täglich ihr bisheriges Leben vor ihren Augen ab. Auch wenn die Mama nicht immer eine Stütze war. Sie fehlte ihr schrecklich. Sie fühlte sich wie ein Pünktchen ganz alleine und verlassen im Universum. Diese Gedanken und Gefühle kamen oft über sie. So saß sie da wie das heulende Elend in Brittas Zimmer, als Frau Weiler hereinkam. Als erfahrene Mutter und als Frau, die mitten im Leben stand, sah sie direkt, wie Rita zumute war. Mit ihrer herzlichen und empathischen Art spendete sie Rita Trost.

„So eine Trauerzeit dauert lange. Aber deine Mama wollte auch, dass du nach vorne schaust", sagte Frau Weiler. Sie bat sie, mit in die Küche zu kommen. Britta und ihre Mutter bereiteten ein leckeres Essen zu. Rita bemerkte immer wieder, dass in dieser Familie Harmonie, gegenseitiger Respekt und Organisation groß geschrieben wurden. Der Esstisch in der Küche war für fünf Personen gedeckt. Alle erschienen pünktlich. Frau Weiler wies bei jeder Gelegenheit darauf hin, dass sie und sonst keine die Kapitänin auf dem Schiff war.

Wenn die alleinstehenden Frauen nicht das Zepter in der Hand hielten, wer sollte denn um Himmels Willen, das Schiff sonst schaukeln. Sie sprach oft in diesen bildhaften Worten. Rita empfand sie als kompetente Ratgeberin für alle Frauen in dieser Lage. Das hatte sich auch in der Siedlung rumgesprochen. Brauchte jemand einen Rat, ging man zu Frau Weiler. Sie konnte zuhören, jedes Problem auf den Punkt bringen und meistens konkret sagen, was zu tun sei.

Heute gab es Kesselkuchen mit Apfelkompott. Inge Weiler besaß einen modernen Mixer. Damit ließ sich der Kartoffelteig schneller bearbeiten. Die neuen technischen Küchengeräte waren eine große Erleichterung bei der Herstellung der Mahlzeiten. Auch für Inge. Sie arbeitete hart. Vor allem die Schichtdienste zehrten an der Gesundheit. Das war nicht einfach. Aber für die Schichtarbeit gab's Zulagen. Insbesondere der Nachtdienst wurde gut bezahlt. Dieses Geld brauchte die Familie, um einen bescheidenen Lebensstandard zu halten.

Frau Weiler achtete auch darauf, dass jedes Familienmitglied seine jeweiligen Aufgaben zuverlässig erfüllte. Die Jungs besorgten die Getränke und halfen der Mutter beim Tragen der oft schweren Taschen. Brittas Aufgabe war es, Inge beim Wochenendputz und beim Kochen zu helfen. Beim Bügeln und Waschen mussten alle ran. Auch die Jungs. Denn gerade sie brauchten ja fast jeden Morgen frische Arbeitsklamotten.

Zwei Mal im Monat, immer freitags, ging Inge Weiler zum Kegeln. Diese Auszeit gönnte sie sich. Seit Jahren war sie Mitglied der „Klaafmötze", dem legendären Spieldorfer Kegelklub. Diese Abende waren ihr heilig. Noch nie hatte sie einen ausfallen lassen. Selbst wenn sie einen Dienst dafür getauscht hatte. Einmal im Jahr ging's auf Kegeltour. Letztes Jahr waren sie an der Ahr. Ein ganzes Wochenende keine Sorgen, nur Spaß mit der ganzen Truppe. Im nächsten Jahr sollte mal, zu ihrem zehnjährigen Klubjubiläum, so richtig auf den Putz gehauen werden. Nach Rimini, mit dem Bus. Einmal im Leben in den Süden fahren. Das war Inges Traum.

Bisher war sie mit den Kindern immerhin schon im bayerischen Hinterzarten und an der Nordsee gewesen. Die diesjährige Planung des Familienurlaubs hing davon ab, ob Tante Renate, Inges Schwester, die Hälfte des Urlaubs bezahlte. Sie war Brittas Patentante und immer recht großzügig. Sie verdiente als Abteilungsleiterin eines renommierten Modehauses recht üppig, wie sie immer betonte. Sie war nicht verheiratet und hatte keine Kinder. Britta war ihr ein und alles. Außer einem teuren, komfortablen Jahresurlaub gönnte sich Tante Renate nichts. Solche familiären Besonderheiten erfuhr Rita immer beim Essen. Inges Kesselkuchen schmeckte köstlich. Genauso wie das selbstgemachte Apfelmus. Inge sagte immer, wenn das Essen schmeckt, fühlt sich der ganze Mensch wohl. „Wie Recht sie hat", dachte Rita.

Sie haute richtig rein und ließ sich das köstliche Mahl gut schmecken. Seit langem hatte sie wieder ein beruhigendes Gefühl. Dabei vergaß sie auch ihre Trauer um Annegrete und vor allem auch den widerlichen Stiefvater. Inge bemerkte, dass es Rita besser ging. Allerdings wollte sie jetzt nicht mit der Tür ins Haus fallen. Es ist eine Gratwanderung, dachte sie. Einerseits sollte das Mädchen für einige Stunden sorgenfrei ihre Zeit genießen. Auf der anderen Seite musste sie unbedingt mit Rita reden. Das war jetzt die Gelegenheit. Die Jungs gingen auf ihr Zimmer und Britta kümmerte sich um den Abwasch.

Sie ging mit Rita ins Wohnzimmer. Inge erklärte ihr, dass sie es verstehen würde, dass Rita nicht mehr zurück zu diesem Ekel wollte. Sie versprach ihr, dass sie solange bleiben könnte, wie sie möchte. Dann sprach sie davon, dass sie kürzlich mit Anne und Karl, den Hausnachbarn gesprochen hatte. Karl sei zwar etwas verpeilt, aber trotzdem ganz pfiffig und vor allem glaubwürdig. Genauso wie Anne. Kürzlich berichteten sie ihr, so Inge, dass sie Heinrich im „kalten Bügeleisen", wo sie auch mal ein Bierchen trinken würden, getroffen hätten. „Er erzählt überall rum, dass du die Familie böswillig verlassen hast. Deine Geschwister sind ganz alleine und weinen ständig. Das sei alles deine Schuld", berichtete Inge.

Rita war jetzt sehr wütend auf diesen Lügner und Dreckskerl, wie sie ihn nannte. „Gut so", sagte Inge. „Wut ist immer besser, als depressiv in der Ecke rumzuhängen. Deswegen habe ich dir auch die Story erzählt. Ich wollte dich auch mal wieder aus der Reserve locken und für klare Verhältnisse sorgen. Deswegen mache ich dir den Vorschlag, dass wir uns mit diesem Subjekt, bevor er noch mehr Öl ins Feuer gießt, zusammensetzen.

Dabei werden wir ihn an seiner vermeintlichen Beamtenehre, die er ja immer so hochhält, packen und verbindlich abklären, dass er ein für alle Mal seine Schnauze hält", so Inge Weiler in ihrer präzisen und engagierten Rhetorik. „Darüber hinaus", so Inge weiter, „werden wir den lieben Herrn so festnageln, dass er bewegungsunfähig wird. Wir werden ihm mitteilen, dass er ab sofort seinen Verpflichtungen nachzukommen hat, ansonsten werden wir in seinem Ministerium aufschlagen und mal alle Einzelheiten über den Herrn Heinrich Wolters erzählen. Du wirst sehen", schloss Inge, „dem passt kein Hut mehr, vor lauter Muffensausen frisst der uns aus der Hand." Rita schluckte. Sie trank erst mal ein Glas Wasser. Inge merkte, dass die Situation für das junge Mädchen jetzt nicht einfach war. Aber da musste sie durch. Klare Verhältnisse. Das war Inge Weilers Credo.

Ein paar Tage später war es soweit. Ritas Knie zitterten im ersten Augenblick. Elke Weiler bat alle herein. Im Wohnzimmer nahmen sie Platz. Für die Kinder gab's Kakao und Kekse. Heinrich stellte sie eine Tasse Kaffee hin. Frau Weiler eröffnete die Familienverhandlung. Gitta setzte sich neben Rita, um ihr nahe zu sein. Die Kleinen versuchten auf Ritas Schoß Platz zu finden. Frau Weiler kam sofort auf den Punkt. Er solle keine Lügen über Rita verbreiten, sie in Ruhe lassen und umgehend seinen Verpflichtungen nachkommen. Würde er das nicht tun, sähe sie und Rita sich gezwungen, bei seinem Arbeitgeber vorstellig zu werden.

Heinrich begann zunächst mit seiner alten Laier. Vater mit zwei kleinen Kindern. Was sollte er nur machen. Die Kinder wären kaum zu bändigen. Wenn er abends nach Haus komme, sähe es aus, wie bei Hempels unterm Sofa. Gitta widersprach. Sie erklärte, dass sie doch die Dumme ist. Sie müsse putzen, waschen und kochen. Die Kleinen seien tagsüber bei der Oma Irmgart. „Die bringt sie abends bettfertig nach Hause. Und wenn er von der Arbeit kommt, zieht er sich nur um und geht in die Kneipe. Zuhause macht der doch kein Finger krumm", so Gitta weinend.

„Die Lehrstelle als Friseurin kann ich knicken, dafür jeden Tag in dieser Ausbeuterfabrik Zigaretten drehen. Wegen der schnellen Mark", sagte Gitta. Dabei schnäuzte sie sich ins Taschentuch. Ihre sonst so strahlenden Augen waren ganz verheult. „Ach Gitta hör doch auf, wir brauchen doch jeden Pfennig", behauptete Heinrich mit einer Unschuldsmiene. „Mit Verlaub Herr Wolters", entgegnete Inge, „aber sie nehmen ja auch viel für sich. Die Kneipenbesuche und Kegeltouren bezahlt ja nicht das Sozialamt." Heinrich fühlte sich ertappt und in die Enge gedrängt. Mit jämmerlicher Miene wollte er die Anwesenden dann überzeugen, dass er das größte Unschuldslamm auf Gottes weiter Erde sei.

Er versuchte, wie früher bei Annegrete, auf die Tränendrüsen zu drücken. Bei ihr gelang es ihm meistens. Aber jetzt fiel er mit seinem schnulzigen Gelaber hinten runter. Und als er noch einen drauf setzten wollte, indem er sagte, dass Rita nach Hause kommen müsse. Sie soll jetzt ihre Sachen packen! Außerdem sei sie ja nicht volljährig. Das könne er ja mal dem Jugendamt stecken, überkam Rita die kalte Wut. Sie schrie, „das hast du dir schön ausgedacht, damit du dein feines Leben weiter führen kannst, ich komme nicht mit." Gelassen erwiderte er, „die Kleinen brauchen dich, jetzt wo du die Mutter ersetzen musst."

Dabei schmiegten sich die Geschwister immer fester an Rita. Sie hielt sie lieb, streichelte sie, blieb in der Sache aber hart. Dabei wurde sie jetzt nochmal von Frau Weiler unterstützt. Sie wies erneut darauf hin, er solle jetzt bitte schön zum Ende kommen. Nach wie vor gilt, was sie eingangs zu ihm gesagt hätte. Und Rita ergänzte, „du machst doch rein gar nichts zu Hause. Auch bringst du die Kleinen nie in den Kindergarten. Alles muss Oma Irmgart und Gitta erledigen."

Heinrich wurde rot im Gesicht und erwiderte barsch, „du willst mir doch nicht sagen, was ich zu tun hab, du Rotznase. Du bist doch wie eine läufige Katze."

Gitta, die inzwischen aus dem Bad kam, rief, „Papa das darfst du nicht sagen, das ist gemein." Jetzt vergaß Heinrich seine Beherrschung und schrie, „halt den Mund wenn Erwachsene reden." Nun griff Frau Weiler erneut ein, und sagte, „mäßigen sie sich. Ein für alle Mal, Rita bleibt hier. Wir haben ohnehin schon mit dem Jugendamt Kontakt aufgenommen. In diesem Zusammenhang können sie sich auch warm anziehen."

Heinrich sah so langsam alle seine Felle davonschwimmen. Mit bebender Stimme pochte er auf sein Recht als Familienvater. Rita schrie zurück. Mittlerweile auch etwas unsachlich und der außer Kontrolle geratenen Atmosphäre angemessen, „du bist ein Nichts. Ich akzeptiere dich nicht mal mehr als meinen Stiefvater. Du willst doch nur mein Geld, um zu saufen und dich zu amüsieren." Heinrich brüllte, „jetzt ist Schluss, ich treib dir die Frechheiten schon aus." Er erhob die Hand gegen Rita. Die Kinder weinten. Gitta beschwor ihn, Rita nicht zu schlagen. Frau Weiler drohte mit der Polizei.

Durch den Krach alarmiert, schlugen Karl und Anne an die Wohnungstür und riefen, „Inge, was ist los, brauchst du Hilfe." Brittas Bruder Werner, der die Bäckerlehre machte und besonders stabil geraten war, trat ins Wohnzimmer und fragte, einen scharfen Blick auf Heinrich werfend, „kann ich irgendwie helfen?" Anne und Karl standen jetzt auch noch im Wohnzimmer und hatten den Stiefvater im Visier. Auf Grund der Übermacht, der sich Heinrich jetzt gegenüber sah, trat er den Rückzug an. Er zerrte die Kinder und Gitta aus dem Zimmer und verschwand mit den Worten, „Pack bleibt eben Pack. Ihr hört von mir."

Frau Weiler meinte, „diese Luftschlage sind wir erst mal quitt." Rita und Britta sprangen wie zwei kleine Kinder durch die Stube. Sie nahmen sich bei der Hand und sangen, „der Wolf ist tot, der Wolf ist tot." Brittas Bruder fand die Mädels wie immer bekloppt. Jetzt spielen die auch noch

Rotkäppchen. Frau Weiler unterstützte das muntere Treiben und kam mit einer Flasche Eierlikör ins Wohnzimmer. Zur Feier des Tages wurde angestoßen.

Heinrich ging weiter seiner Arbeit nach. Die Kneipenbesuche wurden weniger. Dafür kümmerte er sich mehr um die Kleinen. Der Besuch einer Mitarbeiterin des Jugendamtes hatte Früchte getragen. Die Behörde sprach ihm gegenüber eine verbindliche Verwarnung aus. Rita bekam Besuchsrecht. Wenn sie Zeit hatte und Heinrich nicht zuhause war, verbrachte sie einige Stunden mit ihren Geschwistern. Die Kleinen hingen sehr an ihr. Oft trafen sie sich auch alle bei Oma Irmgart. Mit Gitta ging sie am Wochenende tanzen.

Über Heinrich wurde kaum noch gesprochen. Karl und Anne trafen ihn hin und wieder im „kalten Bügeleisen". Er sei, so die Beiden, vor allem mit der Suche nach einer geeigneten Frau beschäftigt. Im Übrigen hätte er arg Federn gelassen. Er stellte sich wohl, so Karl und Anne, seine weitere Lebensplanung einfacher vor. In Ritas weiterem Leben, trat Heinrich immer weniger in Erscheinung. Sie dachte nur noch selten an ihn.

6 Rita im Glück

Rita ging nach wie vor jeden Samstag ins „Violetta". Dort verkehrten damals auch junge Spanier und Italiener. Es waren die Kinder der ersten Gastarbeitergeneration. Der Begriff Gastarbeiter war von Anfang an umstritten. Zumal dieses Wort immer in einem abwertenden Sinne gebraucht wurde und bereits in den letzten Jahren des Zweiten Weltkriegs als Bezeichnung für ausländische Zivilarbeiter auftauchte. Gast-, Fremd- und Ostarbeiter wurden damals synonym gebraucht.

Diese Menschen waren meist auf nicht ganz freiwilliger Basis gegen Entlohnung in der NS-Kriegswirtschaft tätig. Ab Mitte der fünfziger Jahre, als in Westdeutschland das sogenannte Wirtschaftswunder einsetzte, benötigte man vor allem in der rheinisch-westfälischen Großindustrie und insbesondere im Ruhrgebietsbergbau jede Menge billige Arbeitskräfte. Und da die Menschen im Süden Italiens und in vielen Teilen der Iberischen Halbinsel arbeitslos waren, kamen sie in die Bundesrepublik, um sich eine neue Existenz aufzubauen. Diese Zusammenhänge hatte Rita, als sie Alfonso Morales kennenlernte, noch nicht auf dem Schirm.

Alfonso war der Sohn von Enrico Morales. Dieser kam vor über fünf Jahren als Arbeitsmigrant aus Südspanien ins Rheinland. Enrico arbeitete in einer Maschinenfabrik am Fließband. Die Arbeit war monoton, aber für spanische Verhältnisse sehr gut bezahlt. Er und seine Familie kamen aus der Nähe von Benidorm. Seinen ältesten Sohn Alfonso hatte er schon Mal mit nach Deutschland gebracht. Seine Frau und zwei kleine Kinder waren in Südspanien zurückgeblieben. Alfonso plante, sich im Rheinland ein paar Jahre niederzulassen, hart zu arbeiten, gutes Geld zu verdienen, um schließlich in Benidorm ein Restaurant zu eröffnen.

Auch war es nicht verkehrt, so Enrico, nebenbei die deutsche Sprache zu erlernen. Vor dem Hintergrund der sich gut entwickelnden Tourismusindustrie in Südspanien war es wichtig, dass man Deutsch konnte. Viele Westdeutsche flogen in die südspanischen Urlaubsgebiete und erwarteten natürlich in ihrer Heimatsprache empfangen und bedient zu werden. Enrico war überzeugt, dass er und seine Familie in ein paar Jahren ein Stück vom großen „Kuchen" abbekommen. Er wollte es allen zeigen. Mit harter Arbeit, Disziplin und einem großen Ziel vor Augen, konnte man es in dieser Welt zu etwas bringen. In diesem Sinne erzog er auch Alfonso.

Vater und Sohn wohnten in einer kleinen Wohnung in der Bonner Altstadt. Mit zwei Landsleuten zusammen. Es waren zwei Zimmer und zwei winzige Schlafräume. Eine gemeinsame Küche, die etwas größer war, benutzten die vier Männer um sich auch mal spanisches Essen zuzubereiten. Das war ganz wichtig. Es erinnerte an die Heimat. In den beiden Schlafzimmern der vier Bewohner waren noch je zwei Nachttische und ein Schrank. An der Wand hingen viele Bilder von mehreren Generationen der Familie Morales.

Alfonso lernte schnell Deutsch. Er machte einen halbwegs ordentlichen Schulabschluss und konnte durch Beziehungen zu einem spanischen Landsmann, der in einer großen Autowerkstatt tätig war, die Ausbildung zum Lackierer beginnen. Noch dazu bei der alteingesessenen Firma Maslein. Sein Vater war stolz auf ihn. Er hatte es geschafft. Genauso wie Enrico sich das wünschte. Er machte eine Ausbildung und war inzwischen im dritten Lehrjahr. Der spanische Kollege achtete genau darauf, dass der junge Alfonso ihn nicht enttäuschte. Er hatte ihn schließlich an die Firma vermittelt. Alles war gut. Auch der Chef, Herr Maslein, war zufrieden.

Rita war sofort auf Alfonso aufmerksam geworden. Mit seinen langen schwarzen Haaren und teuflisch langen Wimpern war er ein echter Hingucker. Besonders hinreißend aber waren seine schwarz funkelnden Augen. Dass Alfonso etwas zu klein geraten war, darüber sah Rita hinweg. Sie war halt einfach etwas größer geraten. Die schlanke, hochbeinige Figur ihrer Mutter eben. „Mit flachen Schuhen geht das schon", dachte sie. Es gibt Schlimmeres. Und er konnte tanzen. Das Lied „Wenn die Rosen erblüh'n in Malaga" von Cindy und Bert wurde zu ihrem Song. Wenn die Stelle kam „digeding.Ole! Spaniens Gitarren begleiten die Verliebte seit ewigen Zeiten. Spaniens Gitarren die spielen als ob sie mit den Liebenden fühlen (...)", sang Rita immer leise mit und war verzückt bis zum Abwinken.

Alfonso hielt sie fest in seinen Armen und führte sie beim Tanz wie ein stolzer Spanier. Das Leben war schön in diesen Momenten. Alfonso nannte sie „die schönste Senorita von Bonn". Bald trafen sie sich regelmäßig im „Violetta". Sie tranken Cuba Libre, tanzten und unterhielten sich angeregt. Es dauerte nicht lange, zeigte Alfonso seiner neuen Flamme einen kleinen Schlüssel. „Weißt du was das ist, schöne Senorita?", fragte er Rita nach dem zweiten Cuba Libre. Ihr war nicht ganz geheuer zumute. Sie hatten sich schon geküsst. Mitunter sogar etwas intensiver. Aber als sie in seine funkelnden Augen sah, bemerkte unsere Heldin, ein zusätzliches erotisches Leuchten in seinem Gesicht.

Rita wurde unruhig. Zumal sie Oma Irmgart immer darauf hinwies, ihre Unschuld wie einen Schatz zu bewahren. Sie beugte sich leicht zu Alfonso hinüber und erwiderte, „du brauchst gar nicht zu denken, dass da irgendwas läuft". Alfonso fuhr unverdrossen fort, „mein Kumpel, der Carlos, hat eine kleine Wohnung. Ganz in der Nähe. Wir könnten Musik hören und uns unterhalten. Hier ist doch so ein Krach. Er hat auch eine kleine Bar und mir angeboten, ein paar Drinks zu mischen. Weitaus billiger als hier. Danach bringe ich dich nach Hause, ich schwöre." Rita, mit ihren siebzehn Jahren war das Elend ihrer Mutter noch geläufig. Diesen Weg wollte sie nicht gehen. Andererseits, was war schon dabei, da konnte doch eigentlich nichts passieren.

Die kleine Wohnung lag in der Altstadt. Sie gingen durch ein dunkles, nicht sehr gepflegtes Treppenhaus. Die Stiegen krachten, als sie die Treppe hinauf gingen. Rita war es unheimlich. Vielleicht sollte sie umkehren. Aber die Neugier überwog. Im vierten Stockwerk waren sie an ihrem Ziel angekommen. Carlos, der Freund, war auf Montage. Die unaufgeräumte Wohnung roch leicht muffig und ungelüftet. In der Küche standen jede Menge halbvolle Flaschen herum. Gin, Bourbon, Magenbitter und Veterano. „Das ist die Bar", so Alfonso.

„Toll", bemerkte Rita etwas angesäuert. Sie, als die Ordnung selbst und als ein ausgemachter Küchenprofi, könnte kotzen, als sie den ungepflegten Herd und den verschmierten Küchenschrank wahrnahm. Eine Neonlampe diente als Beleuchtung. „In diesem Licht sieht jeder krank oder um Jahre gealtert aus", dachte Rita. Sie wurde dann etwas versöhnlicher, als sie Carlos' Allerheiligstes betraten.

Das Wohn-Schlafzimmer war klein aber fein. Carlos, ein begabter Handwerker und Techniker, hatte sich hübsche Holzregale, ein schönes gemütliches Bett und einen stabilen feinen Tisch gezimmert. In den Regalen standen auch einige Bücher. Ein seltener Anblick für die Beiden. Sie bevorzugten den Plattenspieler. Ein teures Modell. Rita betrachtete das Gerät mit Ehrfurcht. Sie hatte selten so ein technisch wertvolles Teil gesehen. Vielleicht mal bei Frau

Santhagen am Spieldorfer Berg. Das waren ja auch vermögende Leute.

Alfonso bemerkte, dass sich Carlos diese edle Stereoanlage, dazu gehörte noch ein Receiver und zwei tolle Boxen, zusammengespart hätte.

Er, Alfonso, sei der einzige Freund, dem er seine Wohnung und seine Anlage anvertraue. Darauf könne er sich was einbilden. Rita wurde lockerer. Sie war aber fest entschlossen, was immer Alfonso auch anstellen sollte oder welche Tricks er aus dem Hut zaubern würde, sich ihm heute nicht hinzugeben. Mit dem Hinweis, dass die Romantik nicht fehlen dürfe, zündete dieser die beiden Kerzen auf dem Tisch an. Dann holte er aus dem Kühlschrank eine Flasche Asti Spumante und zwei Sektgläser.

Die Musik lief bereits. „Cindy und Bert". Carlos mochte diese Schlagermusik nicht. Alfonso war auch nicht unbedingt ein Fan dieses Duos. Aber wegen Rita lieh er sich die LP von seinem Vater aus und hatte sie schon nachmittags in die Wohnung gebracht. Rita bemerkte die Inszenierung sofort. Carlos Plattensammlung setzte sich überwiegend aus Hard-Rock-Gruppen und den Stones zusammen. Keinerlei deutsche Schlager dazwischen. Ausgerechnet „Cindy und Bert". Irgendwie fand sie die Shownummer aber süß. „Alfie, was hast du vor?", fragte Rita kleinlaut und vom Asti schon ein wenig angeschwipst.

Er mochte den Kosenamen nicht. Eigentlich. Aber um Rita einen Gefallen zu tun, ertrug er es. Alfonso entgegnete, „ich will mit dir einen schönen Abend verbringen. Du gibst doch zu, dass es hier gemütlicher und ruhiger ist, als in der Disko." „Keine Frage", so Rita. Alfonso zauberte auch noch eine Tüte Chips herbei. Die hatte er mit der LP und dem Asti Spumante ebenfalls schon nachmittags in der Wohnung deponiert. Er wusste, dass er Rita mit dieser Kombi, Asti, Chips und dem erwähnten Gesangsduo überzeugen konnte. Es dauerte dann auch nicht mehr lange, bis es intim wurde. Natürlich ohne Kondom. Alfonso versicherte ihr, dass er alles im Griff hätte. Rita vertraute ihm. Sie konnte nicht sagen, warum.

Inzwischen war es kurz vor Weihnachten. Inge Weiler freute sich, in Rita eine fleißige junge Untermieterin gefunden zu haben. Sie packte an, wenn irgendwas anstand. Ihre Ausbildung hatte sie abgeschlossen. Sie zahlte pünktlich ihren Beitrag in die Haushaltskasse. Inge war rundum zufrieden mit ihr. Dennoch war Brittas Zimmer auf Dauer zu eng für die beiden Mädchen. Rita sah das selbst so. Sie ging auf Zimmersuche. Dieses Unternehmen gestaltete sich nicht so einfach. Wohnraum war schon immer rar und teuer. Erst mal abwarten, meinte Inge.

Sie hatte auch von der Freundschaft mit dem spanischen Jungen gehört. Dieser Liaison stand sie nicht durchweg positiv gegenüber. Nicht weil Alfonso Spanier war. Die beiden waren doch noch so jung. Und Inge wusste ja aus eigener Erfahrung wohin so eine junge Beziehung führen kann. Aber was sollte sie gegen die Übermacht der Liebe machen.

Anne und Karl erzählten im Haus rum, dass Heinrich inzwischen wieder liiert war. Er hatte wohl eine neue Partnerin gefunden. Ein wahrer Hausdrache, wurde gemunkelt. Das geschieht ihm recht. So die einhellige Meinung der Hausbewohner. Gitta hatte sich in ihren Chef verliebt. Der war älter, verheiratet und hatte Kinder. Wegen der jungen hübschen Angestellten verließ er seine Familie. Noch am Scheidungstag kaufte er umgehend Verlobungsringe. Die Feier fand im Stillen statt. Gitta war noch nicht volljährig.

Sie mussten mit dem offiziellen Teil noch etwas warten. Sonst gab's nur Gerede, so der Chef. Der hieß Frank, sah aus wie der junge Toni Curtis und war auch unsterblich in Gitta verliebt. Über fünfzehn Jahre älter war er ganz angetan von dem schönen jungen Fräulein. Vor allem von ihren Kurven und ihrer unbeschwerten Jugendlichkeit. Dafür nahm er sehr viel in Kauf. Seine geschiedene Frau versuchte ihn aus Rache finanziell zu ruinieren. Letztlich einigte man sich. Gitta hatte es geschafft. Sie war glücklich.

Rita freute sich über diese Entwicklung und auf das Weihnachtsfest. Ohne Stress. Nicht so wie früher zu Hause. Bei Familie Weiler war alles gut durchorganisiert. Inge überließ nichts dem Zufall. Ihr älterer Bruder Ferdinand hatte diesmal einen besonders dicken Beitrag für das Familienfest. Er versprach Inge die Überraschung drei Tage vor Heiligabend vorbei zu bringen. „Die Hausfrau braucht ja ihre Zeit in der Küche", meinte er verständnisvoll. Normalerweise gab es bei Weilers traditionell immer frisch geräucherte „Forelle nach Art der Müllerin". Das war Inges Hausgericht. Es kam immer gut an. Wie versprochen, klingelte Ferdinand an dem verabredeten Abend an der Haustür.

Inge Weiler öffnete voller Anspannung die Tür. Ferdinand kam keuchend mit einer Kiste die Treppe rauf. Inge wunderte sich, was er mit dem Karton wolle. „Pass mal auf Schwesterchen, dieses Mal ist mir die Überraschung gelungen", erwiderte Ferdinand als er wieder zu Atem kam.

Inge schrie überrascht auf, „ah, sag mal, das ist ja eine richtige Gans." Aber klar doch, so Inges Bruder. Und ganz frisch. Das sei ein Festbraten, so Ferdinand stolz. Durch den Lärm aufgeschreckt, kamen Rita und Britta an die Tür. Auch Willi und Anne, die hellhörigen Hausbewohner standen flugs auf der Matte. Die Gans müsse bis morgen auf den Balkon. In der Wohnung könne sie auf keinen Fall bleiben. Da bestand Inge drauf. Die Mädchen wurden sentimental. Man könne das arme Tier doch nicht aussperren. Dabei streichelten sie das Federvieh und gaben ihr den Namen Lisschen.

Alle anderen sahen die Sache pragmatisch. Das sei schließlich der Weihnachtsbraten. Inge machte sich schon Gedanken, wie sie die Gans zubereiten würde. Anne, in der Hoffnung auch ein Stück vom Braten zu erhalten, bemerkte, dass die große Gans viel zu viel für eine Familie sei. Das Gerede verursachte bei den Mädchen immer größeres Mitleid für das Tier. Sie überlegten schon, wie man den Tod Lisschens verhindern könnte. Aber Rita und Britta hatten zu viele gegen sich. Auch die Brüder freuten sich schon auf den enormen und für den weihnachtlichen Esstisch vielversprechenden Braten.

Am nächsten Morgen holte Willi die Gans und brachte sie zu seinem Bruder. Rudolf arbeitete in einer Schlachterei.

Dort ging alles sehr schnell. Nach einer Stunde lag das bratfertige Liesschen in Inges Küche zur weiteren Bearbeitung. Inges Kochkünste waren legendär. Normalerweise hatte sie ihren umfangreichen Speiseplan und die Zubereitung der einzelnen Gerichte immer im Kopf. Beim Gänsebraten musste sie passen. Dazu nahm sie das Kochbuch ihrer Mutter zur Hand und befolgte die einzelnen Schritte.

Zunächst wurden die Innereien der Gans herausgenommen, die Fettdrüse aus dem Sterz sowie das sichtbare gelbe Fett aus der Bauchhöhle herausgeschnitten und danach wurde das tote Tier innen und außen gründlich gewaschen und trocken getupft. Im nächsten Schritt füllte Inge die Gans mit Backpflaumen. Danach drückte sie die Hautkanten mit Daumen und Zeigefinger zusammen und vernähte sie mit Küchengarn. Das war's.

Jetzt wurde Liesschen in den Backofen geschoben und konnte nach über fünf Stunden serviert werden. Es dauerte solange, weil es sich um eine besonders große Gans handelte. Die wiegt bestimmt über sieben Kilo, hatte Ferdinand noch gesagt. So traf sich die Familie zum Weihnachtsessen. Anne und Willi durften auch kommen. Diese Einladung lehnten sie natürlich nicht ab. Nach der Kirche saßen alle an dem festlich gedeckten Weihnachtstisch. In der Mitte stand das gebratene Liesschen.

Britta trat in den Hungerstreik. Rita konnte nichts essen. Das hatte aber andere Gründe. Inge wusste auch nicht so recht was mit ihr los war, sie mochte plötzlich kein Fleisch mehr. „Ach es ist nichts, wenn man das Tier vorher kennengelernt hat", meinte sie, um den anderen nicht den Appetit zu verderben. Es gab noch Reste. Die wollte allerdings keiner mehr so richtig in der Familie essen. Die Vögel hinter dem Haus waren froh darüber. Weilers nannten die Krähen die Krabats. Das kam von der Geschichte, die sie als Kinder liebten und Onkel Ferdinand immer wieder erzählen musste.

Der Magier am schwarzen Fluss verzauberte seine armen Gesellen in schwarze Raben. Am Spieldorfer Bach waren viele Krähen, manchmal lief auch eine Ratte am Bach entlang. Als sie diese Geschichte Rita erzählten, reagierte sie ganz komisch. Sie wechselte die Gesichtsfarbe. „Sag mal, die Rita die ist im Moment sonderbar", fragte Inge ihre Tochter Britta, „weißt du was die hat?" „Frag sie doch selber", antwortete Britta, ging raus und schaltete das Radio in ihrem Zimmer ein. Da wurde Inge misstrauisch. Immer wenn junge Frauen irgendwie komisch reagieren, vermuten Mütter Finsteres. Eine Aufklärung tat not. Sie wollte morgen Abend mit Rita sprechen.

Das ging nicht mehr so weiter. Das Mädchen schlich wie ein Gespenst durch die Wohnung. Meistens war ihr schlecht. Sie hatte über die Gebühr abgenommen, die Jeans und der Pulli hingen wie ein nasser Sack an ihr herunter. Dennoch putzte Rita immer noch auf dem Spieldorfer Berg. Das Geld konnte sie gut gebrauchen. Alfonso hatte nichts bemerkt, als Rita im Profil vor ihm stand. Dass Ritas Busen größer wurde, war ihm wohl mal kurz aufgefallen. Vielmehr sah er aber, dass Rita immer dünner wurde. Auch ließ ihre Tanzlust vehement nach.

Das verstand Alfonso gar nicht und bemerkte, „sag mal kleine Senorita willst du aussehen wie ein Model. Und was ist mit der Disko. Im ‚Violetta' vermissen dich schon alle". Rita antwortete schüchtern, „Alfie, ich bekomme ein Kind." Alfonso fiel in Schockstarre. Jetzt lief ein Film in seinem Kopf ab. Ein schlechter. Natürlich. Er stand noch mitten in seiner Lehre. Seine Verwandten erwarteten seine regelmäßigen Überweisungen nach Südspanien. Und Enrico, sein Vater? Der hatte doch ganz andere Pläne und Wünsche. Ein wirklich schlechter Film in seinem Kopf. Nach einer kurzen Weile fasste er sich wieder. In ihm hatte Rita aber alles andere als einen liebevollen Beistand. Er überhäufte sie mit Vorwürfen und sprach von seiner Familie in Südspanien. Die erwarteten ein besseres Leben.

Verärgert schimpfte er, „meine Großeltern, meine Mutter und die Geschwister hausen in einer kleinen Wohnung. Mein Opa ist ein armer Bauer aus dem Hinterland. Mein Papa und ich unterstützen die Familie jeden Monat mit Geld. Wir sparen auch für ein Restaurant, um mal auf einen grünen Zweig zu kommen. Und jetzt ein Baby, das passt ja gar nicht."

Nach diesen netten, aufbauenden Worten, brach Rita weinend zusammen. Sie hätte das Kind doch nicht alleine gemacht. Zum Abtreiben sei es zu spät. Wo sollte sie jetzt hin. Bei Weilers ist es zu eng und mit dem Dreckskerl von Heinrich, dem feinen Stiefvater, wolle sie nie mehr zusammenwohnen. Nein. Lieber springt sie von der Rheinbrücke. Das war für Alfonso zu viel. Auf einmal überkam ihn unendliches Mitleid. Und wie umgewandelt, umarmte er „seine liebste Seniorita" und teilte ihr flüsternd mit, „wir finden schon eine Lösung. Und das Baby wird bestimmt ein Enrico, wie mein Vater, stark wie ein Bulle und mutig wie ein Torero."

Jetzt stand Rita wieder in dem vornehmen Haus auf dem Spieldorfer Berg. Solange man nichts sah, konnte sie noch putzen. „Mal sehen wie lange ich den Job noch behalten kann", dachte sie. Die schöne Tochter des Hauses huschte in einem Tennisdress an ihr vorbei.

Sie hatte ihr blondes Haar zu einem Zopf zusammen gebunden. Die Beine der jungen Dame waren durchtrainiert. Das weiße Tennisröckchen wippte frech durch das Licht der Morgensonne. Die schien durch das Jugendstilfenster in den Wintergarten. Mit dem Tennisschläger unter dem Arm ging sie an Rita vorbei und hauchte ein „Hallo". Rita dachte, Frau Santhagen, die Mutter der Schönen, „hat ihr wohl verordnet auch zu dem Personal höflich zu sein." Die Dame des Hauses trat in den Salon. Rita wischte gerade über den Mahagonitisch. Frau Santhagen schaute Rita anerkennend an, „Kindchen sie sehen ja toll aus. Ihre Taille ist ja noch schlanker als die meiner Tochter. Todschick, wie haben sie das nur gemacht. Ach nein, was haben wir an den Festtagen alles gegessen. Ich hatte so viele gespickte Rehkeulen und andere Leckereien. Und auch das, was sie für die Festtage vorbereitet hatten, so die gestopfte Gänseleber, war köstlich. Alles weg.

Aber heute", so die Gnädigste, „müssen sie die Küche besonders sorgfältig bearbeiten. Der ganze Wildgeruch hängt noch in der Luft. Ach es wird mir alles zu eng hier. Und stellen sie sich vor, dieses Jahr fällt unser Skiurlaub ins Wasser.

Mein Mann muss auf eine wichtige Tagung. Zwischen den Jahren. Eine Sauerei, so etwas. Finden sie nicht, Kindchen?" Rita heuchelte aufrechtes Verständnis. „Wie war's bei ihnen?", setzte sie nach. Frau Santhagen erwartete eigentlich keine Antwort. Sie konnte nicht hören, wenn ihr Dienstpersonal über das einfache Leben berichtete. Das wusste Rita von Annegrete. Die hatte ihr mal gesagt, dass sie der Dame ansatzweise von ihren Problemen erzählte. Darüber hätte die Santhagens nur geantwortet, „ach Kindchen, es ist wie es ist. Jeder ist seines Glückes Schmied. Da kann man nichts ändern." Seit diesem Zeitpunkt werden diese rhetorischen Fragen der Santhagens gegenüber ihrem Personal, schlichtweg ignoriert.

Frau Weiler stand in der Küche. Sie war sichtlich genervt. Nach ihrer Nachtschicht versuchte sie die Scherben zu kitten, die ihre Zöglinge hinterlassen hatten. Inges Jungs stritten sich um eine Salami, die Onkel Ferdinand aus Bundeswehrbeständen günstig erwarb. Dieter war sauer, als sein Bruder die Wurst fast ganz verzehrte. „Der Penner frisst extra alles weg", schrie Dieter rum. Frau Weiler antwortete lakonisch, „ihr seid beide wie zwei Raupen, die alles vernichten. Ihr müsst euch nicht gegenseitig anmachen. Noch sind immer alle satt geworden." Auch Britta betrat noch schlecht gelaunt die Küche und verlangte noch Geld für die Schuhe, die schon vor Tagen hätten beim Schuster abgeholt werden müssen. Zu guter Letzt schlurfte Rita noch halb schlafend durch den Raum und fing an, sich einen Pudding zu kochen. Dieter, sehr erfreut über ihr Vorhaben, wollte gerne eine Portion abhaben.

Frau Weilers Sicherung brannte durch. Sie schimpfte mit ihrem Sohn. Er denke den ganzen Tags nur ans Essen und meine, immer zu kurz zu kommen. Beleidigt verließ Dieter die Küche. Danach war Rita an der Reihe. Inge fragte die junge Mutter, in welchem Monat sie eigentlich wäre. Oder sollte gewartet werden, bis das Kleine im Körbchen liege?

Jetzt oder nie, „Butter bei die Fische". Inge war eh schon auf hundertachtzig. So hatte Rita die Hausherrin selten erlebt. Kreidebleich geworden, sagte sie leise mit gebrochener Stimme, „ich weiß nicht, was du meinst, Inge". Die wurde jetzt ruhiger und bat Rita, sie nicht für dumm zu verkaufen. Sie hätte doch Augen im Kopf. Sie solle sich setzen. Man müsse reden und einen Weg finden, wie das Ganze weiter laufen soll.

„Hier kannst du auf Dauer nicht bleiben, das ist dir klar", sagte Inge zu ihr. Rita nickte gottergeben und versprach, dass sie mit Alfonso zeitnah eine Lösung finden würde. „Wir lieben uns und Alfie ist im letzten Lehrjahr. Danach verdient er richtig Kohle", murmelte Rita. „Das wird bestimmt schön mit uns werden", fügte sie leise hinzu. „Es geht ums Hier und Jetzt", versetzte Inge verbindlich. „Wovon wollt ihr morgen leben und wo wollt ihr übermorgen unterkommen, das ist die Frage? Es geht nicht um nächstes Jahr, sondern konkret um nächste Woche. Ich habe alle Hände voll zu tun, muss jeden Tag Schichten schieben. Da kann ich mich nicht noch längerfristig um eine Schwangere in meiner Wohnung kümmern. Ich sag's wie's ist", fügte sie hinzu. Inge wolle ihr nicht wehtun. Aber Klartext müsse mal gesprochen werden.

Rita sah das ein. Aber noch sichtlich von Alfonsos träumerischen Plänen eingelullt bemerkte sie Inge gegenüber, dass Alfie, seine Eltern und sie in Benidorm bald ein Restaurant eröffnen wollten. Direkt am Meer. Das sei jetzt hip, so ein Projekt. Bei dem Tourismus. Und die vielen Deutschen. Sie könne ja gut kochen und die Sprache. Das sei doch die halbe Miete.

Inge, jetzt sehr ernüchternd, holte Rita wieder auf den Boden der Realität. „Ja, Liebchen, ich habe von diesem Tourismusboom gehört. Wenn alles da unten so phantastisch ist, warum ist denn Alfie und sein Vater noch hier. Der Mann arbeitet sich am Fließband den Rücken krumm und in Südspanien läuft alles toll. Dass ich nicht lache. Kläre bitte mit Alfie und seinem Vater, wie es jetzt weitergehen soll. Ich gebe dir eine Frist von drei Tagen", sagte Inge mit Nachdruck, „ansonsten stehe ich bei deiner Oma Irmgart auf der Matte". „Nein, bloß das nicht", meinte Rita, „die hat doch noch die Kleinen am Hals."

Inge hatte ein großes Herz. Sie dachte nie im Leben daran, Rita in einer Nacht- und Nebelaktion auf die Straße zu setzen. Aber sie musste ihr mal gehörig Druck machen. Sie war auch etwas enttäuscht von dem Mädchen, weil sich Rita ihr nicht anvertraut hatte. Sie konnte ihr doch alles sagen und erklären. „Na ja", dachte Inge bei sich, „Schamgefühle. Ich kenne das alles."

7 In anderen Umständen

Nun stand Rita da mit ihren fast achtzehn Jahren. Sie war schwanger von einem jungen Spanier, der noch nicht mal mit seiner Lehre fertig war. Nach zwei Lehrjahren war ihre Ausbildung zur Beiköchin abgeschlossen. Sie wurde als Küchenhilfe übernommen und bezahlt, obwohl sie ständig höherwertige Tätigkeiten ausführte. Jetzt verdiente sie zwar mehr als ein Lehrling. Dennoch war sie unterbezahlt. Sich in ihrer Situation nach einer anderen Stelle umzuschauen, war nicht drin. Hier kannte sie alles und sie brauchte das Geld.

„Alles in allem eine missliche Lage", dachte sie verzweifelt. Und sie grübelte, „hoffentlich steht Alfie zu mir. Ich muss doch auch mal Glück im Leben haben. Die schönen Tanz-abende im ‚Violetta', das kann doch nicht alles gewesen sein. In meinem jungen Leben." Ihre Übelkeit hörte auf. Sie hatte wieder Appetit und schon zwei Pfund zugenommen. Die Schwangerschaft verlief ohne große Probleme. Jetzt war sie schon Ende des dritten Monats.

Das junge Paar verabredete sich im „Violetta". Rita be-grüßte Alfie. Sie trug an diesem Abend flache Schuhe. Das mochte er. Wegen des Größenunterschieds. Er küsste sie zur Begrüßung etwas traumverloren auf die Wange. Rita hatte sich extra hübsch gemacht für ihn. Er bemerkte es gar nicht. „Schade", dachte sie. Ein Freund von Alfie forderte Rita zum Tanzen auf. Jose war sein bester Kumpel und schon ausge-lernter Lackierergeselle.

Er verdiene gutes Geld und könne sich viel leisten, wie er sagte. Zu Hause in Barcelona hatte er seine Margeritha. Sie waren verlobt. Doch leider blieb es dabei. Nach drei Jahren ließ sie sich vom Nachbarsjungen Paolo, mit einem gutgehenden Fleischerladen im Rücken, schwängern. Er machte ihr schon seit längerem den Hof. Schließlich bedeutete ihr das mehr, als die vagen Versprechungen Joses, sie ins Rheinland zu holen. Außerdem wollte Margeritha nicht wie ihre Tante mit fünfunddreißig als alte Jungfer enden.

Jose hatte kürzlich von dieser Wendung seiner Verlobten erfahren. Er war zwar traurig aber auch erleichtert. All die blonden deutschen Mädels mit ihren langen Beinen und hübschen Tanzbewegungen waren schon offener und schließlich auch zugänglicher als die jungen Spanierinnen vom Land.

Nach mehreren Tänzen mit Jose kannte Rita seine Geschichte auswendig. Dann fing es sie an zu nerven. Sie suchte Alfie. Der war weg. Ohne sich zu verabschieden. Rita ging an die frische Luft. Irgendwie war ihr das Tanzen mit Jose zu viel geworden. Nach einer Zeit vor der Diskothek fühlte sie sich alleine gelassen. Sie war wütend und traurig zugleich. Plötzlich dachte sie an Annegrete. Wie gerne hätte sie ihr die Probleme erzählt, die sie im Moment hatte. Sie ging zum Westbahnhof. Was wäre, wenn sie jetzt vor die Bahn lief. Ihre Abwesenheit würde nicht weiter auffallen. Alle würden sagen, „siehst du, das hat sie nun davon. Hätte sie sich nicht so früh hingegeben. Selbst Schuld." Mit der nächsten Bahn fuhr sie enttäuscht und voller Wut auf den künftigen Vater nach Spieldorf zurück.

Frau Weiler saß am Küchentisch. Während sie eine Zigarette rauchte, schaute sie aus dem Fenster. Ihre Schicht war zu Ende. Heute lief alles schlecht in der Produktion der Süßwarenfabrik. Die Maschinen stockten. Der Vorarbeiter schrie die Frauen an. Das machte er immer, wenn irgendwelche Unregelmäßigkeiten den Ablauf störten. Eine Kollegin aus der Gruppe, die wegen einer aufkommenden Erkältung nicht die volle Leistung brachte, musste dran glauben.

Wenn die Zahlen nicht stimmten und die Produktion ins Hintertreffen kam, verstand Herr Wagner, der Vorarbeiter und Gruppenführer, keinen Spaß. Da nahm er auch kein Blatt vor den Mund. Manche Kolleginnen fingen dann an zu weinen, andere erfasste die blanke Wut über den rohen

Kerl. Er hatte seinen Namen weg: „Galeerenfürst". Seine stahlblauen Augen wechselten je nach Stimmung die Farbe.

Wenn er gut drauf war, vor den Wochenenden oder Feiertagen, da konnte er geradezu charmant sein. Inge Weiler sagte immer zu den Kollegen und ihrer Familie, „der lächelt und scheint ruhig zu sein, wie ein Krokodil. Doch wehe der ändert seine Meinung oder du vertrittst nicht die seine, dann Gnade dir Gott. Am besten du gehst ihm aus dem Weg, oder versuchst unterzutauchen, nach der Methode, Wegducken".

Rita schloss die Korridortüre auf. Sie wollte leise ins Zimmer huschen. Frau Weiler rief, „was schleichst du so hier rum, Rita." Sie fühlte sich ertappt. Ihr war die ganze Situation sehr unangenehm. Inge sah die Verzweiflung und Scham in Ritas Augen. Sie nahm sie in den Arm und schlug ihr vor, einen kleinen Imbiss zuzubereiten. Da konnte Rita nicht widerstehen. Inges mütterliche Art erinnerte sie an Annegrete. Gerade jetzt musste sie oft an sie denken. In ihre Trauer mischte sich auch manchmal Wut. Sie dachte dann, „warum hast du uns schon so früh verlassen?" Den mütterlichen Rat und die Geborgenheit vermisste die junge Frau. Tränen schossen ihr in die Augen.

Ob Rita auch Gurken auf die Salami möchte? Fragte Inge freundlich. Rita bejahte, wischte sich die Tränen aus dem Gesicht und setzte sich an den Küchentisch.

Inge stand vor dem offenen Kühlschrank, um alles Notwendige für einen Imbiss zusammenzustellen. Das Wasser für einen Hagebuttentee kochte schon eine Weile. Der Tee war für Rita gedacht. Der beruhigte und war genau richtig für eine Schwangere. Inge öffnete sich einen Moselwein. Den verkostete sie oft samstagsabends alleine.

Die beiden Frauen saßen in der Küche und überlegten, wie es weiter gehen sollte. Gegebenenfalls müsste Rita das Kind eben alleine groß ziehen. Sie erzählte von der Abwesenheit Alfonsos. „Er ist einfach, ohne ein Wort zu sagen, abgehauen und hat mich alleine stehen lassen", seufzte Rita. Inge erklärte, dieses Verhalten sei unverschämt und respektlos. Zumal gegenüber der schwangeren Braut. Inzwischen war auch ihr Sohn Werner von seinem Fußballtraining nach

Hause gekommen. Wie konnte es anders sein, fragte er direkt nach dem Abendessen.

Er hatte mit halbem Ohr das Gespräch zwischen Rita und seiner Mutter mitbekommen. Daraufhin erwähnte er beiläufig, dass der Alfie sich immer im Vereinslokal an den drei Spielautomaten zu schaffen machte. Er hätte für solche Drecksdinger kein Geld. Da spare er doch lieber für ein Mofa. Damit würde er am „Violetta" vorfahren. Denn, so seine Phantasie, „die Mädels finden so was geil. Und noch was", sagte Werner, „der Alfie, der steckt doch seine gesamte Kohle in diese Dinger." Sofort ging Rita ein Licht auf. Sie verstand jetzt, warum ihr Freund nie Geld hatte. Sie vermutete zunächst, sein Vater würde ihm alles abnehmen, um das ganze Geld nach Spanien zu schicken. Alfie sprach ja auch immer davon, dass sein Lehrlingslohn voll für die Familie draufging. Aber weit gefehlt.

Montags arbeitete Rita wieder in der Großküche im Seniorenstift. Ihre Chefin war schon seit einigen Wochen krank. Bandscheibenvorfall hieß es. Genaueres wusste keiner. Rita war mittlerweile für fast alles zuständig. Angesichts ihres Organisationstalents, ihrer Zuverlässigkeit und ihrem Gespür für die Zubereitung leckerer Speisen, war sie mittlerweile zu einer unentbehrlichen Arbeitskraft im Küchenbetrieb des Hauses geworden.

Das Frühstück war vorbereitet, mit allem, was dazu gehörte. Nun musste sie das Mittagessen kochen. Die Zeit war knapp bemessen. Das Abendbrot übernahmen die Kollegen der Spätschicht. Noch konnte sie arbeiten, ohne dass ihre Schwangerschaft besonders ins Auge stach. Insbesondere war ihr wichtig, dass der Verwaltungschef nichts merkte. Der Heimleiter, ein selbstgefälliger, angedickter Zeitgenosse, war alles andere als er vorgab. Wenn ihm das Personal zur Seite stand und endlose Überstunden schob, natürlich ohne Bezahlung, fand er alle ganz toll.

Auch hier war das gängige Motto für die Beschäftigten, die eigene Meinung am besten vor dem Betrieb abzugeben. Wenn nicht, schikanierte er alle auf seine Weise. Er suchte nach Fehlern und schmierte sie bei Bedarf dem einzelnen

Mitarbeiter aufs Brot. Wer ihm nach dem Mund redete und dazu noch überdurchschnittliche Leistungen erbrachte, konnte am Jahresende mit einer kleinen finanziellen Zuwendung rechnen. Ausgesuchte Mitarbeiterinnen auch mit mehr. Die Chefsekretärin hatte mittlerweile ein Verhältnis mit ihm. Erweitert wurde dieses intime Grüppchen mit der Hausdame, der Küchenchefin und der Buchhalterin. Dieses muntere „Klübchen" trank immer heimlich Sekt in einem der hinteren Büros.

Nun sollte noch Rita in diesen erlauchten Kreis aufgenommen werden. Er wusste zunächst noch nichts von ihren bevorstehenden Mutterfreuden. Solche netten Formulierungen benutzte er bei den Kolleginnen. Er war eben ein Feingeist, oder hielt sich für einen solchen. Männliche Kollegen waren ihm ein Dorn im Auge. Potentielle Rivalen sozusagen.

Vor allem wenn sie besser aussahen als er. In dieser Hinsicht konnte ihm aber schon ein etwas hässlich aussehender Jüngling Konkurrenz machen. Der gut aussehende Hausmeister und die adretten Altenpfleger konnten davon ein Liedchen singen.

Rita jedoch hielt sich von dem netten „Trüppchen" oder den Bewunderinnen meist fern, mit der Ausrede, sie hätte so viel zu tun. Auch wich sie den Verwaltungsleuten so gut es ging aus. Sie musste sie ja nicht mit der Nase darauf stoßen, dass sie in anderen Umständen war. Nach Dienstschluss ging Rita durch den Empfangsbereich auf die Straße. Heute schien endlich die Sonne. Der Winter war sehr lange kalt im sonst so milden Rheinland. Es war ein schöner warmer Märztag. Wenn sie lief, müsste sie die Bahn noch bekommen. In Spieldorf stieg sie aus. Sie war überrascht, als sie Alfie an der Haltestelle stehen sah. Mit seinem schlechten Gewissen sah er aus wie ein geschlagener Hund. Die schwarzen Locken umrahmten das traurige Gesicht. Dazu noch die betrübten Augen eines kleinen winselnden Dackels.

Wie immer, konnte Rita diesem Anblick nicht widerstehen. „Was für ein jämmerliches Häufchen Elend", dachte sie. Seine Masche hatte Erfolg. Das spürte er. Dann zog er eine rote langstielige Rose hinter seinem Rücken hervor.

Diese übergab er ihr wie ein Torero, der gerade seine Ehrerbietung dem Publikum zollt. Das hatte sie nicht erwartet. Geschweige denn, diese Galanterie.

Alfie zeigte Reue, er entschuldigte sich für sein unmögliches Verhalten. Er nannte sich einen Schuft und gelobte Besserung auf ewig. Das Ganze verfehlte seine Wirkung nicht. Mit fester Stimme sagte Rita, „Liebchen, das machst du nicht noch einmal mit mir." Sie ahnte noch nicht, wie oft sie diesen Satz in den nächsten Jahren noch sagen würde. Beide waren trunken vor Glück. Er müsse nur noch mit seinem Papa reden. Diese Hürde nehme er auch noch. Gleich morgen. Zu Hause angekommen, sprang Rita gleich zwei Stufen die Treppe hinauf. Sie fiel Britta um den Hals, küsste sie mit den Worten, „alles wird gut. Alfie redet morgen mit seinem Vater". Britta freute sich für Rita.

Währenddessen legte sich Alfonso Morales mächtig ins Zeug. Er hatte alles für ein köstliches spanisches Essen vorbereitet. Kleine Tapas als Vorspeise, dazu einen besonders guten Rotwein. Als Hauptgericht gab es Paella mit Fisch. Das hatte er alles in einem spanischen Geschäft in der Bonner Altstadt besorgt. Der Tisch in der einfachen Unterkunft war schön gedeckt. Die beiden Mitbewohner waren informiert worden, bitte nicht zu stören, bis Alfonso seinem Papa offenbarte, dass er bald Opa-Freuden entgegen sehen würde.

Allerdings von einem deutschen Mädchen, das schon elternlos war aber einen rechtschaffenen Beruf und eine feste Arbeit hatte. Da die arme Mama von Rita schon früh verstarb, konnte sie nicht auf die Jungfräulichkeit der Tochter achtgeben, wie es in Spanien in den Siebzigern noch durchaus üblich war. So hatte es sich Alfonso vorgestellt, es der Familie und zuerst dem Vater bei zu bringen. Oma und Opa, die beide gläubige Katholiken waren, hoffte er mit der alleingelassenen Vollwaisen Rita einzulullen.

Papa Morales betrat die Küche. Er war wie vom Donner gerührt als er das Festessen sah. „Madonna, was hast du angestellt Alfonso. Rede! beim Augenlicht deiner Mutter und der Schwarzen Madonna von Montserrat." Letztere wurde grundsätzlich immer, wenn es in der Familie brenzlig wurde, angerufen. „Papa ich habe eine Dummheit gemacht", erzählte er unter Hinzunahme seines Hundeblicks. „Was hast du um Himmels Willen wieder verbrochen? Raus damit", so der Vater langsam ungeduldig werdend.

„Papa ich werde Vater", sagte Alfonso mutig. Enrico gab seinem Sprössling eine leichte Ohrfeige, dann küsste er ihn. „Sag, ist es die schöne Conchita von neben an?" Dabei deutete er mit seinen Händen die Rundungen einer hübschen Frau an, die im Nebenhaus wohnte. Jetzt musste es raus, koste es was es wolle. „Nein, sie ist ein deutsches hübsches Mädchen, auch schon Köchin in einem Altenheim und Vollwaise", erwiderte er. Vater Enrico schaltete blitzschnell.

Er lobte seinen Sohn. Weil Enrico mit seinem Bruder in Benidorm eine Taverne eröffnen wollte, käme doch Rita wie gerufen. Die vielen deutschen Touristen, die könnten da gut essen. Rita sprach Deutsch und konnte noch dazu lecker kochen. Eine Taverne direkt in der Innenstadt, da könnte deine Rita, Mama und Oma in der Küche zur Hand gehen. Das bisschen würden sie ihr schon beibringen. „Alfonso nach deiner Ausbildung verdienst du einigermaßen. Davon sparen wir für das Restaurant. Ich habe die Nase voll von der Fabrik. Immer wenn ich den Krach höre und den Dreck atme, träume ich von unserer Taverne", schwärmte er seinem Sohn vor.

Alfonso hatte noch einen furchtbar heißen Sommer in Südspanien im Kopf. Vor allem die Innenstadt Benidorms glühte in der Mittagshitze. Sein Ding war das nicht. Er widersprach seinem Vater aber nicht. Er machte gute Miene zum bösen Spiel. Alfie war erst Mal froh, dass er völlig problemlos Enrico seine Vaterschaft unterschieben konnte. Mit dieser Gewissheit schlief er ein. Am nächsten Tag war er mit Rita verabredet, um ihr die Neuigkeit mitzuteilen. Sie kannte ja seine notorische Unpünktlichkeit. Diesmal war es wieder fast eine dreiviertel Stunde. Warum er denn so unzuverlässig sei und was er immer treiben würde. Diese verdammte Unpünktlichkeit ging ihr voll auf die Nerven. Ganz stolz zeigte er ihr einen Zwanzig-Mark-Schein. Seinen Gewinn aus dem Spielautomat. Deswegen auch die Verspätung. Rita schaute fast abweisend auf das Geld.

Sie bemerkte ärgerlich, „du sollst nicht immer spielen. Das bringt Unglück. Mein Onkel der hat manchmal seinen ganzen Lohn verspielt. Alles ist unter den Hammer gekommen." Das würde ihm nie passieren, versicherte Alfie. In der Gaststätte am Westbahnhof wollte Rita unbedingt noch etwas essen. Alfonso war nicht so begeistert. Er hatte in all den Jahren noch keinen richtigen Zugang zum deutschen Essen gefunden. Allerdings hatte er auch noch keine ausreichende Gelegenheit gehabt, die deutsche Küche richtig kennenzulernen.

Enrico brachte seinen Jungen mit zwölf Jahren ins Rheinland. Der Sohn sollte sich nicht nur gut die Sprache aneignen, sondern auch einen anständigen Beruf erlernen. Meistens kochte er Essen aus der Heimat, vielleicht um sich wohl zu fühlen. Die Zubereitung von frischem Fisch gestaltete sich unter Umständen etwas schwierig. Da musste er früh am Morgen in die Bonner Markthallen. Dort bekam er alles was er brauchte. Und wenn er im Jahr zweimal seine Familie besuchte, nahm er sich einige Schläuche seines guten spanischen Landweins mit. Den gab es aber bald auch in den von Spaniern geführten Tavernen der Stadt.

„Hast du dir überlegt was du essen willst?", fragte Rita ihn lieb. „Ich nehme eine Frikadelle mit Kartoffelsalat" antwortete er freundlich. Eigentlich nur um Rita einen Gefallen zu tun. Zum Essen tranken beide ein Limonade. Jetzt wollte Rita wissen, wie das Gespräch mit seinem Vater gelaufen sei. Er vermittelte ihr den Eindruck, dass alles wunderbar wäre. Allerdings brauche die Familie nun das ganze Geld für die Taverne in Benidorm. Und so ganz nebenbei bemerkte er, dass sie alle bald nach Südspanien gehen würden.

Rita wurde wütend. Wo sollten sie mit dem Kind wohnen? Das war doch die zentrale Frage. Und nicht die Zukunftsphantasien Enricos. Alfonso trat auf eine neue Mine.

Ritas Kopf war jetzt zu einem durchaus verminten Gelände geworden, als er bemerkte, „vielleicht kannst du mit dem Kind die erste Zeit bei Inge Weiler wohnen bleiben. Nicht lange. Ich bleibe bei Papa wohnen, bis wir zu Hause in Benidorm heiraten und dort auch das Baby taufen lassen. Aber vor unserer Hochzeit ist es uns strikt verboten, in einem Bett zu schlafen. Das geht auf keinen Fall wegen Oma, Opa und meiner Mutter natürlich".

Rita heulte los und schrie, „ich kann nicht bei Weilers und nicht bei Oma Irmgart wohnen. Entweder ich bringe mich um oder ich gehe zum Jugendamt. Es soll da Heime für junge Mütter mit ihren Kindern geben. Du kannst deinem Vater sagen, er kann dich mit deinem Geld behalten." Alfonso wurde kreideweis im Gesicht und sprach leise auf sie ein, „so redest du nicht von meinem Vater, meine Liebe." Zornig schmiss er ihr die zwanzig Mark auf den Tisch und verließ das Bahnhofsrestaurant. Innerlich aufgewühlt zog es ihn in den nächsten Spielsalon. Er musste dringend den Ort aufsuchen, an dem er sich abreagieren konnte. Und er verlor. Rita bezahlte die Zeche. In jeder Beziehung. Sie gab dem Kellner noch ein kleines Trinkgeld.

Frustriert fuhr sie nach Spieldorf. Ihr ging es nicht gut. Auch körperlich. Sie hoffte, dass sie sich im Zimmer bei Weilers ausruhen könnte. Doch Britta war auch da und hörte gerade die Hitparade auf Radio Luxemburg. Das war ihr heilig. Dabei wollte sie nicht gestört werden. Doch Rita konnte ihre Tränen nicht mehr zurückhalten. Britta war sichtlich genervt. Das bemerkte ihre Freundin in ihrer noch so tiefen Trauer und verschwand. Rita schnappte sich ihren Mantel und ging zum Friedhof an das Grab ihrer Mutter. Dort war sie in letzter Zeit öfter. Sie suchte Trost. Im Gebet und im leisen Gespräch mit ihrer Mutter beruhigte sie sich. Sie setzte sich auf die nahegelegene Bank und weinte. Es dauerte nicht lange, stand Werner, Brittas Bruder, neben ihr. Britta hatte Inge und ihm von Ritas Trauermine erzählt und war jetzt etwas in Sorge, dass sie sich nicht um sie gekümmert hatte. Inge bat ihren Sohn, nach Rita zu suchen. Werner war schnell dabei, zumal der sie sehr mochte. Ein bisschen liebte er sie sogar. Aber in dieser Frage war der Junge noch zu schüchtern und unerfahren. Außerdem war sie von diesem blöden Spanier, wie er Alfie nannte, schwanger.

Werner setzte sich neben Rita auf die Friedhofsbank und erklärte ihr, dass sich alle große Sorgen machen würden. So einfach, ohne was zu sagen, wegzulaufen. Das geht doch gar nicht. Werner nahm sie in den Arm und beide gingen zurück in die Wohnung. Als sie in den Flur traten, stand bereits ein ganzes Empfangskomitee in der Diele. Anne und Willi, die schon von dem Verschwinden Ritas gehört hatten, standen schon im Mantel. Sie wollten, obwohl die Dunkelheit schon einsetzte, was für die beiden eigentlich ein „no-go-out" bedeutete, sich dem Suchkommando, das Inge zusammenstellte, anschließen.

Und da die Beiden immer hungrig waren, hatten sie sich Kekse eingepackt. Zur Not sollten die auch für den Hunger der jungen Mutter reichen, obwohl Frikadellen besser gewesen wären, war Willis Meinung. Glücklicherweise war aber die junge Mutter in spe zurückgekehrt, so dass jetzt wieder alles seinen gewohnten Gang nehmen konnte. Als Anne die Fernsehzeitung aus der Tasche zog, musste plötzlich sogar Rita grinsen. Jetzt las einer von ihnen dem Paar das Fernsehprogramm vor. Aber da es am Abend nichts mehr tolles, zumindest für Anne und Willi, in der Glotze gab, entschloss sich die Gesellschaft noch zu einem gemütlichen Beisammensein. Inge nahm Rita in den Arm und schenkte ihr zur Stärkung einen Eierlikör ein. Für die anderen Anwesenden wurde ein Flasche Sekt geköpft. Die junge Mutter trank einen Pfefferminztee.

Rita berichtete, was sich in der letzten Zeit so zugetragen hatte. Wutentbrannt über diese Schilderungen, lief Inge zur Hochform auf. Fest entschlossen wollte sie mit Rita „diese spanische Brut", wie sie sich ausdrückte, aufsuchen und Nägel mit Köpfen machen. Gleich morgen Abend sollte die Aktion starten. Sie hätten Rita aufgenommen, jetzt würden sie das Ganze zusammen durchstehen. Rita fühlte sich erleichtert. Sie spürte die Hilfe und Solidarität. Ein warmes Gefühl machte sich in ihrer Seele breit.

8 Schöner wohnen

Gesagt, getan. Inge mit Rita im Arm gingen zielsicher zur Altstadtwohnung von Enrico Morales. Der Vater öffnete die Tür. Die zwei Frauen waren fest entschlossen eine verbindliche Lösung der ganzen Misere herbei zu führen. Die Wohnung war klein und einfach eingerichtet. Sie sollte nur für eine Weile als Wohnmöglichkeit dienen. Keine Gardinen, keine Blume. Minimalismus pur, ohne jede Gemütlichkeit. Enrico erklärte Inge, dass er froh sei, auf die Schnelle so eine zentrale Unterkunft gefunden zu haben. Es wäre ja gewissermaßen eine WG. „Das ist heute doch modern", meinte er süffisant. Die Mitbewohner waren spanische Landsleute, die aus den gleichen Beweggründen ihre Heimat verlassen mussten. Und hier gab's Arbeit.

Enrico musterte die zwei Damen vermeintlich unauffällig. Rita trug ihr dunkelblondes Haar heute offen, war trotz ihrer Schwangerschaft noch sehr schlank. In ihrem Minikleid und ihren leuchtend grünen Augen und wohlgeformten Gesicht und Körper strahlte sie jede Menge Attraktivität aus. Inge hatte sich auch chic gemacht. Sie war trotz ihres fortgeschrittenen Alters und der vielen Lebenswunden noch eine sehr anmutige Erscheinung. Von dieser geballten Weiblichkeit war Enrico zunächst etwas geblendet. Er wusste noch nicht, was da im Einzelnen auf ihn zukam. Zunächst dachte er, den Damen den Wind aus den Segeln zu nehmen.

„Alfonso ist ja so ein guter Junge. Manchmal schlägt er aber dermaßen über die Stränge, dass es nicht auszuhalten ist. Und ich bin ja quasi ein alleinerziehender Vater, hier vor Ort." Die Mama sei über tausend Kilometer entfernt und könne schon allein deswegen nicht immer die schützende Hand über ihren Chico halten. Er laberte und laberte, bis Inge nach kurzer Zeit dem Gespräch einen anderen Verlauf gab. „Wir wissen doch alle, auch in Spanien, dass es zur Herstellung eines Kindes immer zwei Personen braucht. Und eine Person, nämlich Rita, ist jetzt schwanger.

Dieser Umstand darf ihr aber nicht zum Nachteil gereichen." Diesen Satz hatte sie kürzlich in einem Basteiliebesroman gelesen. Es klang zwar äußerst schwülstig. Dennoch gefiel ihr die Formulierung. Enrico schaute etwas verdutzt. Mit solchen deutschen Sätzen war er überfordert. Inge merkte das und vereinfachte ihre Rhetorik erheblich. Die Frage ist, wie es mit den Beiden weiter geht? Inge erklärte Enrico, dass sie Rita nach dem Tod der Mutter bei sich aufgenommen hätte. Für ein Baby sei in ihrer Wohnung aber kein Platz mehr. „Und hier bei Ihnen offenbar auch nicht", schloss Frau Weiler messerscharf.

Alfonso nahm inzwischen neben Rita Platz, als Inge zum Kern der Sache kam. Es fielen Worte wie Verantwortung, Alimente, Hochzeit und eine angemessene Bleibe für das junge Paar. Enrico war baff. Soviel Entschlossenheit und strukturiertes Denken hatte er von einer Frau nicht erwartet. Alfonso wurde immer kleiner. Er stand da wie ein Knabe, dem das Spielzeug abgenommen wurde. Als Rita ihn so jämmerlich dasitzen sah, konnte sie nicht verstehen, dass sie diesen Jungen einmal ganz toll fand. „Na ja die Atmosphäre im ‚Violetta' halt", dachte sie. Und sein Gesülze. Damals in der Wohnung von Carlos. Aber da bin ich eben drauf reingefallen. Es war so was wie ein inneres Brainstorming, in das Rita verfallen war. „Der Film der letzten Monate", sagte sie sich. Sie sah ihren Partner plötzlich mit einer entwaffnenden Nüchternheit.

Rita schaute zu Inge Weiler, Alfonso zu Enrico, während Inge den Vater betrachtete. Kreisender Blickwechsel, sozusagen. Enrico entschied für sich schnell, dass er gegen diese Allmacht weiblicher Durchsetzungskraft nicht anstinken konnte. Auch sprachlich waren ihm Grenzen gesetzt. Und Alfonso sah sich vollkommen in der Defensive. Sein Vater nahm den von Inge vorgefertigten Faden auf und versprach, dass alles gut würde. Er wies seinen Sohn darauf hin, jetzt erwachsen zu werden. Als künftiger Vater trage er Verantwortung. Sie vereinbarten, dass das junge Paar sehr zeitnah bei den zuständigen Ämtern der Stadt vorspricht und dort alle Formalitäten klärt. Enrico dankte Inge für ihre Bereitschaft, sich auch weiterhin um Rita und um sein zukünftiges Enkelkind zu kümmern.

Nachdem Inge und Rita weg waren, nahm sich der Vater seinen Sohn zur Brust. Als stolzer Spanier von so einem blonden Drachen dermaßen gekränkt worden zu sein. Das konnte er nicht so stehen lassen. Er zerrte Alfonso unter die kalte Dusche und schrie, dass er die Ehre der Familie Morales in den Dreck gezogen hätte. Vor allem aber wären seine Planungen, mit dem erarbeiteten und ersparten Geld, in Benidorm neu anzufangen, in weite Ferne gerückt. Aber da er nun mal in Deutschland sei und sich keinen Ärger mit den Behörden einfangen wollte, müssten jetzt alle durch dieses Jammertal.

Schon in den nächsten Tagen vereinbarte Rita einen Termin im Stadthaus. Da stand Alfonso mit seinem „gewaschenen Kopf" vor der Mitarbeiterin im Wohnungsamt. Rita erklärte der Dame die Situation. Zufällig konnte die direkt helfen. Mit einer kleinen Wohnung. Die beiden machten einen Luftsprung. Das war doch schon mal was. Ausschlaggebend sei, dass das junge Paar sich entschlossen habe, zu heiraten, so die Beamtin. Nach diesem erfreulichen Vormittag auf dem Amt, sahen die Brautleute endlich Licht am Ende des Tunnels.

Für die kleine Wohnung in Spieldorf brauchten sie noch einiges an Küchengeschirr. Außer einem schmalen Bett, einem Tisch, einigen Regalen mit dazugehörigem Kleiderschrank war nicht viel vorhanden. Gardinen brachte Rita direkt an, um es gemütlicher zu gestalten. In der kleinen Küche war eine Spüle, ein alter lauter Kühlschrank vom Sperrmüll, ein Tisch mit zwei Stühlen. Das winzige Badezimmer war in seiner Schlichtheit nicht zu übertreffen. Es schrie nach kleinen Verschönerungen.

Neben der Toilette war eine Duschkabine eingebaut, jedoch fehlte der Duschvorhang. Dazu ein kleines Handwaschbecken. An der Decke war ein Heizstrahler angebracht. Dieses Teil verbrauchte jede Menge Strom. Warm wurde es jedenfalls in dem kleinen Badestübchen. Da Rita chronisch fror, war das für sie sehr wichtig. Die Aussteuer schaffte sich die junge Mutter nach und nach an. Küchentücher, Handtücher mit Waschlappen, sogar eine tolle blaue Badezimmergarnitur konnte sie billig erwerben.

Auch Inge half, wo sie nur konnte. Sie kümmerte sich unter anderem um die Erstlingsausstattung. Von ihren Kolleginnen erhielt sie jede Menge Material. Anne und Willi steuerten einen wunderbaren Brotkasten bei. Nach Willis Aussage, sollte nie Brot in dem Kasten fehlen. Anne trennte sich sogar von einem zwölfteiligen Essservice. Das schenkte ihr die Mutter zu ihrem achtzehnten Geburtstag. Sie brachte Rita diese Kostbarkeit mit den Worten, „hier Liebchen, wir haben immer nur sechs Gäste, das ist viel zu viel für uns."

Rita lud Anne und Inge zu Kaffee und Kuchen ein. Später folgte noch ein Weinbrand für die zwei Damen. Willi hielt es neben an in seiner Wohnung nicht mehr aus vor Neugierde. Er musste doch auch sehen was die Frauen dort trieben. Sie kamen sicher nicht ohne ihn zurecht. Flugs stand er im Türrahmen und gesellte sich zu der fröhlichen Runde. Rita war glücklich über den neu erworbenen Hausstand. Sie hatte Tränen der Rührung in den Augen.

Rita war mit ihrer kleinen Wohnung sehr zufrieden. In den eigenen vier Wänden konnte sie selbst die Entscheidungen treffen. Die junge Frau fühlte sich auf einmal unabhängig und erwachsen. Trotz der widrigen Umstände. Sie arbeitete auch weiterhin noch bei Frau Santhagen. Bald sah man ihr die Schwangerschaft an. Dann war es Zeit, der Gnädigsten auf dem Spieldorfer Berg in ihrer exklusiven Jugendstilvilla reinen Wein einzuschenken. Die Dame interessierte sich jedoch nur für die Arbeitskraft von Rita. Als sie erfuhr, dass Rita nicht nur kochen, sondern auch Buffets professionell zubereiten konnte, überredete sie unsere Heldin zu noch mehr Engagement. Wenn sie Gäste hatte, musste Rita ran. Auch spät abends. Und die Dame des Hauses verlangte der werdenden Mutter einiges ab. So bestand sie darauf, dass Rita die Cocktailsaucen selbst herstellt.

„Letzte Woche bei Konsul Meyer haben die Herrschaften gekaufte fertige Saucen serviert. Die kann man doch keinem anbieten", sprach Frau Santhagen in ihrer gewohnt überheblichen Art. Rita war nach jedem Menü schlag kaputt. Auch weil die Gastgeberin sie ständig störte. „Hören sie, Kindchen", so nannte sie jetzt auch Rita (wie früher ihre Mutter

Annegrete), „schauen sie sich mal meine Tochter an. Die will das himbeerfarbene Cocktailkleid anziehen. Das sieht doch aus, als ob man eine fette Made in eine Leberwursthülle presst. Sagen sie doch auch mal was. Sie sind doch auch eine junge Frau." Rita wollte Gabriele nicht beleidigen. Aber ihre Mutter lag nicht ganz falsch. Die Tochter des Hauses hatte in der letzten Zeit einiges zugelegt. Sie trat in die Fußstapfen der gnädigen Frau. Die kaufte sich mittlerweile ihre Garderobe nur noch bei „Ulla Popken – Mode in großen Größen".

Sie sprach immer von femininer Damenmode. Ihr Mann, der quirlige Lokalpolitiker mit dem Hang in den Landtag gewählt zu werden, „steht ohnehin auf mollig", so Frau Santhagen. Aber ihre Tochter solle sich doch in ihrem Alter nicht so vollstopfen. Und wenn sie schon so einen Appetit hat, muss man nicht solche Kleider auswählen. Die Frau des Hauses textete Rita zu, obwohl diese sich, selbst als Kochprofi, auf die Zubereitung der Speisen konzentrieren musste. Die junge Frau versuchte sich auch redetechnisch kurz zu halten und diplomatisch aus der Affäre zu ziehen. „Gabrieles schwarzes Cocktailkleid ist vielleicht für die Abendgesellschaft angemessener", zog sich Rita dann schnell und schmerzlos aus der Affäre. Mit dieser finalen Erklärung waren die gnädige Frau und ihre Tochter einverstanden.

Jetzt kam Frau Santhagen zum Eigentlichen. Sie gab weitere Anweisungen. Und just änderte sich ihre Stimmlage, ihre Mimik und Gestik. Was sie gut konnte: Druck erzeugen. Mit ihrer Redewendung „Kindchen hin, Kindchen her" hörte sie schnell auf. „So, jetzt kommt die Gästeliste. Die Leute kennen Sie. Auch ihre Vorlieben. Danach richten Sie das Buffet aus!" Diese Sätze klangen wie aus einem militärischen Stakkato.

Den Tonfall kannte Rita nur zu gut. Davon hatte ihr schon Annegrete berichtet, als sie diese vermeintlich perfekte Familie in ihrem tollen Haus so bewundert hatte. Damit war's mittlerweile vorbei. Sie brauchte die Flocken, um halbwegs ihre Existenz sichern zu können. Da ließ sie auch Frau Santhagens Launen über sich ergehen und bereitete die Speisen für das gehobene Mittelstandspack vor.

Rita kannte sie alle. Regierungsdirektor Steifgen nebst Gattin. Das waren hinsichtlich der Karriere ihres Mannes die Wichtigsten. „Man muss gut vernetzt sein", so der Lokalpolitiker Martin Santhagen. Im Moment war er noch Büroleiter des Oberbürgermeisters. Aber nicht mehr lange. Der Sprung ins Landesparlament stand unmittelbar bevor. Dafür hatte er hervorragende Kontakte, kannte die wichtigsten Entscheidungsträger und Lobbyisten beim Vornamen und war in der richtigen Partei. Herr Müllheimer war der Leiter des städtischen Schlachthofes und betrieb einen international bekannten Fleischhandel. Ein alter Schulfreund Martins. Aber das wichtigste war, dass er die rheinische Lebensmittellobby fest im Griff hatte. Ohne ihn ging gar nichts.

Dann war da noch Herr Kapellmeister Pfannekuchen mit Begleitung. Auch die Kultur durfte bei solchen Anlässen nicht fehlen. Das sah auch Bankdirektor Freiheit so. Er und seine Gattin Ulrike, die in der Innenstadt eine teure Galerie betrieb, förderten jede Menge kulturelle Projekte in der Region. Nicht aus Mitleid für die armen Künstler, wie Rita einmal erfuhr. Nein. Vor allem aus steuerlichen aber insbesondere aus Imagegründen.

Schließlich durfte Pastor Wendland, natürlich ohne weiblichen Anhang, zumindest nach außen hin, nicht fehlen. Dafür brachte er seinen Schäferhund mit. Ein scheußliches Vieh. Rita, eigentlich tierlieb, konnte diesen Köter nicht ab. Er war bekannt dafür, dass er seine Riesenhaufen in alle Vorgärten Spieldorfs setzte und den Leuten bei seinem Abgang noch frech ins Gesicht schaute. Keiner wagte sich zu beschweren. Der Pastor war eine Respektsperson. Das wurde schon Rita als Kind eingeimpft. Die Honoratioren und die Leute vom Oberdorf durften nicht kritisiert werden. Da hatte man schön sein Maul zu halten.

Für diese illustre Gesellschaft schob Rita zweimal im Monat Abendschichten. Frau Santhagen, bei Rita in ihrer Rolle als Reinigungskraft eher geizig, zeigte sich anschließend immer recht großzügig. Auch steckte ihr, meist zur fortgeschrittenen Stunde, wenn sie das Dessert servierte, der ein oder andere Herr, nicht mehr ganz so nüchtern, ein Scheinchen zu. Sie kam sich manchmal vor wie eine Bauchtänzerin. Nur musste sie nicht mir den Hüften wackeln. Und da die Herren in Begleitung ihrer Damen waren, brauchte sie sich keine verbalen erotischen Unverschämtheiten anzuhören. Nur die lüsternen Blicke der männlichen Wesen auf ihre schönen fraulichen Formen konnte sie nicht verhindern. Das was übrig blieb packte Rita, in Absprache mit Frau Santhagen, zusammen und nahm die edlen Speisen mit nach Hause. Diesmal war es Waldorfsalat und Roastbeef. Die Jungs von Inge freuten sich.

Ostern stand vor der Türe. Das junge Paar war heiter gestimmt und richtete sich auf das Fest ein. Rita hatte mittlerweile die Wohnung hübsch hergerichtet. Gerade mal so, wie es die finanziellen Möglichkeiten erlaubten. Die Kollegen aus der Küche des Seniorenstifts schenkten Rita einen Überlebensbaum. Es war ein mittelgroßer Gummibaum mit vielen kleinen Geschenken behangen. In einigen Päckchen waren Zehn-Mark-Scheine. Ritas ganzer Stolz. Sie hütete den Baum wie ihren Augapfel.

Bald bemerkte sie, dass drei von den Geldpäckchen fehlten. Sie sprach Alfonso an. Der hatte auch direkt eine Antwort parat. Zum Tanken fürs Mofa hatte er das Geld gebraucht.

Rita glaubte ihm nicht. Sie wollte aber kein Fass aufmachen und sich ihre eigene gute Stimmung damit verderben. Sie freute sich darauf, mit Inge, Willi und Anne ein schönes Osterfest zu verbringen.

Vater Enrico war mit dem Bus zu seiner Familie gefahren, um dort das Osterfest zu verbringen. Zweimal jährlich, an Weihnachten und zu Ostern, fuhren er und Alfonso, mit dem Fernbus von Köln Richtung Malaga. Sie nahmen dann die fast fünfzig Stunden und nahezu eintausendfünfhundert Kilometer lange Fahrt in Kauf, um die Familie, vor allem die beiden Mädchen, wiederzusehen. Da der Bus damals noch nicht in Benidorm hielt, holte sie Enricos Bruder in Alicante ab. Gemeinsam fuhren sie dann in ihr Dorf zum langersehnten Beisammensein.

Alfie war traurig gestimmt. Das erste Osterfest ohne seine spanische Familie. Rita bemerkte seine Melancholie und tröstete ihn. Sie versuchte ihn zu erheitern und versprach Alfonso, dass er sich mit Dieter auch zurückziehen dürfe, um sich das Fußballmatch zwischen FC Barcelona und Real Madrid anzuschauen. Sie waren bei Weilers eingeladen und sie wusste, dass er sich mit Dieter und Britta gut verstand. Mit Ritas Freundin teilte er den gemeinsamen Musikgeschmack und Dieter war auch Fan von Barca, wie der FC Barcelona unter Kennern genannt wurde. Bei Weilers angekommen, war seine Stimmung deshalb wieder unbeschwerter. Trotz des zunächst heillosen Durcheinanders, hatte Inge Weiler alles schnell im Griff.

Nachdem alle Gäste langsam eingetrudelt waren, servierte die Hausfrau den Festbraten. Nach dem Essen half Rita Frau Weiler in der Küche, als plötzlich Anne und Willi vor der Türe standen. Sie horchten wie immer hinter ihrer Wohnungstür und vernahmen, dass bei Weilers eine rege Besucherbewegung stattfand. Schnell in Schale geworfen und einige österliche Geschenke zusammengepackt, liefen sie rüber zu Weilers. „Kommt rein, ihr gehört ja schon zum Inventar", sagte einer. Das ließen sich die Beiden nicht zweimal sagen.

Sie beschenkten die Hausfrau mit einem selbstgebackenen Rodonkuchen und einer Flasche „Mampe Halb und Halb". Dabei bemerkte Willi, dass er ein spezieller Freund dieses Magenbitters sei und er sich gerne am Verzehr des Inhalts beteilige. Seine Frau und Inge wiesen ihn zwar in seine Schranken. Immer in dem Bewusstsein, dass sie ihm diese provozierenden Bemerkungen nicht mehr abgewöhnen konnten.

Das junge Paar wurde schließlich auch noch angemessen beschenkt. Alle wussten inzwischen, dass Rita schwanger war. Langsam sah man es auch. Anne überreichte was Selbstgestricktes und ein schönes Strampelhöschen. Inges Schwägerin Minchen übergab der künftigen Mutter einen vollen Karton Babywäsche. Mit dem Hinweis, „alles sauber und gut in Schuss". Auch Inge brachte ihr noch einige Utensilien, von ihren Kolleginnen gesammelt, für den neuen Erdenbürger.

Alfonso, der sich mit Dieter zurückgezogen hatte, kam nach der Fußballübertragung sauer aus dem Zimmer. Er hatte Kopfschmerzen und fühlte sich nicht wohl. Nicht nur weil seine Lieblingsmannschaft unglücklich verlor, sondern auch weil ihm seine heimische Familie, vor allem seine Geschwister, fehlten. Darüber hinaus machten ihm seine ständigen Grübelattacken zu schaffen. All diese Geschenke, Glückwünsche und Handlungen erinnerten ihn daran, dass bald Schluss mit Lustig war.

Er sollte erwachsen sein und Verantwortung übernehmen. Er? Bei ihm standen doch bisher ganz andere Überlegungen, Prioritäten und Lebensplanungen im Vordergrund.

Er war sich auch noch nicht im Klaren, wie er seine Spielleidenschaft, so nannte er diese zwanghafte Unfähigkeit dem Glücksspiel zu widerstehen, unter Kontrolle halten wollte. In den Momenten äußersten Kontrollverlusts, immer dann wenn schwerwiegende Probleme auf ihn zukamen, spielte er schon mal mit dem Gedanken, eine Selbsthilfegruppe aufzusuchen. Er verwarf dieses Vorhaben jedoch angesichts schneller, kleiner Gewinne wieder. Außerdem hatte Alfonso die Gabe eines hervorragenden Verdrängers. Dieser Charakterzug war für das Spielermilieu, wo er verkehrte, geradezu ideal. Verdrängen, und nochmals verdrängen. Das musste er jetzt durchstehen. Die Hochzeitsvorbereitungen standen an.

9 Hochzeit auf Spanisch

Das Hochzeitskleid bekam Rita von Brittas Freundin Klärchen. Die hatte ihr Kleid schon in petto. Dazu noch eine eigene Wohnung. Eine gute Partie. Ihr Verlobter wusste das nicht zu schätzen. Vielleicht hoffte er auch, dass seine regelmäßigen Seitensprünge unentdeckt blieben. Doch einmal flog alles auf. Wegen Unpässlichkeit war Klärchen früher von ihrem Nachtdienst als leitende Krankenschwester nach Hause gekommen, als sie ihren Reiner mit Margot, ihre bis dahin beste Freundin und Kollegin, erwischte. Die Beiden waren gerade dabei, den letzten Akt ihres nächtlichen Liebesspiels zu beenden, als Klärchen die Wohnung betrat und das laute Finale des widerwärtigen Schauspiels hörte. Ihren Verlobungsring warf sie in die Mülltone und Reiner auf die Straße. Ihr Hochzeitskleid schenkte sie Rita mit dem Hinweis, dass es ihr mehr Glück bringen sollte.

Die war begeistert von so einem schönen Hochzeitskleid. Sie hätte sich nie so ein wunderbares Teil leisten können. Cremeweiß, sehr lang und ein bisschen wie ein Ballkleid gearbeitet. Dazu gab es noch eine schöne Stola. Der Schleier durfte natürlich auch nicht fehlen. So ein großartiges Kleid besaß sie noch nie.

Britta steckte ihr die Haare für das große Fest zu einer Hochschlagfrisur mit hübschen offenen Locken am Hinterkopf. Alle meinten, sie sehe aus wie Grace Kelly, die Fürstin von Monaco. Sie hätte mit ihrer schlanken Figur ein Model für die Zeitschriften und Magazine werden können. Das Lokal in Spieldorf war schon vorbestellt. Das hatten Oma Irmgart und Inge Weiler zusammen organisiert.

Mit einer klaren Brühe nebst Eierstich wurde das Hochzeitsmenü eröffnet. Danach gab es Tafelspitz in Meerrettichsauce und Rheinischen Sauerbraten mit Klößen. Als Dessert reichte man Fürst-Pückler-Eis mit Sahne. Rita war von der Hochzeitstafel so angetan, dass sie sich kurz einem ihrer kleinen Tagträume hingab. Diese Fähigkeit, kurzzeitig abzuschalten, hatte sie schon als Kind. In guten wie in schlechten Zeiten war das Abtauchen in märchenhafte Welten für sie immer auch ein Stück innerer Reinigung und schöner Erinnerungen.

Jetzt sah sie die Szene vor Augen, als Annegrete sie als Kind einmal mit zu Santhagens nahm und die Tochter des Hauses wie eine Prinzessin im Salon an dem tollen Esstisch saß. Sie glaubte sich damals in eine Märchenwelt zurückversetzt. Die schöne Prinzessin an der reichgedeckten Tafel in Erwartung ihres Prinzen.

Auch jetzt vermischte Rita wieder all diese Gedanken und Vorstellungen zu einem schönen Bild, das durch ihre Erscheinung als Braut in diesem exzellenten Hochzeitskleid bestimmt wurde. Und so fühlte sie sich einen Augenblick lang wie eine Königin an einer Tafel. An diesen Moment verzauberter und märchenhafter Glückseligkeit dachte sie auch später oft zurück.

Die Hochzeitsgesellschaft bestand aus etwa fünfundzwanzig Personen. Familie Weiler war mit vier Familienmitgliedern anwesend. Enrico der Vater des Bräutigams wurde von seiner Gattin begleitet. Sie war extra mit dem Zug nach Deutschland angereist. Das Fliegen war damals noch zu teuer. Alfies kleine Geschwister mussten bei Oma und Opa in Benidorm bleiben. Onkel Ferdinand mit Ehefrau Mienchen waren selbstverständlich auch eingeladen. Anne und Willi ließen es sich ebenfalls nicht nehmen, zur Hochzeit „ihrer lieben Rita" zu kommen. Auch die beiden Mitbewohner aus Enricos WG saßen am Tisch. Ganz wichtig zu erwähnen ist, dass Oma Irmgart mit ihrem Gatten und dem Sohn Peter auf der Gästeliste standen. Dieser war wieder Mal arbeitslos und Irmgart hatte, wie so oft Mitleid. So brachte sie ihn halt mit. Wenn er schon nicht die Arbeit erfunden hatte, labern konnte er gut. Auch war er unterhaltsam und witzig.

Ein wenig Entertainment kann ja zur Auflockerung einer zunächst etwas steif wirkenden Hochzeitsgesellschaft nicht schaden. Er saß neben Klärchen. Die konnte Aufmunterung vertragen. Klärchen weinte vor Rührung oder aus Kummer wegen ihrer geplatzten Vermählung. Peter kümmerte sich rührend um die Arme. Sie hatte ja schließlich mit dem Geschenk ihres Hochzeitskleides auch dazu beigetragen, dass die Junge Braut so eine Augenweide war.

Hinzu gesellte sich noch Tante Betti. Die litt unter einem krankhaften Reinigungszwang. Die kleinen Päckchen Reinigungstücher hatte sie in ihrer Handtasche verstaut. Ständig wischte sie an ihrem Sitzplatz herum und zog damit die Aufmerksamkeit ihrer Tischnachbarn auf sich. Auch meinte sie, etwas Besseres zu sein und die deutsche Sprache wie keine andere zu beherrschen. Deswegen verbesserte Betti auch ständig ihre Gesprächspartner. Schon nach kurzer Zeit verließ sie die Runde mit der Bemerkung, dass sie noch einen anderen wichtigen Termin hätte. Keiner vermisste die etwas sozial gestörte Zeitgenossin.

Am Tag vor der Trauung hatte Rita das Vergnügen, ihre Schwiegermutter kennen zu lernen. Außer ein paar Küssen rechts und links waren sich die Beiden nicht sehr nahe gekommen. Ohnehin nicht „die Liebe auf den ersten Blick". Schwiegermütter eben. Klassisch. Alfonso trug einen etwas zu klein geschnittenen Anzug. Zunächst hätte man meinen können, dass er noch von seiner ersten heiligen Kommunion stammte. Aber eine etwas eng sitzende und knapp geratene Herrenmode sei jetzt in. Seine Mama hatte ihm den Anzug aus Spanien mitgebracht. Ihr Bruder, ein südspanischer Szenedesigner, der einige Jahre im fränkischen Aschaffenburg lebte, hatte den Anzug für seinen Neffen kreiert.

Der deutschen Sprache nicht mehr so ganz so mächtig, gab er das Geschenk seiner Schwester mit den Worten, „das e este wunderbare aktuell Kreation. Das passte Alfonso wie de Fauste aufs Auge." Womit er nicht ganz falsch lag. Der Bräutigam hatte sich auch sonst sehr hip zurechtgemacht. Mit reichlich Haargel war seine Frisur, wie sein Anzug, etwas daneben. So schätzte es Rita zumindest ein. Obwohl sie ihm vorher noch gesagt hatte, dass er zum Frisör solle, ignorierte er diesen Hinweis. Die zehn Mark fehlten ihm wieder beim Glücksspiel.

Heute wollte sich Rita mit diesem Thema nicht beschäftigen. Sie war schon Ende des fünften Monats und sehr froh jetzt alles in trockenen Tüchern zu haben. Die Oma und Inge Weiler hatten den großen Raum im „kalten Bügeleisen" angemietet. Ein Tisch in Form eines Hufeisens war eingedeckt. Am Kopfende saß das glückliche Brautpaar, zur rechten Oma Irmgart und Opa, zur linken die Eltern von Alfonso. Taschentücher wurden herumgereicht. Warum? Darüber gingen die Meinungen weit auseinander. Vielleicht aus Rührung und Glückseligkeit oder weil es doch noch „zu einem guten Ende kommen werde", wie einige meinten. Die Hochzeit verlief für alle Anwesenden recht harmonisch.

Nach der Feier ging's in die Wohnung. Eine prickelnde Hochzeitsnacht mit anschließender Hochzeitsreise stand nicht auf dem Plan. Alfonsos Eltern stellten eine Flasche spanischen Sekt und selbstgepressten Orangensaft in den Kühlschrank. Auf dem Tisch stand ein wunderschöner Blumen-strauß. Leckere spanische Kekse und Pralinen lagen in einer teuren Lladro-Design-Schale. Alfonso erklärte stolz, dass seine Mama das alles vorbereitet hätte. Rita machte große Augen und war auch ein wenig erstaunt über diese Fürsorg-lichkeit. Unterschätzte sie Alfonsos Mutter? „Kommt Zeit, kommt Rat", dachte sie.

Nach einem Glas Sekt und einer kurzen unbedeutenden Unterhaltung, küsste sie ihren Alfie liebevoll und fiel er-schöpft ins Bett. Sie schlief sofort ein. Kein Wunder. In ih-rem Zustand. Alfonso hatte sich die Hochzeitsnacht etwas anders vorgestellt. Bald ist er Vater. Er wusste nicht, ob er glücklich oder ängstlich sein sollte. In der Nacht weckte ihn seine junge Frau. Rita benötigte dringend Toilettenpapier. Es war aber keins da. Alfonso vergaß in der Hektik einzu-kaufen. So wie Rita es ihm aufgetragen hatte. Vor der Feier versicherte er ihr noch hoch und heilig, dass er einkaufen würde. Und jetzt. Nichts, nada. Da zeigte sich wieder seine eklatante Unzuverlässigkeit. Gott sei Dank war eine Zentral-heizung in der Wohnung. Wenn auch die Heizkörper einen etwas antiken Eindruck machten. Es war immerhin schön warm. Das tröstete Rita erst Mal wieder.

Die junge Mutter spürte schon seit längerem, wie das Kind sich bewegte. Es fühlte sich an, wie der Flügelschlag eines Schmetterlings. Aber langsam musste sie damit raus, dass sie in anderen Umständen war. Jedes Mal wollte sie Frau Santhagen reinen Wein einschenken. Aber als bislang ledige Mutter war ihr das peinlich. Jetzt nicht mehr. Sie war or-dentlich verheiratet und brauchte sich vor niemandem zu verstecken. Außerdem nahte das achtzehnte Lebensjahr. Und als Frau Morales, wenn alles gut lief, war sie bald Mit-besitzerin eines Restaurants in Benidorm. Sie konnte gut kochen und sprach Deutsch.

Diesen Umstand bezeichnete auch ihr Schwiegervater und künftiger Chef als großes Plus, das sie in die familiäre Waag-schale werfen konnte. Im Moment jedoch musste sie als Haupternährerin ganz schön ran. Alfonso steuerte lediglich einen Teil seines ohnehin spärlichen Lehrlingsgehaltes zur

Existenzsicherung der kleinen Familie bei. Er behielt immer einige Scheinchen für seine schon bekannte Leidenschaft zurück.

Darüber hinaus achtete er auch sehr darauf, dass Rita arbeitstechnisch funktionierte. Als er davon erfuhr, dass sie schon längere Zeit ihre Kollegin Frau Schrank vertreten musste, flippte er aus. Ihre Chefin war so oft krank, dass Rita ständig ihre Arbeit als Küchenchefin erledigte. Dafür bekam sie aber keinen Pfennig mehr. Das wurmte ihn, weil sie dadurch weniger in der Haushaltskasse hatten.

Rita empfand diesen Zustand auch als ungerecht, wagte aber nicht, sich deswegen mit dem Heimleiter anzulegen. Einen Betriebsrat, an den sie sich hätte wenden können und der vielleicht für ihre Rechte eingetreten wäre, gab's nicht. Auf dem Papier existierte lediglich eine sogenannte Mitarbeitervertretung, in Person der vom Heimleiter beschlafenen Sekretärin. Also wie schon gesagt und wie auch Inge immer betonte, die Grundrechte könne der Lohnabhängige, oder wie es offiziell heißt – Arbeitnehmer – vor der Eingangstür der jeweiligen Firma ablegen.

Und in diesem Sinne werden, wie auch in unserer Geschichte, die Konflikte, die eigentlich im Betrieb und vor den Arbeitsgerichten ausgefochten werden müssten, daheim am Herd diskutiert. Nicht die sogenannten Arbeitgeber stehen am Pranger sondern die lohnabhängigen Sozialpartner schieben sich die Schuld gegenseitig in die Schuhe. Inge sprach über diesen ungerechten Zustand in der Arbeitswelt des Öfteren. Jetzt spürte Rita am eigenen Leib wie sich so etwas anfühlt. Es blieb dann immer bei dem für alle doch so bequemen Spruch, „da kann man nichts machen. Und die da oben, die machen eh was sie wollen." Basta.

Frau Santhagen empfing Rita mit überaus herzlicher Freundlichkeit. „Na Kindchen, war die Hochzeit schön?" Natürlich wartete sie, wie immer, nicht die Antwort ab, sondern laberte Rita zu. Dabei übergab sie ihr ein Paket mit der Bermerkung, „das Hochzeitsgeschenk von unserer Familie. Für Sie, Kindchen, alles Gute". Rita nahm das in reichlich Umschlagpapier eingewickelte Präsent freudig entgegen und merkte, dass es sich weich anfühlte aber relativ schwer war. Sie traute ihren Augen nicht. Es war tatsächlich ein gut erhaltener Persianermantel von Frau Santhagen. „Kindchen sagen sie nichts, probieren sie ihn doch mal an. Der passt bestimmt. Sie haben ja auch etwas zugenommen, wenn ich das sagen darf. Na ja, bei ihrer Traumfigur können Sie sich das ja leisten."

„Jetzt oder nie", dachte Rita und erwiderte forsch, "ich bin ja auch im fünften Monat, Frau Santhagen." „Mein Gott und ich hatte schon ihre Wespentaille gesucht, es ist eine Schande. Ja, schwanger. Das ist aber gar nicht schön", entgegnete die Gnädigste etwas zornig. „Wie wollen sie denn jetzt vor die Herrschaften treten. Man muss sich ja ihretwegen schämen. Gerade unser Herr Pfarrer predigt doch immer, dass gerade junge Frauen Zurückhaltung üben sollen. Hören Sie denn nie seine Worte? Nein, es ist unglaublich. So ein junges Ding und schwanger. Wenn das ihre arme verstorbene Mutter noch erfahren hätte. Sie würde sich im Grabe rumdrehen."

Das war zu viel für Rita. Wütend verlangte sie ihren restlichen Lohn, nahm das Geschenk unter den Arm und suchte das Weite. Wohl wissend, dass damit eine weitere Einnahmequelle versiegte. Rita weinte noch vor Wut als sie den Spieldorfer Berg hinunter ging. Dieses unverschämte, verlogene Pack, dachte sie. Über solche Probleme konnte sie mit Alfie nicht reden. Sie ging schnurstracks zu Inge.

Die war erst Mal fassungslos, als sie den Mantel sah. „Was ist das bloß für ein Geschenk für eine junge Frau", war ihre erste spontane Reaktion. „Die wusste wohl nicht, wohin damit. Und wie viele Tiere für diesen Fetzen ihre Leben lassen mussten." Rita hatte schon ein schlechtes Gewissen, das Geschenk überhaupt mitgenommen zu haben. Als sie dann Inge über das gesamte Gespräch mit Frau Santhagen unterrichtete, lenkte sie ein und versprach „das Ding" in der Firma zu verkaufen.

Ältere Kolleginnen wären auf so was ganz scharf. Gleich morgen wolle sie einen Aushang am schwarzen Brett anbringen. Der ist schnell weg, meinte sie. Und bringt auch noch was. Dafür sorge sie.

Handeln sei ihr Ding. Inge hatte Recht. Nach zwei Tagen schon meldete sich ein Angestellter aus der Personalabteilung bei ihr. Er hätte nie das Geld für einen neuen Persianer aufbringen können, zumal er erst kürzlich ein Haus gebaut hatte. Er kaufte den Pelz für zweihundertfünfzig Mark zu einem einmaligen Schnäppchenpreis für die liebe Ehefrau von der Kollegin Inge ab. Das erzählte er seiner Gattin aber nicht.

Er band ihr den Bären auf, dass er dieses edle Teil in einem renommierten Pelzgeschäft erworben hatte. Der alte Händler sei aus Krankheitsgründen zur Geschäftsaufgabe gezwungen gewesen. Aus dessen Fundus hätte er das edle Stück zu einem sehr günstigen Preis bekommen. Außerdem habe die Gattin sich doch immer so einen Pelz gewünscht.

Frau Grünberg war wie verzaubert. Am liebsten hätte sie das Tierchen auch im Bett getragen. Das gute Mäntelchen war im Rücken leicht glockig geschnitten. So sah Prinzessin Margret, die Schwester der englischen Königin, von hinten aus, betonte die glückliche Frau Grünberg. Nur die Prinzessin war um einiges leichter und fast einen Kopf größer. Frau Grünberg sah aus wie ein molliges zu klein geratenes Persönchen in ihrem heißgeliebten Persianer.

Die Gattin war nun auch ausgesprochen lieb zu Herrn Grünberg. Er beschloss insgeheim, dass dieses wertvolle Geschenk nun für die nächsten Jahre reichen musste. Jetzt musste Frau Grünberg „liefern". Sie kochte für ihn jetzt wieder sehr oft seine Lieblingsgerichte. Zum Beispiel Holzfällersteak mit Zwiebelchen, einem leckeren Pilzsöschen und knusprigen Fritten. Die Salatbeilage konnte sie getrost weg lassen. Zum Schluss gab es noch einen Remi Martin.

Den hatte ihr Mann von einem Onkel aus der Erbmasse bekommen. Ansonsten war von dem Erbe nicht viel übriggeblieben. Im Keller entdeckte Herr Grünberg noch ein paar Flaschen Moselwein. Er hatte alles schnell in seine Aktenmappe gesteckt, bevor die anderen Aasgeier zum Erben kamen.

Überhaupt hatte der Mantel dem Ehepaar und ihrer Beziehung gut getan. Der triste Alltag ihres Zusammenseins war durch den Persianer wieder dynamischer geworden.

Darüber hinaus hoffte Herr Grünberg, dass seine Gattin ihm künftig mehr Nachsicht entgegenbrachte und bei der nächsten Betriebsfeier länger Ausgang gewährte. Sie war die Eifersucht pur.

Das alles erzählte Herr Grünberg Inge Weiler. Beide hatten schon, wie bei Betriebsfeiern üblich, einen im Tee, als Inge aus Spaß bemerkte, „na, Josef, wenn der Mantel eine so tolle Wirkung gezeigt hat, ist doch ein Seitensprung auch noch drin." Was daraus wurde, wissen wir nicht.

10 Ankunft im Alltag

Für Anne und Willi war es gar nicht so einfach in den Westerwald zu kommen. Deswegen konnten sie auch zunächst die Einladung von Tante Mienchen und Onkel Ferdinand, sie auf dem Campingplatz zu besuchen, nicht wahrnehmen. Für die Beiden war es wichtig, wenn sie wegfuhren, dass sie in der Nähe ihres Hauses in den Bus steigen konnten oder direkt mit dem Auto abgeholt wurden. Einmal waren sie mit dem Stammtisch an der Mosel. Das war optimal. Der Bus holte sie in Spieldorf ab und brachte sie wieder zurück. Das war schon eine sehr feine Sache.

Anne war als Kind einmal mit der Großmutter zur Kur in Davos. Immer wenn sie einen getrunken hatte, schwärmte sie Willi von den wunderbaren Erlebnissen und der Bergwelt in der Schweiz vor. Als Willi einen Filmbericht über die Schweiz im Fernseher verfolgte, sah er auch die Preise für Verpflegung und Unterkunft. Nach dieser Sendung verwarf er alle guten Vorsätze, trotz mehrmaligen Drängens seiner Anne, dort hin zu fahren. Ferdinand versprach den Beiden, sie demnächst mit dem Auto mitzunehmen. „Das ist doch ein Wort", meinte Willi. „Und der Westerwald ist doch zumindest genauso schön wie die Schweizer Bergwelt."

Dieses Thema war Gegenstand einer sogenannten feuchtfröhlichen Nachhochzeitsrunde im „kalten Bügeleisen". Der Wirt Jupp hatte es sich nicht nehmen lassen, das junge Paar und einige Freunde nochmal zu einer Runde Bier, Sekt und

„Mampe Halb und Halb" einzuladen. Die werdende Mutter trank Cola mit Eis. Im Mai sollte das Baby kommen. Alfonso war überzeugt, es wird ein kleiner Junge. Er hatte schon wieder sehr starke Kopfschmerzen. Nach der dritten Tablette, ermahnte ihn Rita, dass er endlich mal dieses Zeug reduzieren solle. Aus dem Stand heraus wurde er sehr böse. „Gegen starke Kopfschmerzen hilft nichts anderes", brüllte er sie an.

Willi schaltete sich in den Disput ein und bat ihn, sich zu mäßigen. Wegen der Kopfschmerzen solle er lieber noch einen „Mampe" trinken. Alfonso kam der Aufforderung nach und war nach einiger Zeit und mehreren Kurzen gut drauf. Unterdessen kämpfte Rita mit einem starken Ziehen im Unterleib. Außerdem war sie müde und wollte nach Hause. Alfie blieb noch.

Trotz einiger Biere und Schnäpse, beschloss Onkel Ferdinand noch mit dem Auto zu fahren. Er und seine Frau Mienchen wohnten in Poppelsdorf. Sie war nicht begeistert, dass ihr Gatte mit vollem Kopf Auto fuhr. Auch bei dieser Gelegenheit wies sie ihn wieder auf seinen ständigen Alkoholkonsum hin. Doch Ferdinand wehrte ab und brachte seinen Standardspruch, „dem Auto ist das doch egal. Unser Mercedes hat schon immer alleine den Weg nach Hause gefunden. Immer dem Stern nach. "

Dabei verzog er sein Gesicht so lächerlich, dass der Beobachter nur noch seine glasigen Augen wahrnahm. Alfonso stimmte ihm zu. Mienchen solle nach hinten gehen, er würde neben dem Fahrer Platz nehmen. In der Maxstraße solle Ferdinand ihn rausschmeißen. Dort war sein spanisches Lokal. Pepe der Besitzer hatte immer geöffnet. Für Stammgäste gab es ohnehin keine Sperrstunde. Sie sprachen alle in ihrer Landessprache. Es ging sehr lustig zu. Man zockte was das Zeug hielt. Poker und einheimische, meist traditionell andalusische Kartenspiele, wie Naiperos, waren angesagt. Alfonso verlor dabei seine Armbanduhr, die ihm sein Opa zur Hochzeit geschenkt hatte und fast hundert Mark. Um fünf Uhr war dann Sperrstunde. Pepe wollte ins Bett. Da ließ er nicht mit sich reden. Kurzerhand setzte er seine späten Gäste vor die Tür und schloss das Lokal ab.

Als Alfie nach Hause kam wurde Rita wach. Stark angetrunken, fand er den Hausschlüssel nicht. Er klingelte sie aus dem Bett, verlor sein Gleichgewicht und fiel ihr direkt in die Arme. „Oh, meine schöne Senorita, ich liebe dich und unseren chiquito," brabbelte er voll wie tausend Nattern. Sie schmiss ihn wütend auf das Bett. Was jetzt kam war sehr unangenehm. Alfonso schnarchte so unerträglich, dass sie nicht mehr einschlafen konnte. Es half alles nichts, sie musste raus. Sie hatte heute Frühdienst. „Der gnädige Herr hat sich natürlich für heute freigenommen", murmelte sie wütend vor sich hin. „So verplempert dieser Arsch seine Urlaubstage. Ich könnte den Kerl auf den Mond schießen", war ihr Fazit.

Völlig genervt, übernächtigt und sauer kam sie im Seniorenstift an. Die Frühschicht war zunächst für die Vorbereitung des Frühstücks zuständig. Das war immer besonders hektisch. Zumal sich eine Kollegin krank gemeldet hatte und Frau Heinemann, die Rita zur Hand ging, nicht die Schnellste war. Heidi, wie sie liebevoll von allen genannt wurde, hatte bereits angefangen, die Frühstückstische einzudecken. Aber das dauerte. Rita sprang zwischen Küche und Speiseraum hin und her, obwohl sie ein ständiges Ziehen im Unterleib spürte.

„So, als ob meine Periode im Anmarsch ist", vermutete sie. Dabei lächelte sie kurz und dachte an das werdende Baby in ihrem Bauch. Am liebsten läge sie jetzt im Märchenland auf einer Wiese mit sattem grünen Gras und einem rauschenden Bach in der Nähe. Als Königin verwöhnte man sie von allen Seiten und trug sie auf Händen zur reichgedeckten Tafel. Ihr Phantasiespiel wurde jäh unterbrochen, als Heidi schrie, „Herr Rüngsdorf von Zimmer elf hat einen Herzanfall."

Von der Verwaltung war noch niemand da und die junge Pflegekraft, die gerade ihren Nachtdienst beenden wollte, war mit der Situation vollkommen überfordert. Rita hing sich sofort ans Telefon und rief den Notarzt. Als die Rettung eintraf, war Herr Rüngsdorf bereits tot. Das Gedeck an seinem Tisch konnte weggenommen werden. Einer weniger. Die Herrschaften standen längst in den Startlöchern und warteten ungeduldig „auf die Fütterung der Raubtiere", wie sich das Personal immer ausdrückte. Ab sieben gab's Frühstück. Herrn Rüngsdorf vermisste keiner. Er war ein Einzelgänger und lebte sehr zurückgezogen. Seine Kinder hatten den Kontakt zu ihm abgebrochen. „Erbstreitigkeiten", hieß es.

Nach dem Frühstück bereiteten Rita und Heidi das Mittagessen vor. Die Heimleitung achtete darauf, dass jeden Mittag ein „qualitativ hochwertiges, hervorragendes Menü" serviert wurde. Das sei man den Bewohnern schuldig. Dafür bezahlten sie auch sehr viel Geld. Und das Haus sei für hohe Qualitätsansprüche bekannt. In der Tat, so erfuhr Rita von Heidi, waren die Renten und Pensionen der Bewohner sehr stattlich.

Das überwiegend von älteren Damen bewohnte Seniorenstift Kastanienhof, wie es offiziell hieß, lag in der gehobenen Preiskategorie und war ein begehrtes Haus. Darauf war die Heimleitung stolz. Und mit gutem Essen, dem Sex des Alters, konnte man punkten. Heidi bemerkte, „von solchen Speisen, die wir den Alten kredenzen, können meine Kinder nur träumen".

Frau Heinemann hatte zwei Mädchen und einen Jungen. Ihr Ehemann war Maurer. Im Winter konnte er manchmal nicht arbeiten, dann gab es zwar einen finanziellen Ausgleich in Form von Schlechtwettergeld. Damit konnte die Familie aber keine großen Sprünge machen. Deshalb musste auch Heidi ran. Auch sie nahm, wie Rita, Reste aus der Küche mit nach Hause. Das war alles mit der Chefin abgesprochen.

Frau Schrank, die Küchenleiterin, hatte die Figur ihres Namens übernommen. Sie war, ganz nach dem Grundsatz des Hauses, auf alle nur erdenklichen Annehmlichkeiten der Senioren erpicht. Bei den Morgenrunden redete sie wie ein Schnellfeuergewehr. Lange Antworten wurden von ihr nicht geduldet sondern kurze konstruktive Beiträge, die sie in ihrem engen Kirchenschwesternhirn für angemessen hielt. Gerne wäre sie Nonne geworden. Aber das mit der Demut und dem Verzicht auf Völlerei war ihr auf die Dauer doch zu anstrengend. Von allen Mitarbeiterinnen und Mitarbeitern wurde sie „das Plümo" genannt. Ständig kündigte sie eine

Diät an. Jedoch sah man sie fast immer essen. Gab es Fritten, nahm sie gerne die frischen, die gerade aus der Küche kamen.

Dafür ließ sie die etwas erkalteten auf dem Teller liegen. Ihr Büroschrank war voller Süßigkeiten. Diese waren zwar offiziell für die Bingo-Spiele gedacht. Aber was Naschereien betraf, sah Frau Schrank gern mal über das Offizielle hinweg. Nur wenn es ums Prinzipielle ging verstand sie keinen Spaß. Eines ihrer zentralen Prinzipien war der Glaube. Bei Lichte besehen, kann man sagen, war sie eine katholische Fundamentalistin. Also das Gegenteil von „Maria 2.0". Einer im fortgeschrittenen einundzwanzigsten Jahrhundert in Münster/Westfalen gegründeten katholischen Fraueninitiative. Zentrales Ziel dieser Bewegung ist es, die Hegemonie der „kirchlichen Männerbünde", mit all den einhergehenden Verfehlungen, wie dem unsäglichen Missbrauch von Kindern und Jugendlichen, wenn nicht abzuschaffen so doch zumindest einzuschränken.

Ob das gelingt, bleibt abzuwarten. Auch wann die erste Frau ein katholisches Priesteramt übernimmt, können wir heute noch nicht sagen. Dass diese Fragen allerdings aktuell von katholischen Frauen problematisiert werden, wäre zu Frau Schranks Zeit unmöglich gewesen. Ihr Denken war zum ausgehenden zwanzigsten Jahrhundert, als sie noch die Vorgesetzte unserer Heldin war, gewiss dem Prinzip der Inquisition des Spätmittelalters mehr verpflichtet als dem Modell „Maria 2.0" und den mitunter ermunternden Gedanken eines Papst Franziskus.

Sie betonte auch gegenüber Rita, dass sie alle Augen zugedrückt hätte, als sie von ihrer vorehelichen Schwangerschaft erfuhr. Schließlich erhielt sie dann doch noch die Absolution ihrer Vorgesetzten, da sie schnell heiratete und ihr versprach, die kirchliche Trauung vor einem Altar in einer spanischen Kirche zu vollziehen. Dieses Versprechen versöhnte Frau Schrank. Spanien war ja ein Herzstück des Katholizismus und ein historisches Zentrum der Inquisition. Frau Schrank war zufrieden und schon im Geiste bei der Hochzeitsmesse. Mehrmals in der Woche ging sie in die Kirche.

Der Besuch des Gottesdienstes gehörte wesentlich zu ihrem Lebensinhalt. Die Vergebung ihrer Sünden im Beichtstuhl war einer ihrer Höhepunkte. Andere hatte sie kaum. Und ihre Doppelmoral. Die war legendär. Einerseits einem Glauben verhaftet, der Nächstenliebe und soziales Denken predigte. Sie trug ständig zur Demonstration ihres Glaubens ein großes Kreuz auf ihrem Busen. Andererseits war sie alles andere als eine verständnisvolle und karikativ engagierte Zeitgenossin.

Wo sie konnte, ließ sie den Chef raushängen und tyrannisierte das Personal. Alle rätselten, wie sie das mit ihrer frömmelnden Lebensweise vereinbaren konnte. Eine Kollegin erklärte dieses Verhalten mit Bigotterie. Frau Schrank vereinigte alle Adjektive, die diese Einstellung kennzeichnen. Scheinheilig, lustfeindlich, intolerant, gehässig, kleinlich, engherzig, gepaart mit einem übertriebenen Glaubenseifer.

In letzter Zeit war sie öfter krank. Die Kollegen führten die ständigen Ausfälle auf ihre falsche Ernährung und lebensfeindliche Einstellung zurück. An dieser Hypothese war bestimmt was dran. Keiner vermisste sie. Für Rita bedeute das jedoch immer Mehrarbeit. Wie erwähnt, hatte sie der Heimleiter stillschweigend zur inoffiziellen Vertreterin auserkoren. Mittlerweile war die Schwangerschaft schon so weit fortgeschritten, dass jetzt alle den Bauch sehen konnten.

Eigentlich durfte sie keine schweren Eimer und Schüsseln tragen oder heben. Für diese Tätigkeiten fehlte es jedoch an Hilfskräften, sodass Rita auch diese Arbeiten verrichten musste. Alfie zeigte wenig Interesse für Ritas Job und die damit verbundenen täglichen Schwierigkeiten. Er träumte lieber mit Enrico von einem Restaurant in Benidorm. Es musste herrlich sein, einmal Juniorchef zu spielen. Befehle geben zu können. Wann man wollte in der Sonne liegen. Ins Meer schwimmen gehen. Und abends in die Bar. Zocken. So seine Phantasie.

Die Realität sah anders aus. Es war mittlerweile Frühling im Rheinland. Die Tage wurden länger. Alfie floh von zu Hause. So oft er nur konnte. Er war durchaus bereit, Rita zu bewegen mitzukommen, wenn er einen trinken gehen wollte. In ihrem Zustand machte ihr das keinen Spaß. Die verrauchten Kneipen und das ewige mit spanischen Akzenten vermischte Gelaber seiner Freunde und Arbeitskollegen.

Rita blieb dann meistens zuhause, besuchte Inge oder ihre Oma Irmgart. Dass Alfie in letzter Zeit wieder oft im „Violetta" aufschlug, erzählte ihr Werner. So ganz nebenbei berichtete er Rita, dass ihr lieber Mann inzwischen den Pasodoble mit einer anderen Dame tanzte. Als Werner, nach Rückfrage Ritas, sie beschrieb, wusste die werdende Mutter direkt um wen es sich handelte. Auf die hatte Alfie schon seit Längerem ein Auge geworfen. Sie war hellblond und sehr sexy. In Ritas Augen eher peinlich. Jedes Kleid trug sie ein bis zwei Nummern kleiner als angemessen.

Sie erinnerte sich, als sie das letzte Mal vor ein paar Wochen mit Alfie im „Violetta" war. Sie hatte keine Lust zum Tanzen, wollte ihrem Gatten aber nicht den Spaß verderben. Besagte junge Dame trug an diesem Abend einen weißen ausgestellten Rock und einen goldenen Gürtel. Dieser hing lose drapiert auf ihrem Bauchansatz. Ein weißes Oberteil aus Spitze mit einem tiefen Ausschnitt krönte ihre Kledage. Mit ihrem Begleiter saß sie ganz in der Nähe von Rita und Alfie. Und da ihr Partner offenbar auch keine Lust zum Tanzen hatte, ergriff Alfonso, mit Ritas Einverständnis, die Gelegenheit und forderte sie auf. Beim Tanzen schloss sie ihre Augen, das sollte wohl sinnlich bis anmutig wirken.

Mit dieser jungen Dame tanzte Alfie noch weitere Tänze. Danach kam noch Babsi an die Reihe. Sie gehörte zum Violetta-Inventar und sagte zu jedem im breitesten Rheinisch, „Liebelein, nachher tanzen wir wieder". Im Laufe des Abends war jeder tanzbereite junge Mann einmal an der Reihe. Neben ihrer entschlossenen und ständigen Tanzbereitschaft, war sie aber auch anderweitig gut unterwegs. Eingeweihte Violetta-Kreise nannten sie auch das immer offene Senftöpfchen.

Es war auch kein Geheimnis, dass sie Lust hatte. Besonders während ihrer Periode gab sie immer zum Besten, dass ein guter und potenter Seeräuber immer auch bereit sein musste, durchs Rote Meer zu schwimmen. Manche Herren stießen bereits solche Redewendungen ab. Einige Hardcore-Jungs ließen Babsi allerdings nicht am Ufer stehen. Ob auch Alfie mal durchs Rote Meer geschwommen war, entzieht sich unserer Kenntnis.

Bekannt war, dass Alfie bei den Gästen des „Violetta" sich großer Beliebtheit erfreute. Die Runden, die er ausgab, schrieben die Kellner oder Kellnerinnen auf einen Deckel des Hauses. Als langjähriger Stammgast hatte er einen fast unbegrenzten Kredit. Die Zeche wurde am Monatsende abkassiert. Konnte er seinen Deckel nicht bezahlen, ließ er sich dann bis zum Monatsende nicht mehr blicken. Die Schulden stotterte er ab. Auch Rita steuerte oft einen Teil ihres schwer verdienten Lohnes dazu bei, um die Verbindlichkeiten ihres Mannes auszugleichen.

Gerade deswegen hatte sie sehr schnell verstanden, dass sie immer mit Arbeiten gehen musste. Mit dem Mund war Alfie zwar ein stolzer Spanier. Darauf bestand er. Aber nicht zu stolz, seine Frau bis zum letzten Tag ihrer Schwangerschaft arbeiten gehen zu lassen. Indessen betonte er immer, wenn einmal das Kind da sei, brauche Rita nicht mehr arbeiten zu gehen. Doch diese Sprüche überzeugten sie keineswegs. Rita war mit dem Alltag konfrontiert. Sie sah jeden Tag die Realität und ihr wurde immer bewusster, wie ihr Mann tickte.

Annegrete hatte, als Rita noch Kind war, ihr schon vermittelt, dass sie sich als Frau niemals von der einseitigen Erwerbstätigkeit des Mannes abhängig machen sollte. Diesen Grundsatz beherzigte sie. Umso mehr bei einem Partner wie Alfonso. So war für unsere künftige Mutter heute schon klar, dass sie nach der Geburt und dem Mutterschutz, ihre Arbeit wieder aufzunehmen hatte.

Ritas Sorge war, was sie mit dem Kind machen sollte, wenn sie wieder arbeiten ging. Es gab meistens nur Kindergärten mit ungünstigen Abholzeiten. Ihre Oma Irmgart, die gute Seele, fand sich schon im Vorfeld bereit, das Baby zu betreuen. Sie hatte schon so viele Kinder groß gezogen. Doch die Oma war dreiundsechzig Jahre geworden und konnte nicht mehr so gut sehen. Auch der Diabetes forderte seinen Tribut und schließlich war Omas Wohnung eine echte Qualmbude.

Sie versprach Rita, alle Raucher auf den Balkon zu schicken. Wenn Rita Frühdienst hätte, könne sie das Kind schon sehr früh vorbeibringen. Das war erst Mal beruhigend. Obwohl sie insgesamt mit der aktuellen Situation nicht glücklich war. Aber was sollte sie machen. Sie war jetzt stolze achtzehn Jahre jung. Alfie dagegen schon volljährig. Allerdings benahm er sich wie ein junger Hund. Rita gewöhnte sich an, alle Entscheidungen selbst zu treffen.

Die Geburt rückte immer näher. Als Alfie und Rita gerade in der Altstadt unterwegs waren, setzten die ersten Anzeichen ihrer Wehen ein. Es war Ende Mai mit sommerlichen Temperaturen. Die Menschen gingen mit einem wohligen Gefühl durch die Altstadt. Sie genossen die schönen Tage und lauen Abende. Alfonso war kurz mit einem Freund nach oben gegangen. Rita war jetzt gerade alleine. Sie spürte ein heftiges Ziehen im Bauch und in den Seiten. Der Unterleib wurde sehr hart. Die Wehen setzten jetzt schon alle acht Minuten ein.

Gerade noch rechtzeitig erreichte sie die Wohnung einer befreundeten spanischen Familie. Frau Rodrigues bereitete das Abendessen vor, als Rita Sturm klingelte. Sie sah die Hochschwangere gekrümmt vor sich stehen. Rita schrie aus Leibeskräften. Frau Rodrigues schrie ebenfalls zu ihrem Mann hin. Er solle sofort „Ambulancia" anrufen.

Er lief zum Telefonhäuschen und orderte einen Krankenwagen. Die Wehen der jungen Gebärenden machten gerade eine Pause, als der Krankenwagen durch die engen Straßen der Altstadt bis vor die Haustüre fuhr. Dann kamen die Wehen alle zwei bis vier Minuten. Rita wurde sofort nach einer kurzen Untersuchung in den Kreißsaal gebracht. Plötzlich setzten die Wehen aus. Das war wohl die Aufregung meinte die Hebamme. Danach ging es ganz schnell.

11 Die kleine Prinzessin

Rita gebar ein kleines Mädchen. Das Kind war wohl geraten. Mit schönen dunklen Haaren und graugrünen Augen, wie die Mama. Plötzlich gab es einen lauten Knall. Die Tür des Kreißsaales öffnete sich und Alfie stand mit einem Torerohut, den er bei seinem nächtlichen Ausrutscher von einem Kumpel geschenkt bekam, mitten im Geburtsraum. Er kam wie immer zu spät. Sofort nahm er den Hut ab, beteuerte das Kind sei die schönste kleine Prinzessin, die je das Licht der Welt erblickt hatte und gab ihr den Namen Mercedes-Maria-Dolores. So hieß seine Mama.

Rita durfte die Namen noch etwas abändern. Im rheinischen hörte sich der Name Mercedes wie eine Automarke an. Maria war hübsch, aber doch nichts für ein kleines Mädchen. Dolores hatte etwas Verruchtes. Sie dachte immer an den Revuefilm aus den Fünfzigern, „das sind die Beine von Dolores." Nach langen Diskussionen einigte sich das Paar auf Felicitas und als Zweitnamen Maria-Dolores. Das Kind musste natürlich getauft werden. Rita war zwar auch katholisch aber in dem konservativ-klerikal geprägten Spanien war alles noch eine Spur heftiger.

Das junge Paar hatte nur standesamtlich geheiratet. Also entschied die Familie Morales, die Trauung müsste mit der Taufe des Mädchens in der Kirche Santa Anna in Benidorm vollzogen werden. Rita, die sich schon seit Jahren alleine durchs Leben schlagen musste, empfand es als eine Art Bevormundung. „So einfach geht das nicht. Ich lasse mich nicht vor vollendete Tatsachen stellen. Immerhin ist es auch mein Kind. Und da habe ich auch ein Wörtchen mitzureden", so ihr Plädoyer. Alfies Augen funkelten vor Wut. Zusätzlich trat seine Ader auf dem Hals hervor. Er schlug mit der Hand auf den Beistelltisch im Krankenzimmer. Nur leider auf die Butter, die als stärkende Beilage für Wöchnerinnen serviert wurde.

Rita sprach beruhigend auf ihn ein. Die Zimmernachbarin sah schon peinlich berührt zu ihnen hinüber. „Alfie mache bitte nicht so ein Theater. Ich habe eben eine eigene Meinung", sagte die junge Mutter versöhnlich. Er versuchte sich sichtlich zu beherrschen. Dann fing er erneut an. Das habe seine Familie entschieden. „Du bist jetzt Frau Morales und wirst dich den Wünschen der Großeltern und Eltern nicht widersetzen." Mit diesen Worten ging er zur Tür und war im Begriff das Zimmer zu verlassen, als Rita ihm noch einige Sätze hinterher rief.

Er solle bloß nicht so anfangen. Er müsse doch schon geschnallt haben, dass sie auch nicht alles mitmache, was die Familie Morales sich so ausdenke. Das habe sie noch nie gemacht. Auch nicht bei ihrem windigen Stiefvater. Seine Mannesehre war gekränkt. Voller Wut schlug er die Türe zu, dass zwei Blumenvasen vom Regal fielen. Die Säuglingsschwester, die derartige Konfliktsituationen zu Genüge kannte, rief ihm hinterher, dass er sich mäßigen solle. Auch würde es der Anstand gebieten, dass er zurückkomme und die Scherben zusammenkehre. Er hatte schließlich die Sauerei verursacht.

Unterdessen stand jetzt auch Rita auf dem Flur und rief ihm noch nach, „da hast du ja jetzt einen feinen Grund, weiter zu feiern, geh doch zu deiner Sexbombe ins ‚Violetta'". Das war eine ausgezeichnete Idee seiner Frau. Er wollte ohnehin auf seine Felicitas Maria Dolores einen heben. Also nichts wie hin, ins „Violetta". Unterwegs wurde er allerdings aufgehalten. Vor dem spanischen Restaurant standen zwei Kollegen, die von seiner aktuellen Vaterschaft Wind bekommen hatten. Jetzt mussten hier schon Mal die Korken knallen.

Danach ging's ins „Violetta". Im Laufe des Abends versuchten die beiden Kollegen das Schlimmste zu verhindern. Allerdings schafften sie es nicht, ihn von seinem Vorhaben abzubringen, Gott und der Welt einen auszugeben. Er war außer Rand und Band. Tanzte wild und betrank sich aufs Heftigste. So gegen sechs Uhr morgens, draußen war es schon hell und sommerlich warm, ging das Trio endlich nach Hause. Alfie hatte fast die Hälfte seines Lohnes auf den Kopf gehauen. Ein Kumpel nahm vorsorglich die andere Hälfte des Geldes an sich, um es Rita zu geben. Er kannte Alfie und wusste, dass er nicht mit Geld umgehen konnte.

Auch erzählte ihm Rita neulich von der Spielleidenschaft ihres Mannes. Sie hatte den Kollegen Heinz aus Spieldorf schon über Annegrete kennengelernt und wusste genau, dass er diese Interna nicht an die große Glocke hängen würde. Heinz war ein guter Kumpel und schon älteren Semesters. Er war mehrmals geschieden und stand nicht immer auf der Sonnenseite des Lebens. Früher ging in Spieldorf das Gerücht um, Heinz und Annegrete wären kurzzeitig ein Paar gewesen.

Im Übrigen war das eine der Schwachstellen von Heinz. Er konnte keinem Rock widerstehen. Inzwischen war er in die Jahre gekommen und klärte die jungen Kollegen, ohne zu missionieren, über die Gefahren des Lebens auf. Darin hatte er selbst reichlich Erfahrung und musste dafür schmerzlich Lehrgeld bezahlen. Nachmittags, als er seinen Rausch ausgeschlafen hatte, ging er auch direkt in die Klinik, um Rita das Geld zu übergeben. Sie war froh, dass sie so einen zuverlässigen Menschen wie Heinz kannte.

Inzwischen erwachte auch Alfonso langsam aber sicher und sichtlich kaputt aus seinem Rausch. Die Kleidung vom Vortag trug er noch am Körper. Bei seinem Erwachen fielen ihm alle Sünden ein. Er hatte mit Babsi getanzt. Dabei war es wohl nicht geblieben. „Oh Madonna", hoffentlich hatte er keinen Unsinn gemacht. Als er das kleine Bad betrat, bekam er erst mal einen Schock. Er sah jetzt das Übel der Nacht, als er volltrunken verschiedene Körperinhalte im Bad verteilte.

Sein Kopf tat zum Bersten weh. Er brauchte unbedingt einige Spalttabletten, um das Ganze wieder hin zu kriegen. Er war eben ein Mann. Aber jetzt auch ein Vater. Und er nahm sich fest vor, endlich erwachsen zu werden. Dabei wollte er Rita gestern noch von seinem Lohn ein goldenes Kreuz zur Geburt der Tochter schenken. „Ach, was soll's, dann schenke ich es ihr eben zur kirchlichen Hochzeit", beruhigte er sich. Eine Dusche, mit anschließender Rasur, geföhnten Haaren, geputzten Zähnen, dann sah die Welt doch ganz anders aus. Zusätzlich eine Ladung Aftershave, das war genau die richtige Mischung. Bevor er einen Kaffee trank, nahm er noch einige Tabletten. Das müsste ihn wieder auf die Beine bringen, so seine Überlegung. Doch das war ein Trugschluss. Nur kurze Zeit fühlte er sich stark und meinte wieder klar denken und handeln zu können.

Am frühen Abend war er endlich bei Rita und dem Baby. „Mea culpa." Mehr fiel ihm erst Mal nicht ein. Rita war maßlos enttäuscht von ihm. Noch nicht mal einen Blumenstrauß zur Versöhnung hatte er mitgebracht. Die anderen Mütter erhielten zur Geburt sogar einen echten Goldring. Ihre Zimmernachbarin, eine Bäckersgattin, saß strahlend mit einer echten Perlenkette und passenden Ohrensteckern in ihrem Wochenbett. Das war eine feine Dame. Jedenfalls versuchte sie sich immer so zu präsentieren.

Bei jedem Geschenk, das die vornehme Bäckersgattin bekam, drehte sie in ihrem Bett durch. Schon beim Öffnen der Krankenzimmertüre schrie sie verzückt, wenn sie ein bekanntes Gesicht sah, „nein das wär doch nicht nötig gewesen." Beim Auspacken der Strampelhosen steigerte sich ihre Freude. „Nein so ein schönes Strampelhöschen, Gott zu schön." Rita war sichtlich genervt von der Dame und ihren mütterlichen Ratschlägen. Servierte die Schwester die Mahlzeiten, wurden diese ebenfalls eingehend kommentiert.

Frau Wollner, so hieß die Glückliche, fand alles so reichlich, dass sie oft mit der Menge des Essens überfordert war. Sie wusste einfach nicht, wo sie alles „hin packen" sollte. Rita war immer hungrig und verputzte alles bis auf den letzten Krümel.

Vor den anderen Müttern war es ihr doch peinlich, dass Alfie für ein so großes Aufsehen gesorgt hatte. Auch Oma Irmgart, die Rita am späten Nachmittag besuchte und noch im Zimmer war, als Alfie kam, hörte von seinem Fehlverhalten. Auch roch er immer noch oder schon wieder, trotz reichlich Rasierwasser, nach Kippen und Alkohol. Die Oma dachte ihren Teil und ging ihrer Wege.

Rita trug die Kleine auf dem Arm, wiegte sie sanft und versuchte dabei noch ein bisschen zu singen. Auch Alfie nahm das Baby auf den Arm und bewegte die Kleine sehr vorsichtig hin und her. Dabei sang er sehr leise und liebevoll ein spanisches Kinderlied. Im Moment sah alles sehr harmonisch aus. Die kurze schöne Ruhephase wurde jäh unterbrochen, als Alfonso bemerkte, „jetzt muss meine Prinzessin unbedingt gestillt werden. Das ist sehr wichtig für die Entwicklung der kleinen Felice. Schon meine Mutter hat alle Kinder gestillt. Und alle sind wir Prachtexemplare geworden."

Gestresst und vor dem Hintergrund all der Sorgen, stellte sich bei Rita kein durchlaufender Milchfluss ein. Sie musste zu füttern. Darüber war Alfonso enttäuscht und redete Rita noch ein schlechtes Gewissen ein. Ohnehin lebte sie in einer ständigen Angst, alles falsch zu machen. Sie fühlte sich einsam, verlassen und unverstanden. Alfie spürte ihre Traurigkeit und versuchte, sie aufzumuntern. Sie bewunderten ihr schönes Baby, das Alfonso lange herumtrug und auf den Armen wiegte. Und in regelmäßigen Abständen sagte er mit sanfter Stimme, „meine kleine schöne Prinzessin". Das junge Paar ging jetzt erst mal wieder aufeinander zu.

Als der stolze Vater das Zimmer verließ, waren alle Anwesenden zufrieden, was sich auf ihren Gesichtern widerspiegelte. Frau Wollner, die diskret auf den Flur gegangen war, meinte voller Zuversicht, „sehen sie Frau Morales, ihr Mann hat wenigstens ein Gefühl für Kinder. Meiner hat nur den Umsatz der Bäckerei im Kopf und natürlich auch noch großes Interesse für seinen Schützenverein. Für die Kinder hat er kaum Geduld. Wenn etwas schief läuft, wie bei unserem Jungen in der Schule, dann macht er mich dafür verantwortlich."

Rita dachte sich ihren Teil und antwortete, auf den teuren Schmuck der Bäckerin anspielend, „es ist nicht alles Gold was glänzt." Sie brachte ihr Kind in das Säuglingszimmer. Heute Nacht wollte sie einmal richtig durch schlafen. Bald würde sie entlassen. Nach dreizehn Wochen musste sie wieder ihre Arbeit aufnehmen. Zum Glück nur dreißig Stunden und keinen Frühdienst. Das hatte sie mit Frau Schrank wohlweislich ausgehandelt.

Alfie holte sie zu Fuß aus dem Krankenhaus ab. Frau Rodrigues lieh ihm eine Babytragetasche. Der junge Vater trug das

Baby wie ein rohes Ei. Er war mächtig stolz auf seine Tochter. Rita ging ganz munter hinter ihrer kleinen Familie zur Straßenbahn. In ihrem Heim angekommen, hatten Inge und ihre Kinder ein kleines Willkommensfest organisiert. Willi und Anne durften natürlich auch nicht fehlen. Auch Opa Enrico hatte sich zum Empfang seiner Lieben extra frei genommen und übergab Rita zweihundert Mark als Starthilfe.

Er hob hervor, dass sie wohl besser damit haushalten könne. Er kannte seinen Sohn und sein Verhältnis zu Geld. Der verzog zornig das Gesicht, sagte aber nichts. Alle saßen in der Wohnküche, dem größten Raum der Wohnung, gemütlich zusammen und bewunderten die kleine Felicitas. Die war hungrig. Rita bereitete ihr die Flasche vor und ging mit dem Kind ins kleine Schlafzimmer. Dort hatte sie mehr Ruhe. Da sah sie zu ihrem großen Erstaunen, dass der Lebensbaum, den ihr die Kollegen zur Hochzeit schenkten, völlig geplündert war.

Alle Zehn-Mark-Scheine waren aus den kleinen Kuverts entfernt worden. Als sie später Alfie zur Rede stellte, entzog er sich. Er hätte noch was mit seinem Papa zu besprechen. Wegen der Hochzeit und der Taufe. Er verabschiedete sich von seiner Frau und ging zusammen mit Enrico in die Altstadt. Rita verstand das alles nicht. Sie wollte unbedingt bei den Besprechungen dabei sein. Es ging sie doch genau so viel an wie Alfie. Sie fühlte sich wieder einmal ausgegrenzt.

Das war wohl das Prinzip der Familie Morales. Nach zwei Stunden kam der junge Vater etwas angeheitert zurück. Mit einigen Kollegen stieß er noch auf das Baby an. Rita hielt sich erst Mal zurück. Sie beauftragte ihn lediglich, für einige Tage etwas einkaufen zu gehen. Der Kühlschrank war wieder leer. Außer Babynahrung war in der Wohnung nichts Essbares. Alfie meinte, er hätte schon bei den Freunden für heute Abend genug gegessen.

Jetzt schwoll ihr der Kamm. Dieses egoistische Verhalten ging ihr dermaßen auf die Nerven, dass es so nicht mehr weitergehen konnte. In diesem Zusammenhang wollte sie auch noch eine Antwort auf ihre Frage, „wo die Zehn-Mark-Scheine vom Lebensbaum abgeblieben sind und was er überhaupt noch von seinem Lohn übrig hat?" Alfie wurde das alles zu eng.

Er schnappte sich eine Einkaufstasche und verließ die Wohnung. Bei ALDI kaufte er das Nötigste. Dort war es am Billigsten. Viel war von dem Geld der letzten Lohnzahlung wirklich nicht mehr übrig. Angesichts der Hochzeit und der Geburt flehte er seinen Chef an, ihm doch einen kleinen Vorschuss auf seinen nächsten Lohn zu geben. Herr Maslein war in Geberlaune. Auch wegen der guten Auftragslage. Er überreichte Alfie nicht nur einen ordentlichen Vorschuss, sondern auch noch eine anständige finanzielle Gratifikation zur Geburt der Tochter. Davon wusste Rita nichts.

Nach den turbulenten Tagen musste Alfie wieder arbeiten. Im Herbst begann sein letztes Lehrjahr. Das Praktische klappte ganz gut. Der Meister war mit seiner Arbeitsleistung zufrieden. In der Berufsschule jedoch hatte er keine guten Karten. Die Theorie, das ruhige Sitzen und zuhören waren nicht sein Ding. Alfie war mehr der haptische Typ. Die Konzentration und das Erarbeiten berufsspezifischer Lerninhalte lagen ihm nicht so. Der Berufsschullehrer betonte immer, dass er noch einen Zahn zulegen müsse, sonst würde die theoretische Prüfung ins Wasser fallen. Das ist ja noch was hin, dachte er. Jedenfalls war er froh, mal wieder im Betrieb zu sein.

Er trank morgens, wie viele seiner Landsleute, einen Kaffee auf die Schnelle. Dazu aß er ein kleines Butterbrot. Mittags holte er sich Fritten meist mit Currywurst beim „Frittenpaule". Während der Zeit des Mutterschutzes als Rita noch zuhause war, bereitete sie ihm liebevoll einen Imbiss mit etwas Obst für seine Mittagspause zu. Als Köchin wusste sie, dass mit einer guten Planung einiges eingespart werden könnte. Abends kochte sie für die Familie. Es ging alles seinen Gang, sie müssten nur an einem Strang ziehen.

Nach dreizehn Wochen war der Mutterschaftsurlaub vorbei. Ritas Arbeit begann. Alfie sah ein, dass er alleine nicht so viel verdienen könnte, um die Familie zu ernähren. Zumal er immer wieder Probleme hatte, an den Spielautomaten vorbei zu kommen. Bis jetzt war alles gut gegangen. Er war sogar mal einige Monate clean. Doch jede seelische Schieflage versetzte ihm einen Hieb. Wenn er dann nur das Geräusch eines Spielautomaten hörte, wurde er rückfällig.

Für Rita war der erste Tag im Seniorenstift anstrengend. Zuvor brachte sie das Baby zur Oma Irmgart. Dann fuhr sie mit der Bahn nach Bornheim. Mit der Heimleitung und Frau Schrank hatte sie einen Sonderdienstplan vereinbart. Um ihr Baby und auch Oma Irmgart nicht zu überfordern, arbeitete sie von halb elf bis siebzehn Uhr. Nach Dienstschluss trank sie bei der Oma auf die Schnelle einen Kaffee, besprach mit ihr den nächsten Tag und ging mit Felicitas nach Hause. Wenn sie keine Reste aus der Großküche mitgenommen hatte, zauberte sie flott in ihrer Küche eine kleine Mahlzeit für sich und Alfie.

Der kam heute erst nach acht. Rita wunderte sich. In den letzten Wochen war er immer spätestens um sechs zu Hause. In ihr machte sich erneut das schon bekannte Unbehagen breit. War er wieder drauf? Um diese Frage kreisten ihre Gedanken. Sie ließ ihn aber in Ruhe und sprach nur über Belanglosigkeiten. Zumal sie sich nicht sicher war. Rückfälle erkannte sie auch daran, dass er mitunter einen recht fahrigen Eindruck machte. Jetzt wirkte er auf sie sehr ruhig und gelassen. „Ich sehe schon Gespenster", dachte sie. Nach dem Essen verzogen sich Beide ins Schlafzimmer. Der Kleinen hatten sie in der Küche eine hübsche Nische bereitet. Auf die Dauer war das aber kein Zustand.

Die nächsten Tage bewiesen, dass Rita doch keine Gespenster sah. Ihr Mann kam mal pünktlich, aber des Öfteren eben auch nicht. Auch musste sie ihn immer häufiger darauf hinweisen, dass er sich auch mal um das Baby kümmern solle. Er sagte nur „ja", kurz und bündig. Es änderte sich aber nichts. Eines Abends kam er gar nicht nach Hause. Sie brachte Felicitas zu Oma Irmgart und fuhr in die Altstadt. Sie wollte endlich Gewissheit. Sie kannte ja die Kneipen und Spielhöllen. Alfies zweites zu Hause. Oder doch wieder das erste.

Bald wurde sie fündig. Sie sah ihn sofort. Direkt vorne im Eingangsbereich hüpfte er von einem der vier Spielautomaten zum anderen. Wie in Trance bediente er die Geräte. Er fütterte sie mit Münzen. Seine Umgebung nahm er nicht mehr wahr. Rita ging auf ihn zu. Er fühlte sich ertappt. Sie nahm ihn bei der Hand und führte ihn, wie ein kleines Kind, heim. Rita sprach sehr ruhig mit ihm. So gehe das nicht mehr weiter. Sie unterstütze ihn wo sie nur könnte aber er müsse das Problem angehen. Wie, wusste sie im Grunde auch nicht. Erst später erfuhr sie, dass es entsprechende Beratungsstellen für Suchtkranke gab. In vielen Fällen hilft dann aber nur noch eine spezielle Langzeittherapie.

Im Augenblick fiel ihr jedoch nichts anderes ein, als ihm das Gefühl zu geben, dass sie zu ihm stand. Auch appellierte sie an ihn, sich darüber klar zu werden, dass er Vater sei, eine Familie habe und damit auch große Verantwortung trage. Alfonso zitterte am ganzen Körper, legte sich aufs Bett und weinte bittere Tränen in das Kopfkissen. Rita streichelte ihm über den Kopf.

Noch einmal betonte sie, alles gemeinsam schaffen zu wollen. Alfie seufzte nur noch ein stilles „ja". An diesem Abend schliefen sie gemeinsam ein. Wie jeden Morgen bereitete sie ihm die Brote und das Frühstück vor. Zum Abendbrot brachte sie Frikadellen und Bratkartoffel aus dem Seniorenstift mit nach Hause. Am Tag zuvor aß er kaum etwas. Es war ein Kreuz mit ihm. Rita hatte den Eindruck, zwei Kinder zu haben. Als er dann wieder Ritas Küche mit großem Appetit genoss, freute sie sich und schaute ihm liebevoll zu.

12 Auf nach Benidorm und schnell zurück

Es begann eine Zeit relativer Stabilisierung. Die junge Ehe funktionierte ganz gut. Im Moment hatte Alfonso seine Spielsucht in Griff. Wenn er es einmal gar nicht aushielt, setzte er sich ein Limit von fünf Mark. Das klappte eine Zeitlang optimal. Bald waren Sommerferien. Endlich fuhr die Familie Morales mit der kleinen Felicitas nach Benidorm. Sie wussten wohl nicht wie anstrengend die Fahrt mit einem kleinen Kind werden würde. Opa Enrico organisierte ein relativ großes Auto, damit sie nicht so beengt waren. Während er lieber das Flugzeug nahm. Der Wagen hatte schon hundertfünfzigtausend auf dem Buckel, doch Alfie hatte Ahnung von Autos. Vorher schaute auch nochmal Herr Maslein, der ja auch Kfz-Meister war, drüber. Er gab sein o.k. Zur Not konnte der junge Vater auch selbst ein Auto reparieren. Bis Spanien würde es schon halten.

Alfies Familie hatte alles arrangiert. Die Übernahme des Restaurants sollte noch zeitnah geschehen. Der große Tag war nicht mehr weit. Enrico und sein Bruder leiteten schon alles in die Wege. Unterdessen befand sich die junge Familie auf der Fahrt durch Frankreich. Sie suchten dringend eine Übernachtungsmöglichkeit. Das Kind war sehr unruhig und schrie viel. Das waren die jungen Eltern von der kleinen Felicitas nicht gewöhnt. Rita hatte schon schwarze Ränder unter den Augen. Das Hotel, wo sie schließlich einkehrten, war nicht gerade preiswert. Doch sie konnten sich duschen, etwas in Ruhe essen und vor allem in einem Bett ausstrecken. Endlich eine Nacht, sich zu erholen.

Nach weiteren fast tausend Kilometern erreichten sie am frühen Morgen des nächsten Tages Benidorm. Sie fühlten sich nach dieser Fahrt wie gerädert und schworen, nie mehr mit dem Auto und einem Kleinkind zu fahren. Sie sahen etwas leicht zerknautscht aus, als sie aus dem Auto stiegen. Die Hitze tat ihr übriges. Alfies Oma nahm alle freudig in die Arme und herzte das Baby überschwänglich. Rita kannte diese stürmisch übersteigerte Art nicht. Felicitas war es auch zu viel. Sie fing an zu weinen und wollte zurück auf Mamas Arm.

In einem ruhigen kleinen Gässchen, abseits des touristischen Trubels war die Wohnung der Familie Morales. Drei Schlafzimmer, ein Wohnzimmer, Küche und Bad. Für Alfies Familie räumten seine Geschwister ihr Zimmer. Die schliefen jetzt im Wohnzimmer auf dem Schlafsofa. Die Großeltern hatten ein Schlafzimmer, die Eltern Alfies ebenfalls.

In den Sommermonaten gab es mitunter kein fließendes Wasser im Haus. Mittlerweile entwickelte sich Benidorm und die umliegende Region zu einem stark frequentierten Touristenzentrum. In der ohnehin nicht sehr regenreichen Gegend war Wasser Gold wert. Die großen Hotels und diversen Ferienanlagen mussten zuerst bedient werden. Deswegen waren viele südspanische Kommunen, die im Einzugsgebiet der Tourismusindustrie lagen, gezwungen, das Wasser zu rationieren. Zu bestimmten Tageszeiten stellte die Verwaltung den Einheimischen entsprechende Wasserstellen zur Verfügung, um sich mit dem kostbaren Gut einzudecken.

Der Tag der Feierlichkeiten kam näher. Rita wollte unbedingt in ihrem weißen Brautkleid kirchlich heiraten. Da sie keine Jungfrau mehr war, waren Alfies Großeltern strikt dagegen. Doch die Familie Morales merkte bald, dass Rita alles andere als eine unterwürfige und den alten konservativ-klerikalen Vorstellungen anhängende junge Frau war. Sie setzte sich schließlich gegen die Schwiegereltern und Großeltern durch. Dafür ließ sie sich auf eine schreckliche Hochschlagfrisur ein. Die spanische Sonne verlieh ihren Haaren einen glänzend hellen Ton.

Sie wurde geschminkt, die Wimpern aufgeklebt die Nägel maniküt und rot gelackt, sie sah richtig künstlich aus. „Aber es ist ja nur für einen Tag", sagte sie sich.

Alfie trug einen hippen Designeranzug. Von seinem Onkel, dem Schneider aus Alicante. Diesmal war er auch beim Frisör und kam mit einer schicken Haarpracht. Rita fand ihn süß. Die kleine Felicitas erinnerte an ein rosa Bonbon mit einer großen Schleife auf dem Kopf. Normalerweise mussten die Eltern der Braut einen Teil zur Hochzeit beisteuern. Da aber keine mehr vorhanden waren, entfiel das Ganze auf Alfies Eltern und die Großeltern. Das große Fest fand in einem angemieteten Lokal statt. Dort war Platz für achtzig Gäste. Auf dem Speiseplan stand Spanferkel und Paella. Aber auch viele andere regionale Köstlichkeiten wurden angeboten. Es war eine herrliche, reichhaltige Festtafel.

Musik wurde von zwei älteren Herren gespielt. Rita wiegte sich in diesen wunderbaren Klängen. Alfie sollte übersetzen. Mit derartigen Wünschen oft überfordert, antwortete er maulfaul, „von Liebe, Glück und so was eben". Rita dachte, dass das wieder typisch für ihn war. Keine Romantik. Anstatt mit ihr zu tanzen, hätte er sich lieber zu den Jungs in den Nebenraum gesetzt und mit ihnen gezockt. Sie sah es ihm an. Seine fahrige Mimik und Gestik. Doch er nahm sich zusammen.

Für den Brauttanz und einige anschließende Tänze. Dies war ein Muss für jedes Brautpaar. Er würde sonst sein Gesicht verlieren. Die Braut hätte gerne die ganze Nacht durchgetanzt. Alfies Kusine war Hebamme und kümmerte sich sehr professionell um Felicitas. Die Kleine war begeistert von der jungen Frau und wollte nicht zur Mama. Das wäre die Gelegenheit einer romantischen Nacht gewesen. Doch Alfonso schob Müdigkeit vor. Währenddessen trat als Höhepunkt des Festes eine junge Flamencotänzerin auf. Rita, die überhaupt sehr gut drauf war an diesem Abend, meinte, dass sie göttlich tanze. Rita war so glücklich wie schon lange nicht mehr. Sie meinte zu ihrem Gatten, „so müsste es immer sein, am liebsten würde ich die Zeit anhalten."

Das Brautpaar war reich beschenkt worden. Viele nützliche Dinge zum Hausrat und jede Menge Geldscheine. Die Peseten mussten allerdings noch in Mark umgetauscht werden. Den gemeinsamen Euro gab's noch nicht. Rita dachte schon daran, sich endlich eine Waschmaschine zu kaufen. Das war eine Erleichterung, gegenüber der aktuellen Praxis, in den Waschsalon zu gehen oder immer Oma Irmgart bitten zu müssen.

Alfie spielte vor seinen Verwandten gerne den liebevollen Vater. Er nahm Rita das Kind ungewöhnlich oft ab. Das war sie von zuhause nur sehr selten gewöhnt. „Damit du in Ruhe das Fläschchen zubereiten kannst, Schatz", sagte er liebevoll. Mit einer solch ausgesuchten Liebenswürdigkeit hatte sie ihren Gatten selten erlebt. Er fütterte sie und sang spanische Kinderlieder. Rita hoffte, dass dieser Zustand noch eine Weile anhielt.

Die Großeltern sprachen nur Spanisch. Die Geschwister von Alfie ebenfalls. Nur Enrico sprach eine Art von „Gastarbeiterdeutsch". Aufgrund ihrer Tätigkeit im Hotel sprach Alfonsos Mutter Dolores jetzt ganz gut Deutsch. Die beiden Frauen unterhielten sich, wo und wann sie konnten. Rita verstand sich inzwischen gut mit Dolores. Sie wollte ihr

Deutsch verbessern und Rita war dabei, Spanisch zu lernen. Ein gutes Gespann.

Die Oma zeigte ihr einige Dinge in der Küche. Rita verstand schnell. Insgesamt waren sie vier Wochen in Benidorm. Viele Verwandte kamen zu Besuch, um die junge Frau und das Baby zu begutachten. Sie wollten natürlich sehen, ob Alfonso eine gute Wahl mit der deutschen Frau getroffen hatte. Durch ihren Beruf im Seniorenstift fiel es ihr leicht, sich schnell in den spanischen Haushalt einzubringen. Alle küssten die Braut. Auch Felicitas gewöhnte sich langsam an die südspanische Art der Zuneigungsbezeugungen. Nach einigen Tagen machte es ihr auch nichts mehr aus, dass sie wie ein Wanderpokal ständig herumgereicht wurde.

Es gab ein festes Reglement im Hause Morales. Gegessen wurde drei Mal täglich. In spanischen Haushalten war die Herstellung des Essens überwiegend Frauensache. Alle anwesenden weiblichen Familienmitglieder trafen sich in der Küche. Nach einem festgelegten Plan wies die Hausherrin den einzelnen Frauen die entsprechenden Tätigkeiten zu. Rita wäre gerne öfter mit Felicitas an den Strand gegangen. Doch Alfonsos Familie bestand auf ihrer regelmäßigen Anwesenheit. Die Verwandten, die aus allen Teilen der Region zusammenkamen, mussten begrüßt und bewirtet werden. Hauptthema war das neue Restaurant.

Rita sollte eine beständige Größe in diesem Familienbetrieb werden. Sie war fest eingeplant, da sie eine gute Köchin in Deutschland war. Das bisschen spanische Küche würde sie bald beherrschen. Rita machte den Vorschlag, da viele Touristen auch aus dem Rheinland nach Benidorm kamen, auch deutsche Küche anzubieten. Ihr schwebten rheinische Leckereien wie Reibkuchen, Kartoffelsalat mit Würstchen, Bratwurst aus der Heimat und auch Siedewürstchen vor. Die Schwiegereltern waren von Ritas Idee begeistert. Mit ihr hatte der Sohn eine handfeste junge Frau ins Haus gebracht. Wenn auch ohne Eltern. Aber wenigstens hatte sie noch Großeltern.

Man beschloss, sich oft gegenseitig zu besuchen, um die gesamte Verwandtschaft kennenzulernen. Die letzte Woche war angebrochen und der Abschied stand bevor. Für die Heimreise buchte sich das junge Paar einen Flug. Von Alicante nach Köln brauchte man nicht viel mehr als knapp zwei Stunden. Die Tickets waren zwar nicht billig, aber angesichts ihres kleinen finanziellen Polsters gönnte sich die Familie die schnelle und entspannte Rückreise. Die Verabschiedung war herzzerreißend. Sie küssten und umarmten sich. Vor allem Mama Dolores weinte sehr heftig und wäre am liebsten dem Flugzeug hinterhergelaufen.

In Köln angekommen, fuhren sie aus Kostengründen mit dem Bus zurück. Rita hatte fünfhundert Mark auf der hohen Kante. Ihre Ersparnisse der letzten Monate. Für alle Fälle. Alfie erzählte sie davon nichts. Das hatte ihr auch Enrico geraten. Er kannte ja seinen Sohn. Hätte er das spitz gekriegt, wäre das womöglich ein Grund, wieder verstärkt mit dem Spielen anzufangen. Rita bemerkte, dass er hin und wieder kleinere Beträge verzockte. Obwohl sie schon in Benidorm mitunter seine Fahrigkeit bemerkt hatte, was ja immer in der Vergangenheit auf den Beginn einer seelischen Schieflage hindeutete, blieb sie hoffnungsvoll.

13 In guter Hoffnung und in Alfies Welt

Als sie einige Tage später ziemlich abgearbeitet aus dem Seniorenstift nach Hause kam, war jede Hoffnung dahin. Am Tag zuvor hatte sie noch mit ihm vereinbart, dass er einkaufen und die Wohnung aufräumen sollte. Weit gefehlt. Weder das eine noch das andere war geschehen. Und er war nicht zuhause. Er musste an dem Tag nicht arbeiten, hatte sich morgens, als Rita in den Betrieb ging, noch sehr väterlich um seine Tochter gekümmert und auch versprochen, abends zu kochen. Nichts von alledem. Es stellte sich heraus, dass er um die Mittagszeit Felicitas zu Oma Irmgart gebracht hatte.

Er müsse dringend einem Freund helfen, war die Ausrede. Dann verschwand er. Völlig kaputt und enttäuscht lief Rita zu Oma Irmgart und holte Felicitas. Die schrie aus Leibeskräften. Zu Hause angekommen, wickelte die junge Mutter das Kind in Windeseile. Was da zum Vorschein kam, war ein feuerroter Po. Die kleine Felicitas bekam ihre Zähnchen. Ohne ihre Kleider strampelte das Baby schließlich ganz zufrieden. Sie versorgte die Kleine für die Nacht.

Für Alfie machte sie noch einen Teller zurecht. Bevor er wieder nach Haus kam und womöglich das Kind aufweckte, weil er Hunger hatte, machte sie ihm in weiser Voraussicht etwas zum Abendessen. Rita schlief schon fest, als so gegen zwei Uhr die Türe ging und Alfie vor dem Bett stand. Er war sternhagelvoll und fing an zu labern. Er schwor, nicht gespielt zu haben. Er war bei einem Freund. Der hatte finanzielle Probleme. Dem hatte er ausgeholfen. Mit einem Teil seines Lohnes. „Freunde müssten sich doch helfen. In der Not", lallte er mehrmals hintereinander.

Rita glaubte ihm kein Wort. Sie konnte und wollte jetzt aber nicht reden. Sie musste wieder früh raus. Erst die Kleine zu Irmgart bringen und anschließend zur Arbeit. Einen tiefen und festen Schlaf hatte sie in dieser Nacht nicht mehr. Als sie traumverloren aufwachte, lag er neben ihr und schnarchte. Sie sagte zu sich selbst, „dass diese Beziehung keine lange Zukunft mehr hat". Im Badezimmer stellte sie dann zu allem Elend fest, dass ihre Regel ausblieb.

Sie hatte ohnehin einen Termin beim Wohnungsamt. Und falls sich eine weitere Schwangerschaft bestätigen sollte, war es höchste Zeit für eine größere Bleibe. Beim heutigen Termin ging es eigentlich um Wohngeldzuschuss. Wenn sie schon mal da war, konnte es nicht schaden auch wegen einer größeren Wohnung nachzufragen. Die Dame vom Amt konnte ihr im Moment zwar keinen Mietzuschuss gewähren. Dafür war sie mit ihrem Verdienst ein paar Mark über dem Regelsatz. Falls noch ein Kind unterwegs wäre, so die Sachbearbeiterin, hätte sie Anspruch auf eine größere Wohnung und setzte sie schon mal auf die Warteliste.

Rita fuhr zurück zu ihrer Oma. Sie war sehr froh, dass sie Irmgart hatte. Auf die konnte man sich verlassen. Nur leider war sie wie ihre verstorbene Mutter Kettenraucherin. Sie rauchte eigentlich immer, sogar beim Kochen. Ihr Mann hatte alle Mühe den Zigarettenbedarf der Gattin zu befriedigen.

Er stopfte fast nur, das war nun mal seine Hauptbeschäftigung. Einmal fand sie sogar Asche im Rührei. Wenn sie das Kind nachmittags bei den Großeltern abholte, roch das Baby immer nach Rauch. Das war Rita furchtbar peinlich. Selbst der Kinderwagen stank nach Qualm. Oma Irmgart wollte auch nicht so gerne an die Luft oder auf den Spielplatz. Das Kind könnte sich ja erkälten. Rita versuchte im Gegenzug viel mit Felicitas an der frischen Luft zu sein. Da ihre Wohnung keinen Balkon hatte, ging sie oft auf den Spielplatz.

Rita hatte immer noch die Hoffnung, dass ihre Periode einsetzte, als nachmittags das Wohnungsamt anrief. Sie könne sich freuen. Da die Familie ja bald größer würde, wäre Rita auf der Warteliste an die erste Stelle gerückt. Die größere Wohnung sei ab sofort frei. Die Dame auf dem Wohnungsamt hatte sie entweder nicht richtig verstanden, oder aus Sympathie etwas getrickst. Rita hatte ihr ja lediglich von einer eventuellen Vergrößerung der Familie berichtet. Wie auch immer. Sie war jedenfalls froh, aus der kleinen Bude rauszukommen. Die erheblich größere Wohnung befand sich im Spieldorfer Neubauviertel, ein paar Querstraßen weiter.

Der Umzug stand bevor. Alfies Kollegen versicherten, ihm zu helfen. Am Tag des Umzuges war allerdings keiner der Helfer da. Leider hatte sich Alfie um einen Tag vertan. Auf die Schnelle trieben sie noch Herrn Rodrigues, Inges Sohn Werner und Alfies Kollege Heinz aus Spieldorf auf. Herr Rodrigues kam sogar mit einem VW Bus. Der Umzug dauerte auch nicht lange. Das Wohnschlafzimmer mit der kleinen Küche und ihrem Inhalt war schnell verstaut. Mit zwei Fahrten war die Sache erledigt. Zum Einstand schenkte Inge Weiler ihnen eine gute Schlafcouch, die sie abends zu einem bequemen Bett umwandeln konnten.

Enrico spendierte zum Einzug einen fast neuen Herd mit vielen Funktionen. Dieser Küchenherd, der sehr gut in die Küche passte, ließ Rita vor Stolz ein paar Zentimeter wachsen. Einen Küchentisch mit vier Stühlen bestellte sich Rita bei einem Versandhaus. Den großen Kleiderschrank für die Familie konnten sie im Kinderzimmer unterstellen. Die schicke Schrankwand durfte auch nicht fehlen. Rita hatte sie durch Beziehungen vom Hausmeister des Seniorenstifts bekommen. Sie war von einer verstorbenen Bewohnerin. Der Hausmeister stellte das Möbelstück für Rita zurück.

Noch eine Zusatzfahrt mit dem VW-Bus und der schöne Schrank stand in der neuen Wohnung. Zum Dank gab es schon mal ein Schnitzel oder eine Frikadelle mehr zum Mittagessen. So revanchierte sich Rita für die nette Geste des Hausmeisters. Die Gardinen spendierten Anne und Willi. Willi hatte eine Vorliebe für Wolkenstores. „Die peppen die Wohnung enorm auf", meinte er. Sie machten es sich so richtig behaglich. Dazu am Abend noch ein Moselchen für Anne und für Willi natürlich ein Bier.

Für Rita waren Blumen sehr wichtig. Jetzt hatte sie die Möglichkeit, auf dem Balkon hübsche Blumen zu pflanzen. Welche wunderbare Wendung. In der alten Wohnung gab es nicht einmal ein Balkon. Wenn es ihr schlecht ging oder sie Kummer hatte, schlenderte sie zu Reimers um die Ecke. Dort kaufte sie eine schöne Blume. „Da geht es mir gleich viel besser", meinte sie zufrieden, als sie Frau Reimers, die Rita schon als Kind kannte, auf ihren traurigen Gesichtsausdruck ansprach.

Felicitas hatte mittlerweile einen Kindergartenplatz. Oma Irmgard holte oder brachte sie zum Kindergarten um die Ecke. Mit der Zeit wurde es für Irmgart immer beschwerlicher. Felice, wie sie von allen genannt wurde, saß manchmal bis die Mama kam und sie bei der Oma abholte, vor dem Fernseher. Dabei rauchte die Oma jetzt nur noch alle dreißig Minuten eine ihrer gestopften Zigaretten.

Er dauerte nicht lange, bis Rita Gewissheit hatte. Sie war wieder schwanger. Die erste, die es erfuhr war Oma Irmgart. Rita beteuerte, regelmäßig die Pille genommen zu haben. „Na ja, wenn du meinst Kind", sagte die Oma eher betrübt. Dabei zog sie kräftig an ihrer Zigarette. Plötzlich wurde Rita übel. Sie suchte schnell Omas Toilette auf und erbrach sich. Danach zog sie Felice an und ging mit ihr an die frische Luft. Zu Hause angekommen, übergab sie sich erneut. Ihr Mann war wie so oft nicht pünktlich zu Hause.

Er redete immer noch ein bisschen mit Kollegen, trank einen Kaffee, oder suchte kurz nochmal einen Spielsalon auf.

Als er dann gut gelaunt in der Tür stand, empfing ihn seine Frau mit Vorwürfen, „wenn ich auch so unregelmäßig nach Hause käme, würde die Kleine bei Oma Irmgart im Qualm ersticken und das Essen würde manchmal auf dem Tisch stehen oder auch nicht." Enrico ließ sich seine gute Laune nicht verderben und erwiderte, „Schatz, was regst Du dich denn auf, ich bin doch da. Lass uns nicht streiten und gemütlich mit unserem kleinen Augenstern zusammen essen." Rita, etwas versöhnlicher, meinte eher beiläufig, „ich glaube ich bin schwanger." Alfie sprang auf, „oh ein kleiner Jose Maria Alfonso, das ist ja wunderbar, mi amor". Diese freudige Reaktion hatte sie nicht erwartet. In ihrem tiefsten Innern ahnte sie aber schon, dass dieser positive Reflex ihres Mannes nicht lange anhalten würde.

Der Frauenarzt untersuchte Rita. Sie war schon im vierten Monat. Dem jungen Vater wurde jetzt wohl bewusst, dass sich die Familie erweitern würde. Das setzte ihm offensichtlich so zu, dass er nun gleich zwei Tage nicht nach Hause kam. Herr Maslein rief Rita an. „Was ist denn mit Alfonso los? Seit zwei Tagen war er nicht im Betrieb." Rita versuchte, das Schlimmste zu verhindern. Sie log blitzschnell, „mein Mann liegt mit einer Magen- und Darminfektion im Bett." Es tue ihr leid, nicht schon früher angerufen zu haben. Alfies Chef gab sich damit zufrieden. Rita nicht. Zum ersten Mal kam ihr der Gedanke, sich von ihrem Mann zu trennen.

Sie taumelte einem Gefühlschaos entgegen. Schwanger, ein kleines Kind, ein spielsüchtiger Mann. Irgendwo liebte sie ihn ja auch. Aber unter diesen Umständen. Dieses ruhelose Dasein. Am Grab von Annegrete weinte sie sich aus. Irgendwann, wenn sie wieder klare Gedanken fassen konnte, musste sie handeln. Das stand fest. Am Abend kam Alfonso zurück, als wäre nichts gewesen. Er winkte mit fünf Hundertmarkscheinen. Die hatte er beim Pokern gewonnen. „Eine Glückssträhne", Alfie stolz. „Für meine liebe Familie", heuchelte er. Rita wusste nicht ob sie weinen oder lachen sollte. Sie entschied sich fürs Brüllen. „Ein gottloser Lumpenhund." Das war noch die smarteste Bezeichnung. Ihm war es zu viel. Alfonso suchte das Weite. Das Geld steckte er ein.

Rita fühlte sich immer unglücklicher in ihrem Leben. Sollte das jetzt in Zukunft immer so weiter gehen? Auf keinen Fall wollte sie noch ein weiteres Kind von diesem Mann. Aber für eine Abtreibung war es zu spät. Felice fragte nicht oft nach ihrem Papa. Inzwischen waren die unregelmäßigen Gastspiele ihres Vaters für sie völlig normal. Wenn er mal da war, gab er sich allerdings viel Mühe mit ihr und spielte stundenlang. Dann war er auf einmal wieder tagelang weg. Rita und Alfonso führten schon seit längerem keine partnerschaftliche Beziehung mehr. Schon gar nicht auf Augenhöhe. Rita fühlte, dass die Liebe langsam starb. Sie malte sich schon Szenarien für die Zeit nach Alfonso aus.

Zur Not kam sie auch alleine mit den Kindern durch. Inge Weiler war ja der Prototyp. Von ihr hatte sie auch gelernt, ihren Alltag optimal zu organisieren. Auch ohne Mann. Und außerdem wohnte auch Oma Irmgart in der Nähe. Sie war ja ohnehin eine große Stütze. Und Irmgart und Felice waren ein Herz und eine Seele. Die kümmerte sich vorbildlich um das Kind. Das freute Rita am meisten. Die Kleine war jetzt fast drei Jahre und ging regelmäßig in den Spieldorfer Kindergarten. Sie war trotz der familiären Spannungen ein sehr ausgeglichenes und aufgewecktes Kind. Ritas ganzer Stolz.

Ihre Chefin, Frau Schrank, bekam Wind von ihrer zweiten Schwangerschaft. In der ihr eigenen unsensiblen Art sprach sie Rita darauf an. Vorwurfsvoll bemerkte sie, dass es heute doch die Pille und andere Verhütungsmittel gäbe.

Trotz ihrer fundamental-christlichen Einstellung war die Dame in erster Linie neidisch auf alle werdenden Mütter in ihrem Umkreis. Neid und Eifersucht zerfraß dieses Menschenkind von innen her. Ihre perverse Frömmigkeit tat ihr übriges. Rita brauchte die Arbeit. Sie ließ derartige Unverschämtheiten und Kränkungen über sich ergehen. Was sollte sie machen. Zumal sie sich oft allein und hilflos fühlte.

Frühwehen setzten bei ihr ein. Der Arzt schrieb sie ab dem siebten Monat krank. Bettruhe war angesagt. Sie kochte gelegentlich. Alfie, der jetzt wieder mehr Präsenz zeigte, brachte sich so gut es ging ein. Doch meistens gab es Konflikte, wenn er bestimmte Hausarbeiten erledigen sollte. Wenn er sich auch tageweise bemühte, traten seine unangenehmen Seiten wieder verstärkt auf. An einem Wochenende blieb er gleich zwei Tage weg. Nach seiner Rückkehr wollte Rita wissen, wo er denn gewesen sei. Er antwortete nur ausweichend. Rita dachte sich ihren Teil. Von der Kollegin, einer jungen Altenpflegerin, Jasmin, die auch im „Violetta" und anderen Diskos der Stadt verkehrte, hatte sie erfahren, dass Alfonso gerne sehr spendabel, besonders den jungen Damen gegenüber, auftrat.

Eine peinliche Blondine mit einem dunklen Haaransatz hatte es ihm besonders angetan. „Im „Violetta" nennen sie ihn jetzt alle", so Jasmin, „den spanischen John Travolta". Nur war er einen Kopf kleiner als der amerikanische Namensvetter. Um den Größenunterschied auszugleichen, trug Alfie immer Schuhe mit einem hohen Absatz. Die hatte er sich in einem teuren Düsseldorfer Schuhladen gekauft. Für fast dreihundert Mark. Davon wusste Rita nichts. Was sie aber ahnte und sich irgendwann auch bestätigen sollte, war, dass er eine oder sogar mehrere Affären hatte.

Inzwischen kam Britta, die mittlerweile verheiratet war und kurze Zeit mit ihrem Mann in Düsseldorf wohnte, wieder nach Spieldorf zurück. Darüber freute sich Rita. Endlich hatte sie ihre beste Freundin und Vertraute wieder in ihrer Nähe. Ihr konnte sie alles erzählen. Mit ihr überlegte sie auch, welchen Weg sie mittelfristig einschlagen würde. Britta hatte viel von Inge. Ihre analytische und präzise Art, Dinge beim Namen zu nennen, nicht um den heißen Brei herumzureden, sondern ergebnis- und handlungsorientiert auf den Punkt kommen. Das gefiel Rita.

Schon beim ersten längeren Gespräch legten die beiden Frauen entsprechende Eckpunkte fest. Schritt für Schritt. Nichts überstürzen. Immer cool bleiben und einen klaren Kopf behalten. Zunächst musste sie die Schwangerschaft, die ihr körperlich weitaus mehr zu schaffen machte, als die Zeit vor der Geburt von Felicitas, hinter sich bringen. Daran ließ sich nichts mehr ändern. „Danach wird in Ruhe weiterüberlegt, wie es weitergeht", sprach Britta beruhigend auf sie ein. Rita hatte ja viel Unterstützung. Von all ihren Freunden und Verwandten.

Am Tag der Geburt war Alfonso dabei. Auch auf Druck seiner Familie konnte er sich, ohne sein Gesicht nicht ganz zu verlieren, der Verantwortung nicht entziehen. Die Niederkunft ging rasch und problemlos „über die Bühne". Nur dem jungen Vater wurde es im Kreissaal schlecht. Dagegen nahm er Schmerztabletten. Seine zweite Abhängigkeit. Medikamente, bevorzugt nicht verschreibungspflichtige Pillen in hohen Dosen. Dann ging es ihm besser. Und als das Baby das Licht der Welt, beziehungsweise des Kreißsaales erblickte, konnte er sein Glück kaum fassen.

Vom Haushaltsgeld kaufte er gleich zwanzig Rosen für seine geliebte Frau. Rita schaute eher verhalten auf die schönen Blumen. Ihre Gedanken kreisten über das Wort „scheinheilig". Sie fühlte sich wie eine betrogene Ehefrau.

Sie sprachen noch zusammen über einige unbedeutende Dinge; das machte Alfonso im Übrigen sehr gerne. Nie Farbe bekennen, um den heißen Brei herumreden und sich dann am besten aus dem Staub machen. Vorher einigten sich beide noch auf den Namen für den kleinen Jungen. Enrico, wie der Opa.

Alfonso, wegen der Geburt, innerlich aufgewühlt und fahrig, steuerte einem erneuten Kontrollverlust entgegen. Seine Seele war dermaßen in Schieflage, dass sie mittlerweile senkrecht stand. Er nahm die restlichen Schmerztabletten, trank dazu Veterano und verließ die Klinik in Richtung Altstadt. Rita log er an. Wie so oft. Er fühle sich nicht wohl und würde sich zuhause ausruhen. Danach würde er sich um Felice kümmern. Bald würde er sie wieder besuchen. Sie kannte diese Sprüche und ahnte Schlimmes.

Nach den Medikamenten und dem Alkohol war er berauscht. Er suchte den nächstbesten Spielsalon auf. Das Ticken der Spielautomaten verursachten früher im Anfangsstadium seiner Spielsucht oft Nervenkitzel. Ein vermeintlich gutes angenehmes Gefühl. Jetzt, im fortgeschrittenen Suchtstadium, überwog der Zwang und der Kontrollverlust. Er musste es tun. Von einer unsichtbaren Macht beherrscht, spielte er. Dabei kamen hin und wieder Gedankenfetzen und Erinnerungsstücke. Bei der Geburt der Tochter spielte er auch. Da hatte er sogar fünfhundert Mark gewonnen. Das Gesetz der Serie. Nur der Gewinn galt. Die Investition und der Verlust wurden verdrängt. Sonst müsste man sich ja mit diesem zwanghaften und erbärmlichen Zustand auseinandersetzen. Er vergaß alles. Die Kleine blieb bei der Oma. Rita wartete vergeblich und schlief irgendwann ein. Davor telefonierte sie noch mit Irmgart. Die Oma versprach ihr, so schnell wie möglich zu kommen und Felice mitzubringen. Die wollte unbedingt ihr Brüderchen kennenlernen.

Unterdessen spielte Alfonso wie ein Besessener. Er war wie von Sinnen. Kein Gewinn. Auch kein Geringer. Schließlich lieh er sich noch fünf Mark an der Kasse. In den Spielhöllen der Stadt war er ein bekanntes Gesicht. Es gab nur noch wenige Läden, die ihm einen kleinen Kredit gewährten. Hier hatte er noch Glück, bis der Betreiber dann zu ihm kam und ihn eindringlich ermahnte, er solle aufhören. Heute sei nicht sein Tag. Niedergeschlagen verließ er den Spielsalon und fuhr mit der nächsten Bahn nach Spieldorf. Er wusste, dass Rita immer etwas Kleingeld in einer Kaffeedose deponierte. Er wurde fündig, kaufte sich in der nächsten Apotheke ein Röllchen Schmerztabletten und am Büdchen eine Flasche Brandy.

Danach holte er die Kleine bei Oma Irmgart ab. Sie hatte es aufgegeben mit seiner Pünktlichkeit zu rechnen. Es war bereits früher Abend, Felice saß beim Abendbrot, Oma rauchte ihre Zigarette, sie war schon fertig mit dem Essen. Als sie Alfie sah, erschrak Irmgart. Er roch nach Alkohol und sah aus, als ob er mehrere Nächte nicht geschlafen hatte. Sie kochte ihm einen starken Kaffee und riet ihm, sich zu duschen und zu rasieren. Er befolgte Irmgarts Rat. Nachdem er wieder halbwegs nüchtern war, bestellte er ein Taxi und fuhr mit der Kleinen in die Klinik. Felice wollte unbedingt noch zur Mama und ihrem Brüderchen.

14 Immer so weiter?

Zunächst ja. Wie Britta schon sagte, „nichts übers Knie brechen. Alles muss ruhig und auf der Basis einer stabilen körperlichen und seelischen Verfassung überlegt werden." Nur so kann es letztlich zu einer sinnvollen Entscheidung kommen. Die Trennung einer Partnerschaft, inklusive zwei kleinen Kindern, war schließlich mit weitreichenden Folgen für alle Beteiligten verbunden. Und Rita war im Moment alles andere als stabil. Sie schlief ein und hatte einen kurzen Traum. Annegrete lebte. Die große Familie saß in Eintracht und voller Harmonie an einem See und plante ihr weiteres Leben. Es war geprägt von Zufriedenheit, gegenseitigem Respekt und einem genussvollen Ambiente. Konflikte wollte man ruhig und gelassen ausdiskutieren. Jeder hatte seine Freiheit. Wichtige Entscheidungen und das alltägliche Zusammenleben konnten nur auf der Basis gemeinsamer Vereinbarungen funktionieren. Kurz: „an einem Strang ziehen".

Schön waren all die Vorstellungen. Aber für Rita eben nur ein Traum. Aus dem sie dann auch erwachte, als am frühen Abend Alfonso mit der kleinen Felicitas vor ihrem Bett stand. Die Kleine hatte der Mama ein schönes Bild gemalt. Bäume, ein See, Felicitas, den kleinen Bruder Enrico, Mama und Papa. Alle hielten sich an der Hand. Rita hatte ein Dejavu-Gefühl. „Wie eben im Traum", dachte sie. Ihr kamen die Tränen. Alfonso saß bedrückt in der Ecke. Er war kaputt. Die hohe Dosis Schmerztabletten, der Alkohol und seine seelische Verfassung ließen seine Wahrnehmung auf den Nullpunkt sinken. Die Stimmung im Krankenzimmer glich einer Totengruft. Allein Felicitas durchbrach mit ihrer natürlichen kindlichen Wärme und ihrem ohnehin unbeschwertem Gemüt die eisige Stille.

Sie bestand darauf, ihr Brüderchen zu sehen und mit ihm zu spielen. Sie war der Auffassung, Mama und Papa hätten nur für sie allein das Baby gemacht. Sie hatte endlich mal Anspruch auf einen Spielkameraden. Rita kümmerte sich um die Kleine und kam ihrem Wunsch nach, Enrico im Babyzimmer zu besuchen. Als sie wieder zurückkamen, saß

Alfonso fast schlafend immer noch auf seinem Platz. Als Felicitas seine Hand nahm und ihn bat mit nach Hause zu kommen, fasste er sich langsam wieder. Rita ahnte, dass er kein Geld mehr hatte. Sie gab ihm zwanzig Mark. Er solle mit dem Kind was essen gehen, dann nach Hause und sich ausschlafen. Wie ein reuiger Sünder nahm er den Schein dankbar an und machte was seine Frau ihm aufgetragen hatte. Zwei, drei Tage noch, dann durfte sie nach Hause.

Der kleine Enrico war ein hübscher Junge mit blonden Haaren und graugrünen Augen. Alle waren sehr entzückt von dem süßen Baby. Rita hielt Hof mit ihrem kleinen Söhnchen. Die Familie nebst Freunden und Bekannten kamen und bewunderten ihn. Sie kochte Kaffee und servierte selbstgebackenen Kuchen. Nach den Ereignissen der letzten Wochen gewöhnte sich auch Alfonso, der sich wieder ein wenig gefasst hatte, an seinen Sohn. Bald war er sehr angetan von ihm. Enrico lächelte sehr viel. Alfie meinte, dass dieses Lächeln ausschließlich ihm galt. Er spielte mit ihm, ging mit dem Kleinen spazieren und nahm ihn im Kinderwagen mit in die Altstadt. Dort wohnten viele seiner Freunde und Kollegen. Denen musste der Stammhalter schließlich präsentiert werden.

Auch die spanischen Großeltern reisten bald an. Opa Enrico war mittlerweile in seine Heimat zurückgekehrt und mit dem Aufbau des Restaurants beschäftigt. Eigentlich hatte er gar keine Zeit, so spontan ins Rheinland zu fliegen. Dolores überzeugte ihn jedoch mit ihrer temperamentvoll verbindlichen Art. Alfonso holte seine Eltern vom Flughafen ab. Übernachten konnten sie bei Inge Weiler. In Brittas ehemaligem Zimmer.

Die hatte einen gutverdienenden Ehemann. Ein Beamter im gehobenen Dienst mit Pensionsansprüchen. Am Rande von Spieldorf kauften sie sich ein Zweifamilienhaus. Rainer, ihr Mann, hatte eine kleine Erbschaft gemacht. Die restliche Finanzierung des Hauses erfolgte über spezielle günstige Kredite von Rainers Behörde. Brittas Kinderwunsch hielt sich im Moment noch in Grenzen. Dieser Umstand hing auch damit zusammen, dass ihre beste Freundin nicht den glücklichsten Start ins weitere Leben erwischt hatte. Sie sagte immer zu Rita, als diese sie darauf ansprach, angesichts ihrer stabilen Ehe und der tollen beruflichen und finanziellen Basis doch endlich mal ins Auge zu fassen, Mutter zu werden, dass sie noch warten wolle. Sie war jetzt Mitte zwanzig und medizinisch-technische Assistentin in einer ärztlichen Gemeinschaftspraxis.

Das sei aber nicht alles. So Britta. Sie hatte vor, in Absprache mit ihrem Mann, an der Abendschule Abitur zu machen und anschließend noch Medizin zu studieren. Das war ihr Traum. Als Rita ihre Freundin so reden hörte, schaute sie ganz verklärt um sich. Während Britta ihren weiteren Lebensentwurf vor ihr ausbreitete, ertappte sie sich dabei, ganz kleine Neidgefühle zu spüren. Diese verwarf sie aber schnell wieder. Britta war ihre beste Freundin und ein sehr wertvoller Mensch für sie. Rita wünschte ihr alles erdenklich Gute und bestärkte sie in ihrem Vorhaben. Vor allem brauche Spieldorf endlich mal eine vernünftige Ärztin.

Bei Oma Irmgart durfte Felice wann immer sie wollte Fernsehen schauen. Der Kasten lief viele Stunden am Tag. Leider schlief sie am Nachmittag immer vor dem Gerät ein. Rita hatte abends große Probleme, ihre Tochter zum Schlafen zu bewegen. Alfonso verstand nicht, warum Kinder nicht so lange aufbleiben konnten wie in Spanien. Rita ärgerte diese Aussage. „Du musst doch nicht morgens das Kind hinter dir herziehen, verdammt noch mal", entgegnete sie aufgebracht. Das Baby Enrico wurde schnell an die Flasche gewöhnt, weil die Mama keine Zeit hatte, ihn zu stillen und vor allem nicht die rechte Ruhe fand. Für die Versorgung und Betreuung der Kinder gab Rita ihrer Oma Irmgart, die sehr liebevoll und fürsorglich mit den Kindern umging, monatlich ein entsprechendes Entgelt. Das war auch gut so.

Irmgart und ihr Mann bezogen nur eine kleine Rente. Deswegen stand ihnen auch Sozialhilfe und Wohngeld zu. Rita gab der Oma daher immer das Geld bar auf die Hand. Sie benötigten dringend die monatlichen Zahlungen für die Betreuung der Kinder. Irmgart arbeitete früher immer auf mehreren Putzstellen gleichzeitig. Aber leider war sie nie angemeldet. Der Opa war als Hilfskraft auf dem Bau beschäftigt. Mit dieser Tätigkeit konnte er keine Reichtümer erwerben. Der Sohn Peter war endlich aus dem Haus. Er lernte eine fünfzehn Jahre ältere Witwe kennen. Nach kurzer Zeit zog er zu ihr. Mal hatte er eine Tätigkeit, mal nicht. Er lebte sein Lotterleben weiter. Doch die Witwe war froh nicht mehr so einsam zu sein. Also eine angenehme Situation für alle Beteiligten.

Nach dem Mutterschaftsurlaub ging's für Rita direkt wieder ins Seniorenstift. Alfonso laberte zwar in seinen manischen Phasen immer davon, dass Rita mal längere Zeit zu Hause bleiben solle. Doch das war ihr zu unsicher. Alfie arbeitete immer noch in der Autolackiererei Maslein. Das klappte ganz gut. Auch die Auftragslage der Firma konnte sich sehen lassen. Der Chef zog einiges an Land und wer wollte konnte Überstunden ohne Ende machen. Die wurden gut bezahlt.

Das nahm Alfonso wahr. Wie gesagt, in seinen manischen Phasen. Diese hielten aber nie lange an. Die Zeiten eines übersteigerten Hochgefühls, „wo er Bäume ausreißen könnte", so sein O-Ton, wurden dann immer von Phasen der Niedergeschlagenheit und Antriebsarmut abgelöst. Später diagnostizierte man diese Erscheinungen bei Alfonso als eine bipolare Störung. Das war im Moment jedoch allen Beteiligten noch nicht bewusst.

Rita brachte Felice jeden Morgen in den Kindergarten und Enrico zur Oma. Dann ging es aber blitzschnell zur Bahn nach Bornheim. Frau Schrank empfing sie schon an der Rezeption mit den Worten, „na Frau Morales, sie sind ja auch schon da, jetzt aber mal schnell, die Küche brennt." Rita versuchte zu lachen. Sie quetschte sich ein leises „Hallo" heraus und ging direkt an ihren Arbeitsplatz. Die Kollegin Mariella hatte sich in den Finger geschnitten. Die ganze Küche war voller Blut. Frau Schrank fuhr sie eigenhändig mit ihrem heiligen Auto ins Krankenhaus. Mariella musste aber die ganze Fahrt über ihren blutigen Finger aus dem Fenster halten, da das Blut Flecken verursachen könnte. Wieder mal eine chronische Unterbesetzung. Rita musste länger bleiben. Sie rief die Oma an. Das Baby schrie. Irmgart war ratlos. Zu allem Übel hatte der Opa noch Herzschmerzen. Alles hatten sie versucht. Rita sprach sogar beruhigende Worte durch das Telefon. Es nutzte nichts. Irmgart bat Rita, sofort zu kommen. Sie bettelte darum, eine Stunde früher gehen zu können. Ihr Kind sei krank. Frau Schrank war mit Mariella im Krankenhaus.

Der Heimleiter merkte, dass es hier wirklich aus dem Ruder lief und sorgte dafür, dass aus dem Pflegebereich, der allerdings auch notorisch unterbesetzt war, Hilfe kam. Rita fuhr auf dem schnellsten Weg nach Hause. Die Oma zog an ihrer Zigarette und sagte bitter, „Kind, ich kann nicht mehr." Als sie mit den Kindern zu Hause die Wohnung betrat, war sie sehr traurig. Die Kleinen schauten die Mama ganz unschuldig an. Felice fragte Rita, ob sie Schuld an ihren Tränen sei. „Nein mein Schatz", flüsterte sie, „ich bin nur wegen der Oma traurig."

Alfie kam heute einigermaßen pünktlich. Er fand seine Gattin weinend in der Küche vor. Nachdem sie die Kinder ins Bett gebracht hatte, nahm er seine Frau in den Arm und tröstete sie. Diese Fürsorge ihres Partners, die Rita selten genug erlebte, tat ihr ausgesprochen gut. Sie meinte, jetzt sei eine gute Gelegenheit, um mit Alfie wieder ins Gespräch zu kommen. Doch der blockte sofort ab und ließ sie allein.

Enttäuscht verließ sie die Wohnung und ging ins Nebenhaus zu Inge. Die hatte immer gute Ideen. Frau Weiler öffnete die Tür mit den Worten, „was ist denn schon wieder Liebchen?" Rita erklärte ihr die aktuelle Lage. Nach einer längeren Unterhaltung machte Inge den Vorschlag, dass sich Rita sofort morgen früh krank melden solle. Zum Thema Alfonso bemerkte Inge, dass Rita endlich seine Eltern über die Spielsucht ihres Sohnes informieren müsse. Die lebenserfahrene Frau machte ihr zum wiederholten Male deutlich, dass sie eigentlich drei Kinder hätte. Das Baby, Felice und Alfie. Das könne sie auf Dauer nicht schultern. „Alfonsos Eltern müssen mit ran", sagte Inge. Gesagt, getan.

Rita rief noch am Abend ihren Schwiegervater an. Mit ihm hatte sie ein gutes Verhältnis. Inzwischen auch mit Dolores,

Alfies Mutter. Aber Opa Enrico verstand sie, wenn es um Alfonso ging, noch besser. Er kannte seinen Sohn in-und-auswendig. Sie lebten schließlich einige Jahre eng zusammen. Damals in der Altstadt. Mehr als einmal musste ihn sein Vater aus sehr schwierigen Situationen herausholen. Details hatte er seiner Frau nie erzählt. So war er auch nicht sonderlich überrascht, als Rita ihm ihre Sorgen mitteilte. Er vermittelte ihr sein unendliches Mitgefühl und sprach von seiner eigenen Erfahrung mit Alfonso.

Weil sie längere Zeit nichts aus dem Rheinland hörten, dachten sie schon, es hätte sich inzwischen alles zum Guten gewendet. Auch war er immer stolz auf seine Schwiegertochter. Enrico hatte gehofft, dass Rita, als starke und stabile Frau, seinen Sohn zur Vernunft bringen würde. Jetzt sei er umso trauriger, wenn er diese Nachrichten höre. Er schlug auch direkt vor, dass Alfonso für einige Wochen nach Benidorm kommen solle. Für Beide eine Auszeit voneinander. Das sei oft sehr hilfreich. Diese Methode kannte er aus seiner eigenen Beziehung. Rita war sehr froh über Enricos Verständnis. Sie war erleichtert und sogar ein wenig beschwingt, als sie ins Wohnzimmer trat. Dort stand Alfie mit dem weinenden Baby auf dem Arm. Felice weinte in ihrem Bett, weil das Baby brüllte und die Mama nicht da war. Der Kleine hatte Hunger und brauchte außerdem eine neue Windel. Rita, jetzt in guter Stimmung, erledigte das Alles im Handumdrehen. Die Flasche und eine frische Windel taten ihr Übriges zum Wohlergehen des Kindes. Felice hatte sich ebenfalls beruhigt. „Siehst du Alfie, so einfach ist das", sagte sie sehr liebevoll zu ihm. Er trank nach der Aufregung eine Flasche Bier und fragte sie, warum sie mit Opa Enrico telefonierte. Sie nahm kein Blatt vor den Mund. Er hörte sie ruhig und gelassen an und bemerkte sogar, dass das gar keine schlechte Idee sei. Nur momentan ging das nicht.

Voller Einsicht, was Rita nur selten bei ihm erlebte, sprach er davon, dass er seine Probleme kennen würde. So ging es nicht weiter, betonte er. Und jetzt kam das große „Aber". Im Betrieb ging es zurzeit drunter und drüber. Fachkräfte fehlten. Der Chef brauche jeden Mann. Besonders ihn. Urlaub sei momentan nicht drin. Aber bald. Dann fährt er einige Wochen zu seinen Eltern nach Benidorm. Die brauchen ja auch jede Hand bei der Neueröffnung des Restaurants. Rita ließ sich von ihrem Mann überzeugen. Und wegen ihrer ständigen Magenschmerzen solle sie unbedingt morgen direkt zum Arzt und mal einige Zeit krankschreiben lassen. Da hätte Inge Recht.

Er versprach ihr, wieder einmal hoch und heilig, die Madonna von Montserrat miteinbeziehend, dass er in Zukunft die Familie nie mehr im Stich lassen würde. Und wegen des Geldes brauche sie sich auch keine Sorgen zu machen. Mit dem Kindergeld und seinen Überstunden würden sie schon hinkommen. Außerdem habe er noch einen Nebenjob angenommen. Er kannte sich inzwischen auch gut mit dem Innenleben von Kraftfahrzeugen aus. Er war zwar kein gelernter Kfz-Mechaniker. Dennoch besaß er eine Menge technisches Know-how, um Fahrzeuge zu reparieren und auch TÜV-fertig zu machen. Das brachte auch immer was ein. Besonders bei Damen mittleren Alters konnte er punkten. War er gut drauf, entwickelte er einen außerordentlichen südländischen Charme. Damit erhöhte er mitunter das Trinkgeld erheblich.

Der Arzt, der Rita am nächsten Tag untersuchte, schrieb sie sofort für mehrere Wochen krank. Sozial erschöpft. Das war die erste Diagnose. Weitere Untersuchungen ergaben, dass sie mehrere Magengeschwüre hatte. Das erklärte auch die stechenden und andauernden ständigen Bauchschmerzen. Ab sofort musste sie täglich mehrere Medikamente nehmen und so gut es eben mit zwei kleinen Kindern ging, ganz oft Ruhe- und Entspannungsphasen einlegen. Arbeiten, so der Arzt, könne sie die nächste Zeit vergessen. Das war wieder ein Schlag ins Kontor. Ihr Gehalt war ohnehin nicht toll. Das Seniorenstift, als konfessionelle Einrichtung, war von der sogenannten Lohnfortzahlung ausgenommen. Rita erhielt direkt das erheblich geringere Krankengeld. Alfonso war jetzt derjenige, der ran musste.

Nach ein paar Wochen baute er immer mehr ab. Starke Migräneschübe versetzten ihn oft in einen bedauernswerten Zustand. Er legte sich dann in einen dunklen Raum und nahm fast ein ganzes Röhrchen Schmerztabletten. Das half bald auch nichts mehr. Rita bedrängte ihn, jetzt endlich mal was zu unternehmen. Er solle einen Facharzt aufsuchen oder sich mal ein paar Tage zur Beobachtung in die Klinik legen. Das konnte er nicht hören. Er sei nicht plemplem. In eine Irrenanstalt ging er schon gar nicht. Hier war es nicht weit her, mit seiner Einsichtsfähigkeit. Und so kam es, wie es kommen musste.

15 Der Zusammenbruch. Alte Erinnerungen

Alfonso schleppte sich mit letzter Kraft aufs Bett und kollabierte. Nach wenigen Minuten traf der Krankenwagen ein. Einige Stunden später besuchte ihn Rita in der Uniklinik. Die Diagnose überraschte sie keineswegs. Akute Vergiftungsgefahr wegen unkontrollierter Medikamenteneinnahme und zu viel Alkohol. Alfonso erholte sich relativ schnell, sodass er nicht lange auf der Intensivstation lag. Unterdessen sprach Rita mit dem behandelten Arzt. Sie erzählte ihm auch von seinen Suchtproblemen. Aus medizinischer Sicht riet man zunächst zu einer vollständigen Entgiftung und danach zu einer längeren psychosomatischen Heilbehandlung.

Das war Stand der Dinge. Als Alfonso wieder aufnahmebereit war, realisierte er seine Lage. Es war ihm anzusehen, dass sein innerer Konflikt jetzt erst mal zur Ruhe gekommen war. Rita informierte seinen Chef. Herr Maslein war alles andere als erfreut. Eher missmutig sagte er, sie solle aber sofort die Krankmeldung schicken. Schließlich drückte er sich noch eine nicht sehr überzeugt klingende „gute Besserung" aus dem Mund. Täglich fuhr Rita mit dem kleinen Enrico in die Klinik. Die Oma holte Felice vom Kindergarten ab und versorgte die Kleine, bis die Mama wieder aus dem Krankenhaus kam. Sie war jetzt alleine und froh ihre Urenkelin um sich zu haben.

Ritas Opa war kürzlich verstorben. Wie Annegrete, an Herzversagen. In den letzten Tagen litt er verstärkt unter

Luftnot. Irmgart bat ihn, zum Arzt zu gehen. Das mochte er nicht. Er sagte immer, „ja, doch, morgen". Oder so was ähnliches. Dann ging er zu Bett, mit den Worten, „morgen wird's schon wieder besser." Am nächsten Tag war er tot. Der Opa hat nie ein Glas stehen lassen, zu viel geraucht und ein stattliches Übergewicht mit sich herumgeschleppt. Klassisch. Die Beerdigung war Formsache. Ein paar warme Worte von Vikar Schneider. Der teure Verblichene war stets ein guter liebvoller Mensch. Auch hat er sich immer um seine Nächsten gekümmert. Und auch die Standardsprüche, „jeder mochte ihn" und „er war überall beliebt", durften nicht fehlen. Angesichts der knappen Mittel der Familie, beantragte die Oma bei der zuständigen Behörde ein Sozialgrab. Nach längerem hin und her bewilligte ein junger blutleerer Sachbearbeiter den Antrag.

Nach der Entgiftung überwiesen die Ärzte Alfonso direkt in eine psychosomatische Klinik. Ganz in der Nähe. Schön gelegen. Direkt am Rhein. Dort könnte ihm geholfen werden. Er wollte ja schließlich auch die Ursache seiner seelischen Beschwerden und seiner Zwangsstörung wissen. Aktive Mitarbeit war angesagt. Das musste erst mal gelernt werden. Wir werden sehen.

Finanziell sah es für die Familie nicht sehr rosig aus. Alfie erhielt zwar Krankengeld. Das war aber, ähnlich wie bei Rita erheblich weniger als der normale Arbeitslohn. Hinzu kam, dass Rita ihren Job im Seniorenstift kündigen musste. Zu ihren chronischen Magenproblemen gesellte sich noch eine seltene Allergie.

Nach diversen Untersuchungen stellte sich heraus, dass sie gegen bestimmte Stoffe, die in Großküchen verwendet werden, allergische Reaktionen entwickelte. Ähnlich wie ihr Opa litt sie schon in ihren jungen Jahren an Luftnot, was sich im Laufe der Zeit zu einem starken chronischen Asthma entwickelte. Angesichts einer optimalen Haushaltsorganisation kam Rita mit dem Geld gerade so hin. Manchmal legte sie sich sogar zwei oder fünf Mark in eine ihrer Küchendosen. Alles in allem sah ihre Lage, sowohl gesundheitlich als auch finanziell, nicht gut aus. Gott sei Dank waren die Kinder gesund und wohlauf. Der kleine Enrico war glücklicherweise auch ruhiger geworden. Nach einer Kuhmilchallergie fütterte ihn Rita mit einer Babynahrung, die er sehr gut vertrug. Für die Oma war es leichter geworden mit ihm umzugehen.

Wie der Zufall so spielt, traf Rita Frau Santhagen wieder. Sie kaufte im nahegelegenen Supermarkt einige Kleinigkeiten und war dabei an die Kasse zu gehen, als sie von der sichtlich gealterten Dame angesprochen wurde. „Kindchen, nein, dass wir uns noch mal begegnen." Sie heuchelte, „nein, sehen sie toll aus. Immer noch so rank und schlank." Rita kannte ihre Pappenheimer und vermutete sofort, dass hinter diesen vermeintlichen Komplimenten irgendwelche Fragen oder Forderungen standen. Nachdem sie einige Zeit monologisch über alte Erinnerungen laberte, kam sie dann zum Eigentlichen.

In ihrer freundlichsten Stimmlage fragte sie Rita, „Kindchen, hätten sie nicht wieder Lust an zwei Tagen bei mir zu putzen? Das Personal heutzutage, unmöglich. Was die sich alles rausnehmen. Und unter zehn Mark die Stunde heben die nicht Mal einen Putzeimer an. Ich denke oft an die gute alte Zeit mit ihrer Mutter zurück. Nein war die Frau entzückend. Und immer so fair. Diese horrenden Löhne von heute hätte die nie verlangt." Rita dachte bei sich, „du knauseriges Aas, du hast ja nach wie vor den Geiz in den Augen stehen." Andererseits brauchte sie dringend das Geld. Und als Frau Santhagen ihr anbot auch wieder die für Rita lukrativen Abendbuffets zu gestalten, willigte sie ein. Sie hatte ja schon früher bemerkt, dass, wenn sie sich ein wenig zu Recht machte und etwas Fesches anzog, die Abendgesellschaft, respektive der männliche Teil, sie mit ihren Blicken förmlich auszog. Dieser Umstand mündete dann meistens in ein anständiges Trinkgeld. Warum sollte sie sich solche zusätzlichen Einnahmen entgehen lassen?

So hatte Rita in der Zeit der nicht gerade üppigen Einkünfte eine zusätzliche Quelle aufgetan. Oma Irmgart erklärte sich bereit, die Kinder zu versorgen, während Rita nun oft im Hause Santhagen verkehrte. Gabriele, die Tochter des Hauses, schwebte immer noch mit dem ihr eigenen Gang durch das großzügig ausgestattete Haus. Je nach Freizeitgestaltung trug sie ihr voyeuristisch anmutendes knappes Tennisdress oder andere nach der aktuellen Mode in teuren Designerläden auf der Düsseldorfer Königsallee erworbenen Einzelstücke. Rita erfuhr, dass sie nach dem Abitur mehrere Studiengänge angefangen und dann wieder geschmissen hatte. Von Jura bis Medizin war alles im Angebot. Über zwei, drei Semester kam sie aber nicht raus. Diese Tatsache verursachte bei der Mutter mitunter starke Migräneanfälle. Die Angst, dass ihre einzige Tochter kein Studium abschloss, zehrte innerlich an ihr. Doch bald ließen die chronischen Kopfschmerzen nach.

Gabriele lernte einen jungen Mann kennen. Herr Ballenhäuser, ein aufstrebender junger Jurist, war kürzlich von ihrem Papa, inzwischen Landtagsabgeordneter, zu einer der Abendgesellschaften eingeladen worden. Das wäre der richtige Kandidat, so Frau Santhagen zu ihrem Mann. Der stimmte ihr voll zu. Zumal der junge Mann eine glänzende Karriere vor sich habe. Sein Juraexamen schloss er mit summa cum laude ab. Eine Promotion hängte er noch kurzerhand hinten dran, bevor er in der renommiertesten Kanzlei am Platz mit offenen Armen empfangen wurde. Neben seinen ausgezeichneten juristischen Kenntnissen, konnte er mehrere Sprachen fließend in Wort und Schrift. Vor diesem Hintergrund sah man Herrn Ballenhäuser auch direkt als den künftigen Leiter der amerikanischen Außenstelle der Kanzlei in New York. Da konnte er sich beweisen, jung und dynamisch, leistungsstark, belastbar. Und er konnte, wie sich später herausstellte, über Leichen gehen. Das war gefragt. In der Welt der Wirtschafts- und Immobilienbranche.

Ob Gabriele in dieses System hineinpasste, sollte sich zeigen. Nachdem sie ihr angefangenes Pädagogikstudium auch hingeworfen hatte, versuchte sie es mit Kunstgeschichte. Gar nicht so schlecht die Idee, dachte die alte Dame des Hauses. Wenn Björn, so hieß Herr Ballenhäuser, in New York Karriere macht, kann die Kleine doch eine schicke Galerie dort eröffnen. Mit dem Kunststudium hätte sie dann eine theoretische Basis. Ihr Englisch war zwar nicht das Beste, Abiturnote vier, aber vor Ort lernt man täglich dazu. Bis es soweit war, gab sich Gabriele vor allem ihrem Sport hin. Tennis. Und die Leute aus dem Tennisklub waren ihr Ding. Mit denen gab es geile Partys und viel Spaß. Dort verkehrten überwiegend die Töchter und Söhne der gut verdienenden oberen Mittelschicht. Wie Gabrieles Vater waren die meisten Juristen, Ärzte oder kamen aus dem höheren Management der Konzernzentralen.

Man war unter sich. Sportlich, trendy und angesagt. Geile Autos. Mitunter Koks. Aber nur bis zu einer gewissen Grenze. Wenn mal einer oder eine ganz abstürzte, weil sie die Kurve nicht mehr kriegten, dann war das PP, persönliches Pech. Man hätte besser aufpassen müssen. Na ja, so war diese Welt. Gabriele machte sich wenig aus Drogen. Auf den einschlägigen Partys, die vor allem in Brunos schicken Kölner Penthouse stattfanden, begann die Session zunächst mit Alkohol und Joints. Das war dann auch für die Santhagen Tochter das höchste der Gefühle. Koks war tabu. Und seit sie Björn kannte, vögelte sie auch nicht mehr so ungebremst durch die Gegend. Nach ein paar Joints war sie immer so geil geworden, dass sie alle Hemmungen vergaß.

Das musste jetzt aufhören. Wollte sie doch mit dem angehenden Filialchef der international agierenden Anwaltskanzlei nach New York. Schon immer die Stadt ihrer Träume, hatte sie die Weltmetropole als zehnjähriges Mädchen zum ersten Mal erlebt. Seit dem berauschte sie der Gedanke, dort zu leben. Jetzt sollte es Wirklichkeit werden. Sie verlobte sich mit Björn und zog mit ihm an die Ostküste. Nach ein paar Monaten war Gabriele wieder im Rheinland. Die Beziehung mit Björn dauerte nicht lange.

Kaum hatte er sich in seinem neuen Büro eingerichtet, verliebte er sich unsterblich in seine Sekretärin. Einige Jahre älter als er, war Jenny eher eine unscheinbare junge Frau. Aber für Björn, der eigentlich aus einfachen Verhältnissen stammte und angesichts seiner überdurchschnittlichen Intelligenz, Auffassungsgabe und Durchsetzungskraft schnell eine kometenhafte Karriere hingelegt hatte, war dieser mütterliche Typ, der immer genau wusste wo's langgeht, genau die Richtige. Gabriele dagegen war ihm zu sprunghaft und unerwachsen. Auch merkte er, dass das Zustandekommen ihrer Beziehung eine eingefädelte Sache der Eltern war. Immerhin hatte er ja auch noch einige Semester Psychologie studiert. So stand Gabriele eines Nachmittags wieder im Haus auf dem Spieldorfer Berg und fing wieder an durch die heiligen Hallen zu schweben. Die Migräneanfälle ihrer Mutter nahmen schlagartig zu.

Alfies psychosomatische Heilbehandlung dauerte insgesamt drei Monate. Ob die Einzel- und Gruppengespräche und die psychotherapeutischen Übungen letztendlich Wirkung zeigen, konnte man erst später sagen. Für den Patienten war es wichtig, dass ihm ein Werkzeug an die Hand gegeben wird mit dem er selbst arbeitet. Der Therapeut kann immer nur beratend einwirken und ihm Hilfestellungen, insbesondere in persönlichen Krisensituationen, geben. Im Alltag muss er selbst zu Recht kommen. Das sollte Alfonso beherzigen. Das war die zentrale Botschaft der Klinik. Was er daraus machte, musste man sehen.

Unterdessen ärgerte sich Rita ständig mit Herrn Maslein rum. Er verstand nicht, warum eine Krankheit so lange klinisch behandelt werden musste. Als Handwerker und auch als ein etwas einfach gestrickter Zeitgenosse erinnerte ihn der Begriff „Psychosomatik" ohnehin an „böhmische Dörfer". Für ihn war jemand krank, wenn er sich einen Arm gebrochen hatte, oder mit einer fiebrigen Erkältung im Bett lag. Alles andere akzeptierte er nicht. In diesem Sinne war er auch sehr ungehalten, als Rita ihm nach zwei Monaten eine weitere Krankmeldung vorlegte. So sagte er mit genervter Stimme, „Frau Morales, es tut mir leid, ich habe einen kleinen Betrieb. Ich kann so ein faules Ei wie ihren Mann nicht länger mit durchschleppen, sie verstehen das." Rita verstand es, ihn zu überzeugen, dass er schließlich auch die weiteren vier Wochen akzeptierte. Der Appell an den weichen Kern des Herrn Maslein zeigte Wirkung.

Bestens gelaunt fuhren Rita, Inge und die Kinder mit dem Auto in die Klinik. Die letzten vierzehn Tage von Alfies Aufenthalt hatten begonnen. Dort angekommen, saßen sie alle entspannt im Besucherraum. Alfie kümmerte sich herzerweichend um seine Kinder, als plötzlich eine Schwester den Raum betrat und Alfonso ausrichtete, dass seine Gattin angerufen hätte. Er möge sie bitte kontaktieren. Betretenes Schweigen machte sich breit. Wenn es für Peinlichkeit Steigerungen gibt so sind das Scham- und Schuldgefühle. Diese durchzogen Alfonsos Körper jetzt von Kopf bis Fuß. Sein Versuch eine Kurve zu kriegen, in dem er die in solchen Situationen unpassenden und ausgelutschten Begriffe wie Missverständnis, Irrtum oder sonstige Synonyme bemühte, misslang. Rita lief zunächst rot an. Die Peinlichkeit war erst mal auf sie übergesprungen. Im zweiten Schritt jedoch räusperte sie sich, holte tief Lauft, schnappte die Kinder und bat Inge, diesen Ort umgehend zu verlassen. Es waren wieder Mal, wie früher während Ritas Schwangerschaften, die bekannten Seitensprünge.

Auf der Rückfahrt meinte Inge, „ob das der richtige Mann für dich ist." Sie hielt von Anfang an nie viel von Alfonso. „Ihr seid doch keine Partner auf Augenhöhe. Lässt man den eine Sekunde aus den Augen, macht der, was er will. Da fehlt doch jede Vertrauensbasis." „Du hast ja Recht", entgegnete Rita. Und wehleidig fügte sie hinzu, „er ist aber doch ein guter Vater. Noch nie hat er ein böses Wort zu seinen Kindern gesagt. Immer ist er zärtlich und liebevoll den Kleinen gegenüber. Das kannte ich früher nicht", so Rita. Zu Hause angekommen, meldete sich ihr Magengeschwür. Mit stark stechenden Bauchschmerzen legte sie sich ins Bett und weinte. Die Kinder übernachteten bei Oma Irmgart.

16 Therapie mit Nebenwirkungen

Nach dem Klinikaufenthalt flog Alfonso mit Felice nach Benidorm. Vorher sprach er noch sehr lange mit seinem Chef. Alfie überzeugte ihn, dass er jetzt noch drei Wochen Urlaub dranhängen müsse. Dies sei lange geplant gewesen. Danach würde er Überstunden kloppen. Ohne Ende. Versprochen! Alles in allem wusste Herr Maslein, was er an ihm hatte. War er mal nicht krank oder unpässlich, konnte Alfie arbeiten wie ein Karrenpferd. Das stellte er jetzt auch in Südspanien wieder unter Beweis.

Mittlerweile hatten Enrico und sein Bruder das Restaurant eröffnet. Es lief sehr gut. Auch deshalb, weil deutsche Küche angeboten wurde. Das zog die Touristen an. Man fuhr ja nach Südspanien, um Frankfurter Würstchen zu essen. Deutschsprechende Bedienung inklusive. So machte der Urlaub Spaß. Man fühlte sich wie zu Hause. Nur etwas wärmer war's. Die Küche des Lokals war kurz nach Eröffnung schon stadtbekannt, beliebt und gut frequentiert. Während der Saison musste man vorbestellen. Das ist für Gastronomen immer ein gutes Zeichen.

Für Alfonso war auch genügend Arbeit da. Vor allem handwerkliche Kleinigkeiten mussten erledigt werden. Und da Alfie nicht nur ein inzwischen guter Kfz-Mechaniker war, sondern sich in allen handwerklichen Bereichen zurechtfand, konnte er loslegen. Dolores und ihre Mutter kümmerten sich liebevoll um Felice. Die sprach jetzt perfekt Spanisch.

Nach Mitternacht ging der letzte Gast. Wegen des hervorragenden Umsatzes stellten Enrico und sein Bruder mittlerweile auch Personal ein. Die jungen Leute, meistens aus dem entfernten Verwandtenkreis rekrutiert, kümmerten sich um alles. Nachdem die Küche geschlossen war, saß man dann im engeren Familienkreis noch eine Weile beisammen. Während erst immer über Gott und die Welt palavert wurde, sprach Enrico dann Alfie konkret an. Seine Eltern waren gut informiert über die letzten Monate. Alfonso erzählte von seinem Klinikaufenthalt. Er hätte dort schon einiges über sich gelernt. Vor allem sei er jetzt ruhiger und entspannter geworden. Die Ruhe und Gespräche waren wichtig. Eine weitere ambulante Therapie lehne er aber ab. „Das bringt nichts. Ich muss selbst sehen wie ich klar komme", war sein Fazit. Die Eltern stimmten ihm zu.

Als besondere Überraschung und als Dankeschön für seine Hilfe übergaben sie ihm einen Coupon. Es war ein Gutschein für eine dreitägige Reise zum Kloster Montserrat. Es war auch ein für Spanier traditioneller Ort der Heilung und

Reinigung der Seele. Für Alfonso genau das Richtige. In seinem Zustand. Das Paket umfasste Hin- und Rückflug von Alicante nach Barcelona. Transfer, Übernachtung und als Höhepunkt eine längere Meditationsrunde, unter fachlicher klerikaler Anleitung, bei „Unserer Lieben Frau von Montserrat", auch bekannt als die „Schwarze Madonna".

Eigentlich war das die Idee seiner Oma. Alfies Großmutter Lucia war seit ihrer frühesten Kindheit mit einem Mädchen befreundet. Diese Freundin war später in der Region als Kräuterfrau bekannt geworden. Man sagte ihr nach, heilende Kräfte zu haben. Zumindest kannte sie sich sehr gut mit Kräutern aus. Aufgrund vielfältiger Erfahrungen und speziellem Wissen, sprach sie auch Empfehlungen aus, welche Kräuter bestimmte somatische und seelische Krankheiten lindern oder gar heilen könnten. Als Oma Lucia von der Krankheit ihres Lieblingsenkels Alfonso erfuhr, machte sie sich auf den Weg zu ihrer Jugendfreundin.

Die Kräuterfrau empfahl, ein Kräutersäckchen zu füllen. Das damit verbundene Ritual musste genau befolgt werden. Erste Voraussetzung war eine Vollmondnacht. Das Säckchen durfte nur mit einzelnen ausgesuchten Kräutern, die sie auf einer Liste für Lucia zusammenstellte, gefüllt werden. Genau zwei Nächte später sollte das Säckchen heimlich unter Alfies Kopfkissen geschoben werden. Und das drei Nächte hintereinander. Dann würde das Ganze Wirkung zeigen. Die Kopfschmerzen und der Drang zum Spielen höre schlagartig auf. Der Teufel, der diese Konflikte verursache, sei damit verbannt.

Damit er nicht wiederkomme und erneut sein Unwesen mit Alfie treiben würde, sollte die Familie das Gesamtpaket einer Meditationsreise nach Montserrat erwerben. Mit dieser Maßnahme sei eine hundertprozentige Heilung gewährleistet. Wie sich für den unbeteiligten Beobachter herausstellt, hat dieser Aberglaube durchaus für die Kräuterfrau auch einträgliche finanzielle Vorteile. Wenn man bedenkt, dass ein solches Drei-Tage-Meditationspaket über tausend Mark kostet und die Kräuterfrau pro verkauften Coupon dreißig Prozent Provision erhält, kommt schon angesichts

Vieler abergläubischer Menschen auf der Iberischen Halbinsel ein stolzes Sümmchen zusammen. Eben auch hier: „Business as usual." Geld regiert die Welt. In Gottes Namen und der Schwarzen Madonna. Schaden konnte es ja nicht. Die Großeltern haben für ihren Lieblingsenkel das Geld investiert. Alfonso flog nach Barcelona, ging abends ins Vergnügungsviertel spielen und anschließend ins Bordell. Nach drei Tagen kam er relaxt zurück, um so richtig im Restaurant seiner Eltern mitzuarbeiten. Die waren begeistert von seiner zurückgewonnenen Vitalität. Sogar Enrico, der dem ganzen Hokuspokus zunächst skeptisch gegenüberstand, war jetzt von den Heilungskräften der Schwarzen Madonna überzeugt.

Er vertrat die Meinung, wenn der Junge mal so richtig einige Stunden im Restaurant arbeiten würde, käme er schon auf andere Gedanken. Die ganze Familie freute sich riesig, dass sie wieder den Sohn mit der kleinen Tochter in die Arme nehmen durften. Und als er seinen Sohn so voller Lebensfreude sah, dachte Enrico, dass seine Schwiegertochter doch erheblich übertrieben hatte, als sie sich vor geraumer Zeit so dermaßen über ihn beschwerte. Alfonso kam bei den Gästen sehr gut an. Mit jedem hielt er einen Plausch, besonders zu den Damen war er äußerst charmant. Nach einiger Zeit verabredete er sich auch heimlich mit einigen Mädels. Währenddessen war Felice bei der Urgroßoma. Die hatte einen Narren an der Kleinen gefressen. Das Töchterchen freute sich dann immer umso mehr, wenn Papa Alfie für sie Zeit hatte und gelegentlich zum Strand ging. Da hatte sie auch mal Pause von der übertriebenen Beherztheit der Urgroßoma. Alfonso fühlte sich hier richtig wohl und trug sich mit dem Gedanken auch Mal längere Zeit oder für immer in Benidorm zu bleiben.

Unterdessen kehrte auch im Rheinland ein wenig Ruhe ein. Ritas Magenbeschwerden waren seltener geworden. Sie hatte mehr Zeit für sich und war nicht ständig irgendwelchen Eskapaden ihres Gatten ausgesetzt. Oma Irmgart hütete den kleinen Enrico, wenn Rita manchmal mit einer Freundin tanzen ging. Ihr Leben war im Augenblick so unbeschwert und angstfrei wie schon lange nicht mehr. Die

Ungewissheit, ob ihr Mann nach Hause kommt oder auch nicht, war weit weg.

Einmal im Monat ging sie zu ihrem Stammtisch ins „kalte Bügeleisen". Das ließ sie sich nicht nehmen. Einfach nur mit anderen Frauen quatschen, einige Likörchen oder einen Sekt trinken, das war für sie Freiheit. Sie wollte auf keinen Fall ein weiteres Kind. Das hatte sie sich geschworen. Endlich einmal eine schöne Zeit erleben. Wie damals als Kind im Sauerland. Dabei dachte sie wieder an Annegrete. Mit der würde sie jetzt gerne reden, ihre Sorgen erzählen und vielleicht den einen oder anderen Rat von ihr erhalten. Im Grunde hatte sie drei Kinder am Hals. Alfie war alles andere als erwachsen. Und dazu noch seine Spielsucht. Diese Gedanken verfolgten Rita, als sie das „kalte Bügeleisen" verließ. Nach dem gemütlichen Abend mit ihren Bekannten war die Realität wieder schnell zur Stelle.

Der Tag der Rückkehr kam. Alfonso und Felice sollten heute zurückkommen. Sie erwartete die Beiden am Bahnhof. Doch wer nicht erschien, war ihr Göttergatte mit der Kleinen. Sie wartete noch eine Zeit lang. Dann ging sie mit Enrico traurig nach Hause. Hatte sie etwas falsch verstanden? Heute war doch Freitag. Und am Montag sollte Alfonso wieder seine Arbeit aufnehmen. Endlich. Herr Maslein, der so oft vertröstet wurde, erwartete ihn sehnsüchtig.

Auch an den folgenden Tagen kam niemand. Sie versuchte anzurufen. Kam aber nicht durch oder es war keiner anwesend. „Es wird doch nichts passiert sein", dachte Rita besorgt. Plötzlich klingelte das Telefon. Alfie war dran und erklärte kurz und knapp, dass er noch etwas länger bleiben würde. Es sei noch viel zu tun. Ein Gast, mit dem er sich angefreundet hätte, sei Arzt. Der schrieb ihn noch eine Woche krank. Die Krankmeldung sei unterwegs. Diese möchte sie doch bitte Herrn Maslein bringen. Als Rita die Kleine sprechen wollte, hörte sie nur ein kurzes „Mama, ich will zu dir, Papa ist immer...". Dann war das Gespräch unterbrochen. Und dabei blieb es. Ritas Herz pochte so laut, dass sie meinte, die Nachbarn im Haus müssten es hören. Und dann fingen schlagartig ihre Magenbeschwerden wieder an.

Montags rief sie Herrn Maslein an. Der explodierte am anderen Ende der Leitung. Sie vernahm nur noch Worte wie „Unverschämtheit, Simulant, Nachspiel, Kündigung" und erwiderte kleinlaut, „ich weiß auch nicht weiter, Herr Masslein" und beendete das Gespräch. Am nächsten Tag rief der Chef zurück. Er sagte in ruhigem Ton, dass er ihm eine letzte Chance geben würde. Er müsste innerhalb der nächsten drei Tage in der Werkstatt stehen, sonst könne er seine Papiere abholen. Er bat Rita, im Interesse aller, dafür Sorge zu tragen. Sie rief direkt bei Opa Enrico an und hatte ihn auch sofort am Apparat. Sie schilderte ihm den Sachverhalt. Enrico setzte seinen Sohn mit der Kleinen in den nächsten Flieger nach Köln.

Das Wiedersehen war alles andere als herzlich. Rita kümmerte sich sofort um Felice, Alfonso nahm den kleinen Enrico zu sich. Felice erzählte ausführlich vom Strand und den Abendspaziergängen mit den Urgroßeltern. „Papa war abends immer weg. Einmal habe ich ihn sogar gesehen, wie er eine junge Frau geküsst hat", sprach die Kleine in ihrer kindlichen Naivität. Rita nahm diese Information gefasst entgegen. Sie kannte seine Seitensprünge und hatte sie stillschweigend geduldet.

An seinem Verhalten merkte sie, dass er sich fremd fühlte. Er merkte auch, dass sein eigentliches zuhause seine spanische Heimat war und ihn hier nicht mehr viel halten würde. Die Arbeit bei Maslein hing ihm zum Hals raus. „In Benidorm haben wir alle eine Zukunft. Der Tourismus boomt. Das Restaurant ist eine Goldgrube. Und wenn wir zusammenhalten, haben wir in ein paar Jahren Knete ohne Ende und die Kinder eine goldene Zukunft", sagte er voller Überzeugung. Rita versuchte einzulenken und ihm das Gefühl zu geben, dass sie sich auch mit dieser Vorstellung anfreunden könnte. Aber vorher muss hier noch einiges geklärt werden. Herr Maslein wartete auf seine Rückkehr.

In den nächsten Tagen überschlugen sich die Ereignisse. Wie erwartet stand Alfonso morgens in der Firma. Der Chef war sehr reserviert. Er erteilte ihm mehrere Aufträge, die schnell erledigt werden müssten. Alfonso merkte, dass er dem Druck nicht gewachsen war. Er verließ den Betrieb und verschwand. Daraufhin kündigte ihm Maslein und überwies auch nur noch einen Bruchteil seines ihm zustehenden Lohnes.

Nach zwei Tagen tauchte Alfonso zuhause auf. Felice war bei einem Nachbarskind zum Spielen. Später wollte die Oma sie abholen und zu Rita bringen. Sie planten ein gemeinsames Abendessen. Das machten sie öfter, damit sich keine der beiden Frauen so alleine fühlte. Der kleine Enrico stand in seinem Ställchen, als Alfonso ins Zimmer kam. Er freute sich sichtlich, brabbelte „Papa", wobei er seine winzigen Arme dem Vater entgegen streckte. Sichtlich gerührt ging er zu seinem Prinzen, küsste ihn und nahm ihn zärtlich auf den Arm. Dabei bat er Rita, doch noch einmal bei Herrn Maslein anzurufen. Er solle bitte die Kündigung zurückziehen.

Sie wurde rot vor Zorn. Die in den letzten Wochen aufgestaute Wut ergoss sich jetzt mit voller Wucht über ihn hinweg. Sie schrie, dass die Wände wackelten, „du bist kein Mann nein, du bist ein Hampelmann. Ein kleiner elender Wicht. Du traust dich nichts selbst zu machen. Bei den Weibern und beim Spielen, da hast du Mut, da spielst du den spanischen Macho, du Versager". Alfonso wechselte mehrmals die Gesichtsfarbe. Den Kleinen setzte er wieder in das Ställchen. Dann ging er auf Rita zu. Die Augen blitzten. Seine Hände legten sich fast automatisch um Ritas Hals. Der kleine Enrico schrie. Rita würgte. Dann trat sie wie eine Wilde gegen die Schienbeine ihres Angreifers. Er ließ nicht ab und drückte immer stärker zu. Er war wie besessen. Alles Wehren half nichts. Das Kind schrie immer lauter. Rita würgte immer mehr. Die Luftnot wurde stärker. Sie war schon der Ohnmacht nahe, als es plötzlich an der Wohnungstür klingelte.

Oma Irmgart stand mit Felice vor dem Eingang. Sie ahnte Fürchterliches. Irmgart klopfte an die Tür und rief laut Ritas Namen. Alfonso ließ los. Er witterte die Gefahr. Er floh über den Balkon ins Freie. Rita öffnete noch benommen und nach Luft schnappend der Oma und ihrer Tochter die Tür. Sie konnte nur noch krächzen und fiel bewusstlos zu Boden. Die Oma sah sofort, dass ihrer Enkelin Schlimmes widerfahren war. Umgehend alarmierte sie die Rettung und die Polizei. Irmgart versuchte alle zu beruhigen. Vor allem die Kinder. Der kleine Enrico schrie immer lauter. Einige Nachbarn, durch den Krach aufgeschreckt, liefen im Hausflur hin und her. Während der Notarzt Rita versorgte und vor allem ihre Atmung wiederbelebte, stand auch schon die herbeigerufene Polizeistreife in der Wohnung. Die Beamten schrieben ein Protokoll, machten Fotos und fuhren Rita in die Klinik. Dort wurde sie untersucht. Gegen Alfonso wurde ein Ermittlungsverfahren eingeleitet. Versuchter Totschlag in Tateinheit mit schwerer Körperverletzung. Rita wollte unverzüglich die Scheidung.

17 Alles auf Anfang. Dauercamper

Rita fand in den Reihenhäusern Spieldorfs eine Stelle als Zugehfrau und Mädchen für alles. Den Kleinen durfte sie manchmal mitnehmen. Alfonso blieb unauffindbar, er hatte sich in einer Nacht- und Nebelaktion nach Benidorm abgesetzt.

Für den Unterhalt, den er für seine beiden Kinder zu zahlen hatte, wurde er noch herangezogen. Im Moment musste er erst mal Boden unter die Füße kriegen. Er verkroch sich bei seiner Familie in Benidorm. Das Restaurant lief nach wie vor gut. Enrico plante sogar in der nahegelegenen Bergregion ein Haus für die ganze Familie zu bauen. Doch zunächst wohnten alle noch etwas beengt über dem Restaurant. Für Alfonso hatte Dolores ein kleines Zimmer hergerichtet. Hier blieb er erst Mal.

Unterdessen stellte die zuständige Staatsanwaltschaft ein Auslieferungsverfahren. Schließlich standen schwerwiegende Vorwürfe gegen ihn im Raum. Doch die Mühlen der Behörden mahlen langsam. Die Frau lebte ja noch und hatte sich auch schnell erholt. So lag die Akte des Ermittlungsverfahrens gegen Alfonso unter einem Berg unbearbeiteter Fälle in den dunklen, kalten Räumen der Staatsanwaltschaft.

Für Rita begann eine Odyssee durch die Ämter, was gar nicht so leicht war. Die Frage nach dem Unterhalt für ihre Kinder war ihr peinlich. Warum auch immer. Inge Weiler, ihre mütterliche Freundin, stand ihr, wie schon früher, in dieser schweren Zeit mit Rat und Tat zu Seite. Sie hatte Onkel Ferdinands Wohnwagen übernommen. In Waldbreitbach auf dem Campingplatz. Der Onkel lag eines Morgens tot neben Tante Mienchen im Bett. Sie sagte immer im Brustton der Überzeugung, „Ferdinand hatte einen Tod erster Klasse, da kann man nicht meckern."

Inge überredete Rita, auf den Campingplatz mitzufahren. Tante Mienchen war schon eine Weile dort. Vor dem Wohnwagen stand ein riesiges Zelt mit zwei Schlafkabinen. Dort schlief Rita mit ihren Kindern. Ganz in der Nähe waren ein Schwimmbad und die sanitären Anlagen. Rita und die Kleinen fingen an, die Umgebung zu genießen. Nach den Erlebnissen der letzten Wochen kehrte allmählich Ruhe ein. Felice schlief meistens sofort ein. Enrico dagegen schreckte bei jedem Laut sofort auf.

Rita vermutete, dass der Kleine durch das fürchterliche Ereignis traumatisiert war. In ihrer Verzweiflung zog sie schon in Erwägung, am nächsten Tag wieder abzureisen und Enrico einem Kinderpsychologen vorzustellen. Inge riet ihr dagegen, den Kleinen zu sich ins Bett zu nehmen und die nächsten Tage und Nächte abzuwarten. Durch die enge Geborgenheit bei der Mutter besserte sich der Zustand des Kleinen. Auch Tante Mienchen schlug vor, dass Mutter und Kinder in der bequemeren Schlafecke im Wohnwagen übernachten sollten. Alle wechselten die Schlafplätze. Von jetzt an schliefen alle wunderbar.

Tante Miene kannte schon einige Camper auf dem Platz. Zum Teil Familien mit ihren Kindern, die eine aufrichtige Campingfreude an ihren Nachwuchs weiter gaben. Die Tante meinte voller Stolz, „siehst du, campen macht Spaß und hält fit. Das kannst du ja an mir sehen." An den wenigen Regentagen schaltete man die Glotze ein. Auch zur Freude der Kinder. Das TV-Gerät hatte Onkel Ferdinand noch angeschafft. Für die Technik und für die Antenne war er zuständig. Miene kümmerte sich um das leibliche Wohl. Der Wohnwagen war mit allem ausgestattet. „Es durfte an nichts fehlen, alles so wie daheim", war ihre Devise.

Rita lernte viele nette aber auch weniger nette Leute kennen. Niederländer kamen zum Teil schon seit mehreren Generationen auf den Platz. Aber auch ältere Menschen aus allen Himmelsrichtungen der Republik fanden hier ein kurzes oder längeres Feriendomizil. Große und kleinere Wohnwagen und sogar Wohnmobile benutzte man wie ein Ferienhaus. Viele der Dauercamper mieteten einen Standplatz und die zugehörigen Dienstleistungen für einen längeren Zeitraum an.

An den Wochenenden in den Sommermonaten wurde oft gefeiert. An einem Samstag im August stand das traditionelle Lampion-Fest auf dem Programm. Ein flotter DJ legte heiße Musik der achtziger Jahre auf. Die war gerade in. Jetzt lief ein Hit von Hot Chocolate. Kurzentschlossen ging Rita auf die Tanzfläche und legte ein flottes Solo hin. Sie trug Jeans, einen roten Gürtel, schicke Ballerinas und einen blau weiß gestreiften Pulli. Die Haare ließ sie offen. Sie sah richtig sexy aus, wie sie so selbstbewusst tanzte. Rita war jung. Inzwischen hatte sie auch seelisch wieder Fuß gefasst. Sie wollte noch viel vom Leben. Ein gut aussehender Mann, vielleicht Ende dreißig, kam auf sie zu, fragte sie nach ihrem Namen und stellte sich vor. Er hieß Kurt.

Er hatte eine sanfte ruhige Stimme, dunkelblondes Haar und braune wache Augen. Um die Augen hatte er kleine Fältchen. Bestimmt vom Lachen dachte Rita. „Meine Name ist Rita", lächelte sie ihn an. Allein für dieses Lächeln hatte sich das Tanzen für Kurt gelohnt. Man merkte, sie mochten sich. Immer wieder wechselten schnelle und langsame Tänze ab. Sie tanzten alles mit. Dann ging's an die Bar. Sie tranken Rum mit Cola und waren heiter gestimmt.

Während sie sich über Belangloses unterhielten, dachte Rita, „wie kann ich ihm nur sagen, dass ich zwei Kinder habe. Wenn das raus ist, hat der sowieso keine Lust mehr, mich intensiver kennen zu lernen." Ihre Kinder mussten schon so viel durchmachen in ihrem kleinen Leben. Sie wollte ihnen kein Leid mehr zumuten. Jetzt war es auch Zeit für Rita nach Felice und Enrico zu schauen. Tante Miene kümmerte sich fürsorglich um die Geschwister, solange Rita auf dem Fest war. Sie wusste aber auch, dass die Tante immer relativ früh zu Bett ging und Enrico immer noch diese Schlafstörungen hatte. Sie verabschiedete sich von Kurt. Sie musste ihm versprechen, dass er sie in den nächsten Tagen zum Kaffee einladen darf. Rita willigte gerne ein.

Kurt lebte mit seiner Frau in Scheidung. Carmen, so hieß die Gute, meinte vor einem halben Jahr, als die Geburtstagsfeier von Tochter Nina, die jetzt zehn Jahre alt wurde, voll im Gange war, gehen zu müssen. Bekannt für ihre spektakulären Auftritte, wählte sie genau diesen Zeitpunkt, um der Familie, Vater Kurt, Tochter Nina und dem achtjährigen Sohn Sascha, adieu zu sagen. Außerdem hatte sie zu den Kindern keinen Bezug. Es waren im Grunde Kurts Kinder. Er kümmerte sich um alles. Carmen um nichts.

Außer um andere Männer. Vor geraumer Zeit lernte sie in einer Altstadtdisko einen älteren und attraktiven Herren um die fünfzig kennen. Der bot ihr eine goldene Zukunft. Allerdings ohne Kinder. Wie sich herausstellte war der Herr ein wohlhabender Unternehmer, der sein Geld mit nicht ganz legalen Geschäften verdiente. Das störte Carmen nicht sonderlich. „Geld stinkt nicht", war ihr Motto. Obwohl es ihr in der Beziehung mit Kurt an nichts fehlte, hatten sich beide in den letzten Jahren auseinandergelebt. Von ihrem Egoismus und ihrer krankhaften Bestätigungssucht, wie toll sie aussehe, getrieben, wurde sie von Bekannten schon als die „Königin der Seitensprünge" bezeichnet.

Sie war in der Tat eine sehr schöne Frau mit langen schwarzen Haaren, einem feingeschnittenen Gesicht und einer, trotz ihrer zwei Schwangerschaften, noch hervorragenden, wohlgeformten Figur. Zu schade für nur einen Mann und nicht geeignet für eine Familie und Mutter. Kurt meinte auch später, dass sie nie hätte Kinder bekommen dürfen. Er wollte ja unbedingt eine eigene Familie mit Kindern und mit einer Schlosserei haben. Doch schon in frühen Jahren fing bei ihm das chronische Rheuma an. Es kam ein Schub nach dem anderen. Zwei Mal jährlich musste er sich speziellen Heilbehandlungen unterziehen. Diese Kuren bewirkten zwar spürbare Linderung. Eine gänzliche Heilung jedoch war ausgeschlossen.

Rita kam in den Wohnwagen. Alle schliefen. Außer Enrico. Der brabbelte leise vor sich hin. Sie nahm ihn auf den Arm und schaukelte den Kleinen mit einem leisen Liedchen in den Schlaf. Danach legte sie sich mit dem Kind ins Bett. Sie konnte vor Glück kaum schlafen. Noch nie hatte sie so einen einfühlsamen Mann kennengelernt. Zufrieden vor Seligkeit schlief sie endlich ein. Am Morgen gab es ein gemeinsames Frühstück mit Mienchen und den Kindern. „Ritalein, du machst ja einen Eindruck als ob du die ganze Welt umarmen möchtest, war es schön gestern?", fragte die Tante. Rita war es sichtlich peinlich. Sie schaute verlegen in die Ecke und bemerkte, dass draußen ganz tolles Wetter sei. Sie könnten doch am nahegelegen Fluss schwimmen. Das gefiel den Kindern und der Tante.

Sie saßen am Ufer, als etwas entfernt ein Mann mit zwei Kindern eine Decke ausbreitete und einen großen Picknickkorb abstellte. Es war Kurt mit Nina und Sascha. Sie hatten Rita und die Kleinen noch nicht gesehen, sodass sie zunächst eine Beobachtungshaltung einnehmen konnte. Und sie zog ihre Schlüsse. Hat die Mutti dem Herren und den Kinderchen einen Picknickkorb zu Recht gemacht. Alles schön in Tupperdosen verstaut. Es sah alles wohl geordnet aus. Jedenfalls von weitem. Mutti hatte für alles gesorgt, selbst Limonade und Bier. So einer war das also. Wenn die Frau weg war, anderen Frauen den Hof machen. Diese Typen kannte sie ja zu Genüge. Leichtes Magengrummeln setzte ein. Bis Tante Miene sie aufklärte. Sie kannte Kurt. Schon als Kind. Den Platz für seinen Campingbus hatten schon seine Eltern. „Und seit er in Trennung lebt, kommt er jedes Wochenende hier hin", fügte die Tante hinzu.

Rita gab der Tante einen Kuss. Kleine Freudentränen kullerten aus ihren Augen. Miene hatte Antennen für solche Ereignisse und bemerkte trocken, „aha, du bist verliebt." Rita errötete. Plötzlich stand Kurt hinter ihr. Mit seinem charmanten Lächeln lud er die zwei Damen und die Kleinen zu einem erweiterten Picknick ein.

Für die hinzugekommenen Gäste legte Kurt eine weitere Decke auf die Wiese. Während sie redeten und die Kinder liebevoll und fröhlich miteinander spielten, hing Rita wieder sekundenweise ihren Tagträumen nach. Heute war es der Traum aus der schönen Märchenwelt. Sie saß mit einem Prinzen an einer reich gedeckten Tafel. Sie genossen die wunderbaren Speisen, die schöne Barockmusik im Hintergrund und überhaupt das pralle friedliche Leben, das nie enden sollte. Sie fühlte sich glücklich und geborgen.

Kurt hatte allerlei Leckereien mitgebracht. Nina sagte, „dass sich der Papa damit manchmal die ganze Nacht um die Ohren haut." Die leckeren Salate, Frikadellen und andere Köstlichkeiten waren aber auch sehr gut. „Jetzt fehlen nur noch die Kerzen", scherzte Tante Miene. Es war richtig schön in dieser lustigen und harmonischen Gesellschaft. Und als Kurt Rita anlächelte und ihr zublinzelte, fühlte sie sich wie die Königin in ihren Träumen. Am frühen Abend gingen sie zu ihren Wohneinheiten. Als sie die Kinder versorgt hatten, trafen sich Kurt und Rita zu einem längeren Spaziergang am Fluss.

Der Halbmond versank gerade hinter den Tannen, als Kurt Ritas Hand nahm, sie an sich zog und küsste. Sie meinte zu schweben. Im siebten Himmel. Solch ein unbeschreibliches Gefühl kannte sie schon lange nicht mehr. Aber sie hatte es noch. Trotz ihrer leidvollen Zeit in den letzten Jahren war ihr dieses Gefühl nicht abhandengekommen. In ihrer Verliebtheit stieg sie sogar in einen falschen Bus. Sie benutzte die Ausrede, eine schöne Landschaft im Westerwald genießen zu wollen. Danach lief sie wieder einige Kilometer zurück. Als sie Miene davon erzählte, bekam diese einen Lachanfall und war froh, dass sich Rita dank ihrer neuen Liebe wieder gefangen hatte. Aufgrund ihrer Erfahrungen dachte sie natürlich auch daran, wieder enttäuscht zu werden. Aber bei Kurt hatte sie ein gutes Gefühl. Schon wie er als alleinerziehender Vater so agierte und den Alltag bewältigte. Auch wie liebevoll er mit seinen Kindern umging. Wie diese, trotz des Verlustes ihrer Mutter, so ausgeglichen und voller Mut und Zuversicht daherkamen.

Kurt, Nina und Sascha bewohnten eine hübsche Vierzimmerwohnung direkt im Ortskern eines in der Nähe von

Spieldorf gelegenen Stadtteils. Die zwei Kinder verbrachten den ganzen Tag im Hort. Da gab es wenigstens keine Probleme mit der Betreuung. Die Tochter war kürzlich auf einer städtischen Gesamtschule angenommen worden. Sein Sohn besuchte die Grundschule mit anschließender Nachmittagsbetreuung. Kurt behandelten alle Erzieher und Lehrer wie ein rohes Ei. Er genoss als alleinerziehender Vater eine einmalige Fürsorge. Diese Rabenmutter, die ihre Kinder mit dem Ehemann alleine zurücklässt, sollte in der Hölle schmoren, war die einhellige Meinung der älteren, etwas konservativ eingestellten Lehrerinnen an Saschas Grundschule.

Wenn er den Kleinen schon mal später abholte, weil er gerade bei einem Kunden außerhalb beschäftigt war, hatten die Pädagogen großes Verständnis. Kurt arbeitete in einer Schlosserei. Mit den Jahren hatte er sich auf ganz filigrane Arbeiten spezialisiert. Wegen seiner hochwertigen und qualitativ anspruchsvollen Tätigkeit war er sehr gefragt. Deswegen genoss er in der kleinen Firma auch eine Sonderstellung mit überdurchschnittlicher Bezahlung. Daneben hatte er auch private Kunden, für die er auf eigene Rechnung arbeitete. Sein schon in die Jahre gekommener Chef wusste das alles. Kurt lernte schon als junger Stift in seiner Firma. Bald erkannte der Meister seine Ausnahmefähigkeiten und besondere Begabung als Feinmechaniker.

Kürzlich vereinbarte er mit ihm, dass er die Firma an Kurt überschreibe. Denn nur er könne diesen gutgehenden, sich auf spezielle Gerätefertigung ausgerichteten Betrieb führen. Die Auftragslage war sehr gut. Inzwischen stellte der Chef sogar internationale Geschäftsbeziehungen her. Beruflich und finanziell rosige Aussichten. Aber das Leben als alleinerziehender Vater war nicht leicht. Den Haushalt, die Kinder und die beruflichen Anforderungen unter einen Hut zu bekommen war keine einfache Aufgabe.

18 Lieben und Leben lassen

Rita und Kurt trafen sich jetzt regelmäßig. Immer abwechselnd. Zunächst eher bei ihr, weil die Kinder noch relativ klein waren. Auch wollte sie Felice und Enrico nicht so oft alleine lassen. Angesichts der Wirren der letzten Jahre und des Verlusts ihres Vaters musste sie ihnen ganz viel Liebe und Geborgenheit zukommen lassen. An den Wochenenden bereitete Rita immer ein schmackhaftes Menü vor. Kindgerecht aber auch mit besonderen Leckerbissen für Kurt. Meistens brachte er Nina und Sascha mit. Beide verstanden sich von Anfang an sehr gut mit den Kleinen. Nina hatte als zweite Fremdsprache Spanisch gewählt. Da Felice perfekt die Sprache beherrschte und Nina eine schnelle Auffassungsgabe hatte, unterhielten sich die beiden Mädchen nach kurzer Zeit nur noch auf Spanisch.

Nicht nur Kurt war von Ritas Küche begeistert. Auch Nina lobte sie. Das kannte sie nicht von ihrer Mutter. Die war den ganzen Tag mit ihrer Figur beschäftigt und hing stundenlang am Telefon. Sie genossen die gemeinsamen Abende zusammen. Sonntags unternahmen sie viele schöne Dinge mit den Kindern. Sie fuhren zum Siebengebirge, an den Rhein und im Sommer natürlich nach Waldbreitbach. Dort empfing sie Tante Miene mit offenen Armen. Man traf sich mit alten Bekannten, organisierte Grillabende und genoss das Baden im nahegelegen Fluss.

Einmal erschrak Rita sehr heftig. Auch hatte sie hinterher seit langem wieder ihre stechenden Bauchschmerzen. Grund war ein Anruf aus der Ferne. Alfonso war am Apparat und sagte ganz selbstbewusst, dass er seine Kinder sehen wolle. Mit dem nächsten Flieger käme er nach Köln. Rita fasste sich schnell und gab ihm zu verstehen, dass er dann verhaftet und eingebuchtet würde. Gegen ihn lief ein Ermittlungsverfahren wegen versuchten Totschlags und schwerer Körperverletzung. Und außerdem ein Auslieferungsverfahren. Das habe sich wohl bis Benidorm noch nicht herumgesprochen. Am anderen Ende der Leitung herrschte betretenes Schweigen. Er war fassungslos. Damit hatte Alfonso nicht gerechnet. Es machte „Klick" und die Leitung war tot. Bei Rita kam jetzt alles wieder hoch. Die brutalen Szenen, das Kindergeschrei. Sie fing heftig an zu heulen. Schließlich übergab sie sich und schlief ein.

Ihr neuer Lebenspartner Kurt war eine große Stütze in dieser Zeit. Mit ihm konnte sie über alles reden. Er half ihr über die schlimmsten Klippen hinweg. Schon am nächsten Tag nahm er sich frei und begleitete Rita zum Anwalt. Bisher hatte sie die Sache mit der Scheidung schleifen lassen. Obwohl Inge sie immer wieder bat, doch endlich die Scheidung einzureichen und Unterhalt für die Kinder zu fordern. In diesen Dingen war Rita eher zurückhaltend. Nach diesem Anruf aus Spanien und nachdem auch Kurt Inges Bitte an Rita unterstützte, gingen sie am nächsten Vormittag zum Anwaltsbüro Dr. Mayer und Söhne. Kurt war mit einem dieser Söhne in die Schule gegangen und im selben Tischtennisverein.

Er versprach Rita, dass Dr. Mayer und seine beiden Söhne Friedhelm und Justus seriöse, fachlich kompetente Juristen seien. Justus, sein Freund, würde auch seine Scheidung betreuen. Grundsätzlich stand Rita allem Akademischen, ob es Mediziner, Juristen oder sonstige Herren und Damen der Alma Mater waren eher distanziert gegenüber. Da hatte sie ganz den Spruch ihrer Oma, „das sind alles studierte Leute, Kind, da sind wir zu klein für", verinnerlicht. Als sie Justus in sein Sprechzimmer bat, sich die beiden Männer umarmten, war Ritas akademische Distanz schlagartig weg. Justus sprach eine Mischung aus Rheinisch und Hochdeutsch. Er war ihr sofort sympathisch.

Nachdem Rita ihm den Fall geschildert hatte und er die Unterlagen von Polizei und Staatsanwaltschaft durchsah, gab er zu verstehen, dass er schon nach einer spontanen vorläufigen Prüfung des Falls sagen könne, dass hier eine sehr gute Aussicht auf Erfolg vorliegt. In allen Bereichen. Sowohl was die Scheidung betrifft, als auch hinsichtlich der Unterhaltsforderungen, sei er sehr zuversichtlich. Zumal Alfonso die Familie böswillig verlassen und sich ins Ausland abgesetzt hätte. Zu der strafrechtlichen Angelegenheit gegen

Alfonso könnte er nichts sagen. Das sei Sache der Staatsanwaltschaft. Es war zwar eine Auslieferung beantragt worden und wegen eines Offizialdelikts, es liegt ja zumindest eine billigend in Kauf genommene Tötungsabsicht vor, wird diese auch weiter verfolgt werden. Aus seiner Sicht ist die Zusammenarbeit der spanischen und deutschen Behörden eher zurückhaltend. Der erste Schritt wäre vielleicht eine Anhörung vor einem spanischen Gericht. Und da Alfonso spanischer Staatsbürger sei, und wenn er dazu noch einen guten Anwalt hätte, könnte sich die Sache hinziehen. Das dauert.

Die Scheidung allerdings ging recht schnell über die Bühne. Auch bei Kurt. Er und Carmen hatten noch eine formale Trennungszeit vereinbart. Die war jetzt abgelaufen. Endlich konnte sie ihren zwielichtigen Geschäftsmann ehelichen. Jetzt gehörte sie zu den Reichen und Schönen. Wie die ihr Geld verdienten war Carmen egal. Hauptsache sie verkehrte regelmäßig bei den ersten Adressen auf Sylt, Garmisch und in Schweizer Nobelkurorten. Dass es bei diesen Geschäftsessen um illegale Waffengeschäfte ging, interessierte die neue Gattin nicht die blaue Bohne. Für sie galt nur eines. Das gute pralle Leben an der Seite eines verruchten skrupellosen Selfmademans. Ihre Kinder hatte sie bald vergessen.

Kurt litt unter einer rheumatoiden Arthritis. Diese Gelenkentzündung war mittlerweile chronisch. Längerfristig konnte sich diese Krankheit auch auf andere Organe, insbesondere Herz und Lunge, ausweiten. Deswegen hatte ihm sein Arzt schon lange angeraten, mehr gegen diese Rheumaschübe, die mit Erschöpfung, Müdigkeit, Fieber, Gewichtsabnahme, Nachtschweiß einhergingen, zu unternehmen. Bisher nahm er die Krankheit eher auf die leichte Schulter. Die Tabletten würden schon helfen. Wie bei seiner Mutter. Die ist damit alt geworden. Er wusste, dass er bei diesem Thema sich immer gern selbst belog. Seine Mutter hatte Kurt spät bekommen und ist keineswegs so alt geworden wie er immer behauptete. Sie litt auch an dieser heimtückischen Krankheit, die zumindest nach den neuesten Forschungen anteilmäßig genbedingt ist, und hatte ein sehr leidvolles und schmerzhaftes Lebensende. Kurt verdrängte das gern.

Seit einiger Zeit lebten Rita, er und die Kinder in einer gemeinsamen Wohnung. Jetzt bekam seine neue Lebensgefährtin hautnah mit, was er ihr bisher verheimlichen wollte. Es war ihm sichtlich peinlich als Rita diesen erneuten Rheumaschub bemerkte. Seine neue Frau, die inzwischen den Führerschein gemacht hatte, fuhr ihren Partner kurzentschlossen zum Arzt. Der verabreichte ihm sofort eine starke Injektion, die die Schmerzen linderten und die Bewegungsfähigkeit der Gelenke wiederherstellte. In ihrem Beisein mahnte ihn Dr. Zimmermann zum wiederholten Mal an, endlich eine Kur zu beantragen. Die sei bei seinem fortgeschrittenen Krankheitsbild ganz schnell durch. Eine absolute Heilung sei in seinem Fall nicht mehr drin. Aber die effektive Linderung und einer damit verbundenen zeitlichen Verschiebung der, wenn er diese Maßnahme nicht befolge, immer häufiger auftretenden Rheumaschübe. Schließlich sei er noch ein Mann im besten Alter mit einer sehr hübschen jungen Dame. Dr. Zimmermann, ein Endfünfziger, war sehr charmant und wusste Komplimente an den entscheidenden Stellen zu platzieren. Rita war entzückt von ihm. Gleichzeitig schmerzte sie die Tatsache, erneut einen Mann mit gravierenden gesundheitlichen Problemen an ihrer Seite zu haben. Aber so war das Leben. Und sie liebte ihren Kurt.

An das Autofahren gewöhnte sich Rita schnell. Mit dem Fahrzeug war sie wesentlich flexibler als mit den öffentlichen Verkehrsmitteln. Ob es um den Transport der Kinder ging oder das schnelle Erreichen ihrer verschiedenen Jobs. Das war mit dem Auto schon optimal. Auch finanziell war sie nicht mehr so eng. Kurt hatte ein gutes Einkommen. Er bezahlte schon die Miete der gemeinsamen Wohnung und war auch sonst sehr großzügig. Aber Rita wollte ihm nicht auf der Tasche liegen und den Eindruck erwecken, sich von ihm aushalten zu lassen. Dazu war sie zu stolz. Und auch ihre Unabhängigkeit sah sie dadurch eingeschränkt. Sie arbeitete seit längerem als Haushaltshilfe in verschiedenen Familien und betreute in Spieldorf eine ältere Dame.

Frau Müller und sie waren sich von Anfang an sehr sympathisch. Die alte Dame war so dankbar, dass sie so eine zuverlässige Hilfe fast täglich für drei Stunden beschäftigte. Besonders liebte sie von „Frau Rita", so nannte Frau Müller ihre Zugehfrau, dass sie ihr täglich vorlas. Zuerst den Lokalteil der Tageszeitung und dann kleinere Geschichten aus Frau Müllers stattlicher Bibliothek. Dazu gab's Kaffee und Kuchen. Früher war sie Grundschullehrerin und gab Literaturkurse an der Volkhochschule. Die Poesie war ihr Steckenpferd. Und seit es ihre Augen nicht mehr zuließen, war sie heilfroh, dass sie Rita hatte. Die wiederum fand über Frau Müller einen Zugang zur schönen Literatur. Von ihrer Mutter Annegrete kannte sie lediglich die Lektüre der Basteiromane mit der einfachen Sprache und den trivialen Inhalten von Liebe, Leid und Lust. Immer nach dem gleichen Schema aufgebaut, handelten die Geschichten von einer schönen, durchweg gerechten Welt mit klaren Unterscheidungen zwischen Gut und Böse. Bestehende Verhältnisse wurden generell bestätigt, gewöhnliche bis primitive Erwartungshaltungen bedient. Das wiederholende Ausbreiten emotionaler und sensationeller Inhalte, der schematische Handlungsaufbau mit melodramatischen und sentimentalen Handlungen, die Schwarz-Weiß-Zeichnung bei Charakteren, und die Vermittlung eindeutiger moralischer Ansichten, sollen dem Leser ein scheinbar klares Weltbild vortäuschen. Rita verstand zunächst nur Bahnhof, als Frau Müller, die sich auch mit den verschiedenen literarischen Formen auskannte, ihr die Funktion dieser Basteiromane erklärte.

Sie vertrat die Auffassung, „dass Literatur sowohl unterhalten soll, gleichzeitig aber auch die Aufgabe hat, beim Leser etwas in Gang zu setzen." Dies könne nur dadurch passieren, in dem der Autor die Welt so beschreibt, wie sie wirklich ist. Rita erzählte Frau Müller von ihrer Herkunft und den persönlichen Schicksalen. Darauf erwiderte die alte Dame, „dass eine solche Welt und die darin vorkommenden Milieus beschrieben werden müssen. Damit kann der Autor erreichen, dass der Leser in einen Prozess des Nachdenkens über seine eigene Situation eintritt. Im besten Fall", so Frau Müller, „kommt dann der Leser zu dem Schluss, dass die Welt nicht so ist wie sie scheint oder uns immer vorgegaukelt wird."

Vor allen seien die Verhältnisse nicht alternativlos und unveränderbar. Den Verstand gebrauchen und nicht alle Vorgaben ungeprüft hinnehmen. Rita fing an zu denken. Sie erinnerte sich dabei auch an Inge. Die redete zwar in einer etwas einfacheren Sprache. Ihre Botschaft war aber dieselbe.

Rita konnte Frau Müller stundenlang zuhören. Dabei vergaß sie manchmal auch wozu sie eigentlich hier war. Das Essen war für die Dame immer schon vorbereitet. Dazu organisierte sie sich einen besonderen Service. Rita sollte wohl das Haus sauber halten. Das sah Frau Müller aber nicht so eng. „Machen sie ein wenig husch, husch", war ihre Auffassung, was den Hausputz betraf. Damit wollte die alte Dame am liebsten keine Zeit verplempert wissen. Rita und sie sollten sich mit angenehmen Dingen beschäftigen. Es war immer ein kleiner Kampf, Frau Müller die Wichtigkeit von Säuberung und Hygiene näher zu bringen. Allein das Lesen, Denken und Erzählen macht die Toilette nicht sauberer. Das war Ritas Botschaft an Frau Müller. Bei diesem Spruch fing die alte Dame immer an, herzhaft zu lachen. Rita war rund um die Uhr beschäftigt. Mit den vier Kindern, Kurt, Frau Müller und Oma Irmgart. Die baute immer mehr ab. Wie lange sie sich noch allein in ihrer Wohnung selbst versorgen und sich hin und wieder um die Kleinen kümmern konnte, wusste keiner. Rita kaufte für sie ein und besuchte sie so oft wie möglich.

Der Rheumaschub war überstanden. Kurt konnte endlich wieder arbeiten. Die Kunden warteten schon lange auf ihn. Trotz der vielen Widrigkeiten war Rita ganz ausgeglichen. Sie war im Reinen mit sich und der Welt. Ihr Exmann wurde ihr mit der Zeit immer ferner. In ihrem jetzigen Partner hatte sie endlich jemand auf Augenhöhe gefunden, der zudem noch ein liebevoller Mann und Vater war. Niemals wäre für sie ein Partner in Frage gekommen, der ihre Kinder nicht akzeptiert hätte. Kurt war der gleichen Auffassung. Er legte keinen Wert auf eine Frau, die seine Kinder nicht annimmt, den ganzen Tag vor dem Spiegel steht und jedes graue Haar, oder jeden Pickel und vielleicht imaginäre Speckrollen feststellt. Rita war eine Partnerin, mit der man einen gut durchdachten Bankraub durchführen konnte. Für ihn war es spannend, mit so einer Frau durch das Leben zu gehen. Er war rundum zufrieden.

Bald nahm Frau Müller einen ruhigen Abschied von der Welt. Eines Morgens saß sie mit entspannten Zügen in ihrem Ohrensessel. Kinder oder andere Erben hatte sie nicht. Nur einen Neffen, der sie öfter anrief, höchstens einmal im Jahr besuchen kam und der Tante von seinen mehr oder minder erfolglosen Projekten erzählte. Momentan eröffnete er ein Bistro in Südfrankreich. Eine schnelle Ehe in Paris war dem vorausgegangen. Das alles kostete im Endeffekt das Geld seiner Tante. Die alte Dame schwärmte immer von ihm. Die zweite Hochzeit mit Denise, seiner neuen Liebe, war einfach toll. Die beiden heirateten nach einem Saunabesuch mit Eiskonfekt. Danach ging das Paar in ein fünf Sterne Restaurant, in dem sie für ein Menü zweihundert Mark aufwärts abdrücken mussten. Da war kein Platz für Tantchen. Sie saß brav zu Hause, pinnte sich Postkarten an die Wand und zeigte allen Besuchern, wo der teure Neffe schon überall auf der Welt war. Auf ihre Kosten, versteht sich. Frau Müller sprach des Öfteren davon, dass ihre treue Hilfe eine außerordentliche Naturschönheit sei. Sie müsste nur etwas mehr aus sich machen. Rita antwortete dann immer ganz trocken, „liebe Frau Müller, das ist ja gut gemeint. Bei mir kommt erst die Familie dran. Dann ich, so ist das eben wenn Kinder da sind". Die alte Dame nickte wohlwollend und umarmte Rita ein letztes Mal.

Die gute Frau Müller wurde auf dem Spieldorfer Friedhof beerdigt. Für die Trauerfeier reservierte ihr Neffe Heinz Gerd einen Tisch im „kalten Bügeleisen". Obwohl ihm hier alles zu „einfach und proletenhaft" erschien, entstanden dem alten Geizkragen in dieser günstigen Kneipe nur geringe Kosten. Das wusste er. Nach gähnend langweiligen eineinhalb Stunden ging er zu Rita. Er verabschiedete sich mit einem laschen Händedruck. Dabei schaute er gelangweilt auf seine Markenuhr. Rita dachte nur, „du bist einfach widerlich". Sie verstand auch nicht, dass die gebildete und reflektierte Frau Müller auf so einen Taugenichts immer wieder hereingefallen war und ihm regelmäßig stattliche Sümmchen überwies. Theorie und Praxis sind nicht immer deckungsgleich. Als Rita gehen wollte, bat er sie, kurz zu warten. Er wollte ihr im Namen der Tante danken und drückte ihr einen fünfhundert Markschein in die Hand.

Sie konnte das Geld gut gebrauchen und dachte bei sich „hoffentlich ist der echt, ich lass den morgen auf der Bank direkt prüfen". Beim Herausgehen sprach Heinz Gerd sie noch auf die Haushaltsauflösung an. Wenn sie etwas von dem alten Plunder haben möchte, solle sie direkt morgen vorbeikommen. Rita drehte sich herum und bedankte sich für den Tipp. Einige hübsche Möbel von Frau Müller, die teilweise noch von ihren Großeltern stammten, gehörten zum Nachlass. Die gefielen Rita immer so gut. Mit Kurt transportierte sie ein Esszimmerbuffet, einen alten Küchenschrank, und einen Esszimmertisch aus der Gründerzeit mit passenden Stühlen.

Bei der Gelegenheit bat Kurt sie auf der Straße vor dem Möbelwagen kniend, da sie jetzt ihren Hausstand erheblich erweitern würden, um Ritas Hand. Aus Liebe aber auch pragmatischen Gründen sagte sie sofort „ja". Zur ihrer großen Freude feierten sie den dritten Geburtstag ihres Sohnes Enrico. Er hatte einen Ganztagesplatz in der Kita erhalten. Diese Einrichtung befand sich glücklicher weise um die Ecke von Oma Irmgart in Spieldorf. Das war ein Geschenk für eine berufstätige Frau.

Felice ging zur Schule. Das Lernen machte ihr großen Spaß. Ihre Noten waren sehr gut. Nach dem Unterricht ging sie zur Oma Irmgart, wenn auch so richtig keiner wusste, wer hier eigentlich wen betreute. Die Oma kochte nach wie vor für sich und ihre Enkeltochter. Oft schmeckte das Essen sehr salzig oder süß. Rita erklärte ihrer Tochter, dass auch die Oma älter würde, und sie Nachsicht mit ihr haben solle. Felice liebte ihre Urgroßmutter. Sie war von klein auf eine feste Bezugsperson in ihrem Leben.

Die Ehe mit Kurt verlief im Großen und Ganzen recht harmonisch. Die Hochzeit feierten die Beiden auf dem Campingplatz. Einige befreundete Camper erklärten sich bereit, ein zünftiges Hochzeitsmahl vorzubereiten. Es gab ein schönes buntes Essen mit vielerlei Köstlichkeiten aus der Region. Dazu noch Kölsch vom Fass und einigen nicht alkoholischen Getränken. Für die musikalische Untermalung engagierte man einen örtlichen Musiker. Als der den meisten Gästen zu langweilig wurde, legte ein Dauercamper, im Nebenjob DJ, fetzige Musik auf. Dazu wurde heftig getanzt. Die Hochzeitsfeier dauerte bis vier Uhr morgens. Erschöpft aber glücklich zog sich das Brautpaar zurück.

19 Neues aus der Arbeitswelt

Eine Zeit unspektakulärer Ereignisse begann. Rita war froh, dass ihr Leben jetzt in geordneten Bahnen verlief. Inzwischen arbeitete sie in einer bekannten Bäckerei mit dazugehöriger Gastronomie am Stiftsplatz. Der Inhaber bot einen wechselnden Mittagstisch zu günstigen Preisen an. Auf dem Speiseplan standen täglich unterschiedliche Stammessen. Das war sehr beliebt. Insbesondere unter den Beamten und Angestellten der umliegenden Behörden. Eine gut bürgerliche Küche, gemischt mit Rheinischen Spezialitäten, war für dieses Milieu genau das Richtige. Schnellimbiss oder die Angebote der Fast-Food-Ketten mochte man nicht. Es sprach sich auf den Gängen und den Amtsstuben schnell herum, dass man dort sehr lecker und preisgünstig essen konnte.

Das Geschäft florierte und Rita mittendrin. Sie hatte alle Hände voll zu tun und übernahm schnell die Küchenleitung. Bäckermeister Hans Krause und seine Frau Luise erkannten schnell Ritas Organisationstalent und vor allem die Gabe einer umsichtigen und kreativen Köchin. Das machte sie bald unentbehrlich. Was die Bezahlung betraf, war Herr Krause sehr großzügig. Als Rita ihren ersten Lohn bekam, traute sie ihren Augen nicht. Hans betonte, „gute Leute müssen gutes Geld verdienen. Ich habe keine Lust, dich morgen an meine Konkurrenten zu verlieren." Mit dieser Einstellung ihres Chefs fühlte sich Rita endlich auch mal beruflich anerkannt.

Kurt verdiente nicht mehr so gut. Wegen seiner Krankheit hatte er im letzten Jahr immer mehr Ausfalltage und dementsprechend weniger Einnahmen. Zusätzliche Nebeneinkünfte konnte er sich noch durch kleinere Arbeiten für seine alte Privatkundschaft sichern. Doch auch diese Arbeiten nahm er nur an, wenn es seine gesundheitliche Tagesform erlaubte. Deshalb waren auch beide erleichtert, als die ersten Unterhaltszahlungen an Felice und Enrico erfolgten. Opa Enrico, der sehr an seinen Enkelkindern hing und regelmäßig mit ihnen telefonierte, überwachte das Ganze. Jedenfalls kam jeden Monat pünktlich die Überweisung. Kurt und Rita waren mittlerweile auf jeden Pfennig angewiesen. Nach mehrmaligen Mieterhöhungen der großzügigen Wohnung in Innenstadtnähe, bemühten sich die Beiden um eine billigere Bleibe.

Nach langem Suchen ergatterten sie in Spieldorf ein kleines Häuschen. Mit viereinhalb Zimmern, einem Bad und einer etwas größeren Wohnküche. Insgesamt hatte das Häuschen 95 Quadratmeter Wohnfläche. Das Ehepaar war einfach begeistert. Platz ist ja bekanntlich in der kleinsten Hütte. Zu aller Freude gehörte zu dem Haus ein Gärtchen von etwa hundert Quadratmetern. Platz genug für einen Sandkasten, eine Sitzgarnitur und eine Tischtennisplatte. Das Schlafzimmer war so winzig, dass sie von der Türe direkt in ein Doppelbett springen konnten. Ein Schrank für die Klamotten war in diesem Raum nicht vorgesehen. Der stand auf dem Flur. Kurts Kinder Nina und Sascha bewohnten jeweils ein kleines Zimmer. Felice und Enrico mussten sich ein Größeres teilen. Das Wohnzimmer richteten sich die Eheleute zweckmäßig aber dennoch sehr angenehm ein. Auch Frau Müllers Antiquitäten fanden einen guten Platz. Alles in allem war das Häuschen ein kleines gemütliches Heim für die Patchworkfamilie.

Mit Kurts zunehmenden starken Rheumabeschwerden änderten sich die Zeiten unspektakulärer Ereignisse schlagartig. Wie der Arzt prognostizierte, konnte sich diese Krankheit auch auf andere Organe ausweiten. Das war nunmehr der Fall. Kurt klagte immer öfter über Atemnot und Herzbeschwerden. Dazu kamen noch die üblichen, mitunter starken Schmerzen und erheblichen Bewegungseinschränkungen der Gelenke.

Immer häufiger schleppte er sich, unter starken Schmerzmitteln stehend, zur Arbeit. Wenn es gar nicht mehr ging, meldete er sich krank. Schließlich musste er kurzfristig eine Heilbehandlung antreten. Sein Körper, der Arzt, seine Frau Rita und seine ältere Tochter Nina machten ihm Druck. Rita hatte jetzt vier Kinder und ihre Oma Irmgart zu versorgen. Nina, die sie mittlerweile wie ihre eigene Tochter liebte, ging ihr gut zur Hand und half ihr bei allen anfallenden Aufgaben.

Nach sechs Wochen Kur und eigehender Spezialbehandlung war Kurt wieder zuhause. Er hatte noch eine Woche Zeit, sich wieder auf den Arbeitsalltag einzustellen. Für seinen Chef war Kurt mittlerweile nicht mehr die erste Wahl für die Nachfolge. Im Gegenteil. Als sich Kurt zurückmeldete, legte er ihm nahe, doch lieber in Frührente zu gehen. Das wäre doch viel besser für ihn. Und für die kleine Firma seien diese vielen krankheitsbedingten Ausfälle und langen Heilbehandlungen auch nicht mehr tragbar. Das müsse er doch verstehen. Er könne ja hin und wieder nebenbei was machen, um seine Rente aufzubessern. Kurt war gebügelt. Jahrelang hatte er sich für den Betrieb krumm gelegt. Mit seinen Ideen und seiner Kreativität machte er den Chef reich.

Der hatte sich auf seinen Namen die von Kurt entwickelten technischen Spezialteile patentieren lassen und wollte nun seinen Laden teuer verkaufen. Im Laufe der Jahre knüpfte er internationale Kontakte und war jetzt dabei mit einer japanischen Firma, die an diesen hochentwickelten, technischen und nunmehr patentierten Errungenschaften sehr interessiert war, in Verhandlungen zu treten. Es handelte sich hierbei um ein Millionengeschäft. Davon erzählte er Kurt natürlich nichts. Die krankheitsbedingten Ausfälle des brillanten Mitarbeiters waren dann auch für ihn ein willkommener Vorwand, Kurt raus zu kicken, die restlichen Mitarbeiter mittelfristig zu kündigen, um schließlich seinen Laden an die Japaner zu verkaufen. Das mit diesem Verkauf kräftig angewachsene Vermögen benutzte er dazu, sich in einem exklusiven und luxuriösen Altersruhesitz in der Schweiz einzukaufen. „Nach mir die Sintflut", war seine Devise.

Kurt und Rita waren maßlos enttäuscht über diese Entwicklung. Als sich Kurt in den nächsten Tagen wieder etwas besser fühlte, kontaktierte er seinen Freund Justus, den Anwalt. Der empfahl ihm einen Arbeitsrechtler. Es lief auf einen außergerichtlichen Vergleich hinaus. Die Abfindung, die ihm sein Chef zahlen musste, war nicht üppig. Aber angesichts seiner gesundheitlichen Lage, sah sich Kurt außerstande einen langwierigen Prozess zu führen. Das sei die einzige Alternative, so sein Anwalt.

Nach einiger Zeit war Kurt Frührentner. Rita erhöhte ihre Arbeitsstunden in der Bäckerei von dreißig Stunden auf Vollzeit. Sie schmiss den Laden fast alleine mit zwei Aushilfen und der Chefin. Die musste allerdings sehr oft in der Backstube aushelfen, weil der Bäckermeister auch nicht mehr der Jüngste war. Ein guter Geselle war schwer zu finden. Und teuer. Daher mussten sie sich so behelfen, sagte jedenfalls die Chefin zu Rita. Wenn wieder einmal eine Aushilfe ausfiel, arbeitete Rita noch zusätzlich im Bäckerladen. Und dann noch der umfangreiche Küchenbetrieb. Die vierzig bis fünfzig Stammessen mussten auch jeden Tag vorbereitet werden. Rita erhielt dafür zwar einen überdurchschnittlichen Lohn. Aber gemessen an anderen Berufen wurden die Beschäftigten im Gastronomiegewerbe chronisch unterbezahlt.

Die Zeiten waren nicht so rosig. Sie dachte oft daran, was sie später einmal als Rente bekommen würde. An Kurts Beispiel sah sie, dass auch bei früher gut verdienenden Arbeitnehmern schließlich nur eine sehr überschaubare Rente herauskam.

Mit dem Kindergeld und ihrem Gehalt kamen sie aber über die Runden. Zumal nach einem langen Kampf Carmen nun doch etwas für ihre Kinder zahlen musste. Die Miete für das Häuschen war auch sehr human. Die Vermieterin kannte die Lage der Familie und bot ihnen an, den Garten zu pflegen. Dafür gewährte sie ihnen einen entsprechenden Mietnachlass.

Die Versorgung der Kinder, der Haushalt, der Garten und Oma Irmgart forderten alle ihre Kräfte. Erfreulicherweise bekam die Oma bald einen Platz im Seniorenheim. Für das teure Seniorenstift in Bornheim, in dem Rita jahrelang in der Küche tätig war, hatte Irmgart kein Geld. Außerdem war sie ganz froh, in einem einfachen Altenheim in der Nähe von Spieldorf zu leben. Hier waren vorwiegend ältere Damen und Herren aus ihrem Milieu. Diese Leute waren ihr lieber, als die oft arroganten und affektierten Bewohner des noblen Seniorenstifts. Rita berichtete ihr früher oft von diesen Leuten. Insbesondere die alten Damen meinten angesichts ihres oft stattlichen Vermögens, sich alles rausnehmen zu können. Da waren Irmgart dann die knötternden aber oft auch mit einem derben Humor gesegneten Leutchen in ihrer neuen Umgebung lieber.

20 Karriere für alle

So gingen die Jahre ins Land. Wie bekannt, ging Kurts Karriere damals jäh zu Ende. Inzwischen fand er sich damit ab. Wenn er auch hin und wieder wehmütig an die Arbeitswelt und seine gesunden und kreativen Lebensphasen zurückdachte, als er abends mit Rita bei einem guten Glas Rotwein über seine Rolle als zukünftiger Unternehmer träumte. Hatte ihm doch sein damaliger Chef die Übernahme des Betriebes in Aussicht gestellt. Er als erfolgreicher mittelständischer Unternehmer, mit Rita und den Kindern an der Seite, das wäre toll gewesen. Seine Frau musste nicht mehr arbeiten gehen, hatte endlich mal Zeit für sich und konnte auch ihren persönlichen Neigungen nachgehen. Den Kindern standen alle Möglichkeiten offen. Gute Schulen, Auslandsstudium und Karrieren. „Na ja“, dachte er. „Lasst uns realistisch sein.“ Auch ohne Unternehmerstatus stehen der jungen Generation doch alle Türen offen. Er hoffte, dass sie mit ihren Lebensentwürfen und ihrem Werdegang die gesellschaftliche Aufstiegsleiter erfolgreicher erklimmen als er.

Nina, die älteste, war inzwischen zu einer jungen Frau herangewachsen. Sie hatte sehr zum Gefallen ihrer Eltern erfolgreich eine Kaufmännische Ausbildung in einer großen

Firma abgeschlossen und war direkt übernommen worden. Der unbefristete Arbeitsvertrag und ein gutes monatliches Gehalt, veranlasste sie bald von zu Hause auszuziehen. Nina mietete sich mit ihrem Freund, der auch eine gut bezahlte berufliche Stellung hatte, zusammen eine Wohnung auf der anderen Rheinseite mit Blick auf den Fluss.

Drei Kinder waren noch zu Hause. Auch sie mussten versorgt werden. Dazu die Belastung durch Kurts Krankheit. Alles blieb an Rita hängen. Den ganzen Tag in der Bäckerei. Die Wäsche für fünf Personen und noch die Einkäufe. Rita verteilte die anfallenden Arbeiten so gut es ging auch auf die Kinder. Doch das ständige Hinterherlaufen war sehr nervig, zumal pubertierende Jugendliche nicht immer Bock auf die von der Mutter aufgetragenen Tätigkeiten hatten.

So war es dann auch oft so, dass sie die im Haushalt und die mit der Versorgung Kurts anfallenden Arbeiten am Ende selbst erledigte. Ging es Kurt zwischendurch mal besser, bemühte er sich aufopfernd um das Haus und die Küche. In guten Phasen zauberte er sogar ganz leckere Gerichte. Mit seiner Krankheit ging er vorbildlich um. Trotz oft unangenehmer Rheumaschübe, versuchte er immer ein ausgeglichener, liebevoller und sehr kommunikativer Partner zu sein. Dafür liebte Rita ihn. Angesichts der recht angespannten Lebenssituation war sie alles in allem glücklich mit ihrer Familie.

Eines Morgens stellte Rita fest, dass ihre Regel ausblieb. Sie war ganz verzweifelt. Auf keinen Fall wollte sie noch ein Kind. Doch Kurt meinte freudig, „wenn wir vier Kinder groß ziehen, dann reicht es auch für ein fünftes Kleines." Das trieb seiner Gattin die Zornesröte ins Gesicht, „rede doch bitte nicht solchen Unsinn", erwiderte sie barsch. „Die erste Zeit könnte ich nicht arbeiten, nein danke. Auch wenn du auf das Kleine aufpasst. Wenn deine Schübe kommen, hängen wir das Baby am besten an die Wand", so Rita weiter. Sie war froh, dass sie die Kinder bald groß hätten. „Außerdem kann ja Nina irgendwann eins kriegen. Aber bitte nicht so früh wie ich", sagte sie hoffnungsvoll.

Jetzt musste sie erst mal raus an die frische Luft. Sie lief eine längere Strecke am Spieldorfer Bach entlang. Das tat ihr gut. Dabei ordnete sie ihre Gedanken. Danach ging sie zu Inge. Sie war all die Jahre ihre mütterliche Vertrauensperson geblieben. Inge bestätigte sie in ihrer Auffassung. Bei den Perspektiven. Doch siehe da. Manches regelt sich wie von Zauberhand am Ende selbst. Die längst erwartete Regel traf mit Verspätung ein. Sichtlich befreit, entschied sie sich in Zukunft für eine Spirale, da sie die Pille auf Dauer nicht mehr nehmen wollte.

Während Felice und Sascha in der Schule und Lehre erfolgreiche Abschlüsse hinlegten, machte Enrico seinen Eltern große Sorgen. Enrico der Jüngere, wie ihn seine Schwester in Anlehnung an Opa Enrico nannte, wurde immer mehr zu einem Problemfall. Schon mit dreizehn fing er an, in irgendwelchen zwielichtigen Ecken herumzuhängen. Die gab es in Spieldorf, wie auch in einigen anderen Stadtteilen und dem Stadtzentrum mittlerweile auch. Zunächst bemerkte Rita an ihm eine Alkoholfahne. Sie war entsetzt. Etwas vorschnell stellte sie Ähnlichkeiten mit dem leiblichen Vater her.

Dagegen sah Kurt die Angelegenheit zunächst lockerer. In diesem Alter sei es normal, bestimmte Dinge auszuprobieren. Dazu gehöre auch mal, Alkohol zu trinken. Allerdings müsse man am Ball bleiben und vor allem mit ihm reden und die Sache beobachten. Rita sah schließlich auch ein, dass Überreaktionen, Vorwürfe und Vergleiche mit seinem Vater Alfonso nicht weiterhelfen. Sie war dann auch beruhigt, als ihr Enrico, darauf angesprochen, versicherte, keinen „Alk", wie er sich ausdrückte, mehr anzurühren.

So lief der Alltag der Familie zunächst in den alten Bahnen, mehr oder weniger ruhig, weiter. Im Laufe der nächsten Monate jedoch verschlechterte sich Kurts Zustand. Es war Herbst geworden. Ohnehin die Jahreszeit in der sich Kurts Rheumaschübe in immer kürzeren Abständen einstellten. Neben der Erhöhung der Medikationen, die starke Nebenwirkungen erzeugten, war jetzt ein längerer Klinikaufenthalt zwingend erforderlich. Felice und Sascha unterstützten Rita so gut es ging. Enrico der Jüngere dagegen entzog sich der Familie. Kurt war für ihn zu seinem Papa geworden. Auch hatte er ihn gern. Aber mit der Krankheit, dem Klinikaufenthalt und den damit verbundenen Spannungen, die über der Familie lagen, konnte er nicht umgehen.

Immerhin war Kurt noch der Einzige gewesen, der an den Jungen ran kam. Mit seiner ruhigen, verständnisvollen Art war er für ihn noch so etwas wie die Vertrauensperson der Familie. Jetzt, wo es Kurt sehr schlecht ging, fühlte er sich auch von ihm verlassen. Hinzu kam, dass sich Enrico von seinen Geschwistern untergebuttert sah. Dabei machte er sich ihnen gegenüber selber klein. „Diese scheiß Streber und Karrieristen", so bezeichnete er seine Schwestern und Sascha in seiner Wut. Die geschwisterliche Konkurrenz war in seinem Kopf mittlerweile zu einem echten Problem geworden. War er doch in den ersten Schuljahren der absolute Überflieger gewesen. In der Grundschule von Anfang an Klassenbester, war direkt die gymnasiale Empfehlung ausgesprochen worden. Angesichts ihrer guten Erfahrungen auf der Gesamtschule, empfahl Nina, ihn in dieser Schulform unterzubringen.

Dort nahm man ihn auch direkt an. In den ersten beiden Jahren brachte er auch noch seine von der Grundschule gewohnten Spitzenleistungen. Doch dann kam der schulische Karriereknick. Hatte ihn Kurt bisher fürsorglich und mit viel Sachverstand in seiner schulischen Entwicklung unterstützt, fiel sein Stiefvater wegen der verstärkten Rheumaschübe immer mehr aus. Dieser Umstand verursachte bei Enrico zum ersten Mal erhebliche Verlustängste.

Sein Vater Alfonso hatte sich aus dem Staub gemacht. Und jetzt noch sein Vertrauter Kurt. Das war zu viel für den sensiblen Jungen. Dazu noch die leidige Pubertät. Wo ohnehin alle Hormone durcheinanderwirbelten und überall kein Land in Sicht war. Um der brutalen Alltagsrealität zu entfliehen, fing er an zu kiffen. Tatsächlich hatte er mit „Alk", wie er seiner Mutter versprochen hatte, nicht mehr viel am Hut. Dafür besorgte er sich immer größere Mengen Cannabis.

Sein Opa, zu dem er und Felice noch regelmäßigen Kontakt pflegten, schickte jeden Monat für die Beiden Geld in einem Umschlag. Die Hälfte davon war ihm. Früher sparte er die monatlichen zwanzig Mark, jetzt bekam das Geld der Dealer. Wie immer fangen diese Drogenkarrieren vermeintlich harmlos an. Seine Kumpels Jo und Mirko, mit denen er seit geraumer Zeit täglich zusammenhing, hatten bezüglich des Drogenkonsums schon einschlägige Erfahrungen.

Sie waren etwas älter als er, verkehrten schon mit Mädchen und waren in seinen Augen „so cool und affengeil wie keine Typen sonst". Sie avancierten zu seinem Vorbild. Schließlich schwänzte er die Schule und kiffte täglich im Kreise seiner neuen Familie. Bald meldete sich die Schulleitung bei Rita. Nach einem Gespräch mit der Klassenlehrerin wurde ihr die Tragweite der versäumten Stunden und die in dem Zusammenhang entstandenen massiven Probleme ihres Sohnes vor Augen geführt. Redete sie mit ihm, hörte er brav zu, nickte schuldbewusst und versprach sich zu bessern. Das gelang ihm auch für eine kurze Zeit. Bis seine schulischen Leistungen so grottenschlecht wurden, dass den Eltern nahegelegt wurde, ihren Sohn auf die vom Wohnort nicht weit entfernte Hauptschule zu schicken. Dort waren inzwischen auch Jo und Mirko, die vorher zwei Jahre auf einem renommierten städtischen Gymnasium waren, gelandet. Jetzt war man unter sich.

Kurt ging es gar nicht gut. Die Ärzte stellten ihm eine OP in Aussicht. Diese Maßnahme sei dringend notwendig, weil bereits das Herz und die Lunge angegriffen waren. Auch dieser Schicksalsschlag musste verkraftet werden. Deshalb war Rita manchmal froh in ihrer Arbeit einen kleinen Fluchtpunkt zu haben. Dort vergaß sie dann für einige Stunden ihre familiären Sorgenkinder Enrico und Kurt. Auch war sie sehr stolz auf die Anerkennung, die ihr vom Chef und der Chefin, der Kollegen aber vor allem auch von den Stammgästen, deren Anzahl sich mittlerweile stark erweitert hatte, entgegengebracht wurde. Es war schon zu einem Ritual geworden, wenn sie mittags in den Speiseraum, der wegen des Gästezuwachses inzwischen auch vergrößert wurde, trat und sagte, „meine Herrschaften, die Tafel ist angerichtet." Dabei erhob sich immer, täglich abwechselnd, einer der Gäste und sprach, etwas pathetisch angehaucht, „das ist unsere Königin der Tafel. Was mag sie uns wohl heute wieder Gutes gezaubert haben." Dann ging der besagte Gast auf sie zu und nahm sie liebevoll, distanziert in die Arme. Über diesen schönen kurzen täglichen Brauch war Rita sehr froh. Dieser kleine Glücksmoment versetzte sie in ihren schon legendären Tagtraum. Dadurch gewann sie auch immer etwas innere Ruhe. Ihre Vorstellung, mit einem lieben, ruhigen und ausgeglichenen und gesunden Mann an ihrer Seite, ein glückliches Dasein zu genießen und sich ein harmonisches Leben in Glück, Zufriedenheit und ohne Sorgen zu gestalten, blieb halt immer nur ein Traum. Um sich selbst zu beruhigen, sagte sie zu sich selbst, „andere haben es noch viel schwerer."

Kurt, sonst eine friedliche Seele von Mensch, wurde zeitweise zum anstrengenden Kranken. Nach einigen Wochen konnte er die Klinik verlassen. Eine auswärtige Heilbehandlung war nicht vorgesehen. Die Krankenkasse hätte wohl einen geringen Teil der Kosten übernommen. Er stand ja nicht mehr im Arbeitsprozess und benötigte insofern keine Reha, so die Argumentation der Kasse. Wenn er sich einer Heilbehandlung unterziehen wolle, müsse er über neunzig Prozent der Kosten tragen. Angesichts der finanziellen Lage der Familie war das nicht drin. So war er jetzt zuhause. Sehr bewegungseingeschränkt und oft unleidig. So kannte ihn Rita nicht. Es blieb der Familie nichts anderes übrig, als sich auf die neue Situation einzustellen. Felice und Sascha waren sehr fürsorglich und kümmerten sich jede freie Minute um Kurt. Enrico dagegen entzog sich der Betreuung des Vaters. Er entschied sich dafür, mit seinen Kumpels rumzuhängen und ins Drogenmilieu abzutauchen.

Sascha war immer ein pflegeleichter, ausgeglichener Junge. Er hatte das frohe Naturell und leider aber auch das Rheuma seines Vaters geerbt. Er brauchte noch ein Jahr zur Erlangung des Gesellenbriefes. Später wollte er noch weiter machen, auf einer Abendschule und dann die Meisterprüfung zum Dachdecker absolvieren. So hatte er sich das vorgestellt. Schon früh stellte man Ähnlichkeiten zu der Krankheit des Vaters bei ihm fest und riet ihm davon ab, den handwerklichen Beruf weiterzuverfolgen. Darüber war er zunächst sehr enttäuscht. Unterstützung erhielt er dann von seinem ehemaligen Chef.

Der vermittelte ihn, nachdem Sascha das Abitur auf der Abendschule nachgeholt hatte, an eine Fachhochschule im Bergischen. Da der Junge eine starke Affinität zum Bau und zur Statik hatte, konnte er dort in einem achtsemestrigen Studium seinen Ingenieur machen. Das waren tolle Aussichten. Seine Eltern waren begeistert. Sascha zog das Studium sehr diszipliniert durch und machte bereits nach sechs Semestern seinen Abschluss. Danach dauerte es nicht lange, bis er eine gut bezahlte Stelle bei einer großen Kölner Baufirma antrat.

Felice war die Prinzessin der Familie. Sie sah besonders hübsch aus mit ihren schwarzen Locken und ihren graugrünen Augen. Eine insgesamt schöne Erscheinung mit idealen Maßen. Sie machte ihren Abschluss, wie Nina, auf der Gesamtschule. Allerdings ist sie nicht wie ihre Schwester nach der elften Klasse abgegangen. Nina reichte das Fachabitur. Felice zog die gesamte Schulzeit bis zum Abi durch. Nach einem Praktikum in einem Kinderheim entschied sie sich für das Studium der Sozialpädagogik. Rita war mächtig stolz auf die berufliche Entwicklung ihrer Kinder. Nur über Enrico war sie sehr besorgt. Insgeheim hoffte sie, er würde sich auf der Hauptschule fangen. Bald kamen auch von dort Anrufe und Mahnschreiben.

Auf Grund der häuslichen Probleme war sie nur noch in der Lage auf fünfundzwanzig Stunden Arbeitszeit zu gehen. Die Chefin kam ihr entgegen. Sie einigten sich auf die neue Stundenzahl, denn ihre treue Mitarbeiterin sah zum wimmern aus. Die Sorgen, die sie mit sich herum trug, erdrückten sie förmlich.

Rita schlug ihrem Sohn vor, einen Termin bei einer Erziehungsberaterin wahrzunehmen. Er stimmte zu. Frau Köller, so hieß die Dame, hatte wohl eher ein eigenes Ernährungsproblem. Rappeldürr mit einem Spitzmausgesicht, öffnete sie die Türe der Beratungsstelle. Alles in allem war sie nicht sehr hilfreich. Enrico hatte überhaupt kein Vertrauen zu ihr. Sie versuchte bei dem Jungen Pluspunkte zu bekommen, indem sie sich in der Jugendsprache auszudrücke. Es war lächerlich, da sie eher den Eindruck einer verklemmten Kirchenmaus machte. Als das Gespräch beendet war, meinte Enrico, „jetzt hatten wir eine Beratung bei einer dünnen Kirchenschwester gehabt". Was sollte das Ganze. Er hatte nicht verstanden um was es ging.

Ritas Verzweiflung gipfelte noch, als ihr Sohn anfing, sie zu bestehlen. Ständig fehlte ihr Geld. Was er offensichtlich in Drogen umsetzte. Rita kümmerte sich um ihn so gut sie konnte. Sie versteckte ihr Geld an den merkwürdigsten Stellen. Im Eisfach oder hinter einem Bild. Immer wurde er fündig. Der Abstand Enricos zur der Familie vollzog sich immer stärker, besonders zu den Eltern. Das Schuljahr konnte er auf keinen Fall mehr schaffen, die Fehlstunden waren erdrückend. Rita weinte in dieser Zeit oft heimlich oder bei Inge. An manchen Tagen wollte sie lieber nicht nach Spieldorf fahren, als ihre Arbeit beendet war. In Felice hatte sie eine große Stütze. Sie suchte ihren Bruder, kannte die Stellen der Jugendlichen, wo sie rumhingen. Angesichts dieser Entwicklung Enricos, beschloss sie, sich im Rahmen ihres Studiums dahingehend zu spezialisieren, dass sie nach ihrem Abschluss mit drogenkranken Menschen arbeiten konnte.

Als er eines Abends nicht mehr nach Hause kam und auch Felice bei den bekannten Stellen nicht fündig wurde, war die Familie sehr besorgt. Rita hatte Angst, bekam ihre starken Bauschmerzen und weinte bitterlich. Ihre Tochter versuchte sie zu beruhigen. Doch Rita steigerte sich immer mehr in ihr Leid. Schluchzend berichtete sie Felice davon, dass Enrico kürzlich total vollgekifft nach Hause gekommen sei und ihr sagte, dass er die Schule schmeiße und jetzt eine Karriere als Dealer oder Zuhälter machen würde. Dabei lief es ihr immer noch kalt den Rücken runter. Felice kochte ihr einen Tee, setzte sich zu ihr und nahm sie in den Arm. Leise aber bestimmt sprach sie jetzt davon, dass sie vor zwei Tagen mit Alfonso gesprochen hätte. Mit ihm vereinbarte sie, dass Enrico für einige Wochen zu ihm nach Benidorm geht. Damit ist er raus aus dem hiesigen Drogenmilieu und Rita käme auch einmal zur Ruhe.

In Südspanien angekommen, wohnte der Junge im Haus der Familie Morales. Tagsüber half er im Restaurant. Alfonso und sein Bruder hatten das gutgehende Lokal von den Eltern übernommen und waren jetzt dabei die Restauration zu erweitern. Enrico war unter ständiger Aufsicht seines Vaters und Onkels. Felice hatte ihrem Vater eingehend die Probleme Enricos geschildert und ihn überzeugt, dass er mithelfen musste, seinen Sohn vor einer langfristigen Drogenkarriere zu bewahren. Es gab feste Regeln, regelmäßige Mahlzeiten und vor allem kein Drogenmilieu. Die ersten Tage litt Enrico unter starken Entzugserscheinungen. Alfonso half ihm so gut er konnte. Nachts, wenn er stundenlang wach lag und weinte, kam sein Vater und legte sich neben ihn. Er war sehr zärtlich und liebevoll zu seinem Sohn. Diese Zuneigung seines leiblichen Vaters hatte er immer vermisst.

Manchmal kam Alfonso in sein Zimmer, um nach ihm zu schauen. Irgendwann haute er ab. Der Suchtdruck war so stark geworden, dass er im Vergnügungsviertel von Benidorm versuchte, Stoff aufzutreiben. Alfonso kannte die Ecken. Auch hatte er seine Bekannten und Freunde instruiert, ihn sofort zu informieren, wenn Enrico auftauchen würde. Das geschah dann immer umgehend, sodass Alfonso seinen Sohn schnell aufgriff. Einmal konnte der Vater das Elend nicht mitansehen. Da trank er mit seinem Sohn einen Veterano. In der Hoffnung, dadurch den Suchtdruck Enricos zu vermindern. Damit war aber nur eine Sucht durch eine andere ersetzt worden. Schließlich telefonierte Alfonso mit Felice und teilte ihr mit, dass es am besten sei, Enrico in eine Entzugsklinik mit anschließender Langzeittherapie zu schicken. Dabei betonte er mehrmals mit weinerlicher Stimme, dass er selbst jahrelang mit seiner Spielsucht die Familie ins Unglück gestürzt habe. „Vielleicht wäre es nicht so weit gekommen", so Alfonso, „wenn ich nach dem psychosomatischen Klinikaufenthalt eine systematische Langzeittherapie gemacht hätte. Das ist aber Schnee von gestern, jetzt geht es um den Jungen."

Am Tag vor seinem Rückflug brachte ihn Alfonso zu einem Verwandten nach Alicante. Von dort sollte er am nächsten Tag nach Köln zurückfliegen. Abends ging er in die Stadt. Dort bot ihm ein Dealer etwas Gras an. Ein paar Gramm zu kaufen, das konnte doch nicht schaden. Zusätzlich trank er noch ein paar Tequila. Der Absturz war vorprogrammiert. In Köln gelandet, war sein erster Weg ins Milieu. Jo, von Beruf Dealer, wie er sich selbst bezeichnete, brauchte dringend neue Kollegen, die bei der Polizei noch nicht so aufgefallen waren. Enrico bekam eine Gratisprobe einfach so zum Testen. Natürlich war sein Ansinnen, dass sie bald ins Geschäft kamen. Der Stoff musste von Holland abgeholt werden und anschließend sollten andere Dealer die Ware an nicht bekannten Orten gut lagern. In zwei Tagen war für Enrico der große Tag. Er durfte mit Jo nach Holland Einkaufen fahren.

Doch bei manchen tritt auch schon mal die Vorsehung ein. Er wurde vor dem Schlimmsten bewahrt. Die Polizei hatte den cleveren Jo schon lange auf dem Schirm. Gut in Spieldorf angekommen, wollten Jo und Enrico ihre Ware bei einem Kumpel einkellern. Doch die Polizei wartete schon. Es war ein „großes Hallo" bei den Nachbarn, die diese Polizeiaktion mit verfolgen durften. Rita kam gerade von der Bäckerei, in der sie wieder Überstunden geschoben hatte. Sie sah die ganze peinliche Aktion. Ihr Sohn Enrico, Jo und die Polizei.

Mit gesenktem Kopf ging sie in das Haus, den Blicken der Nachbarn ausweichend. Als sie die Wohnung betrat, kam ihr Kurt entgegen. Er hatte einen hochroten Kopf und meinte zu seiner Frau bedauernd, „ich hatte gehofft, du kommst früher. Dann wäre dir das ganze Elend und das Spießrutenlaufen durch die Menge erspart geblieben."

Rita, komischerweise ganz gelassen, bemerkte, „es musste ja früher oder später mal so kommen. Das alles war nur eine Frage der Zeit." „Aber gerade vor allen Nachbarn", sagte Kurt ganz traurig, „ich hab in dem ganzen Theater vergessen, meine Pillen zu nehmen", fügte er beflissen hinzu. Rita goss sich auf den Schreck einen Cognac ein. Kurt musste sich mit seinen Medikamenten begnügen. Er durfte schon länger keinen Alkohol mehr trinken. Beide versuchten im

Augenblick wenigstens diese unangenehme Situation zu vergessen. Rita trank noch einen Weinbrand und berichtete ihrem Mann von der anstrengenden Arbeit in der Bäckerei. Er hatte für sie was zu essen vorbereitet. Im Moment fühlte er sich, selten genug, körperlich ganz fit. Bis ein Polizist klingelte und die Eltern aufforderte, mit aufs Revier zu kommen. Während die Jungs der Polizei weder ihre Namen noch die Adresse preisgaben, hatte ein beflissener Nachbar den Gesetzeshütern mitgeteilt, dass Enrico hier wohne.

Der Junge musste einige Wochen in eine Maßnahme für jugendliche Straftäter. Unter Auflagen und wegen guter Führung kam er bald auf freien Fuß. Eine der Bedingungen war die Durchführung eines klinischen Entzugs mit anschließender Langzeittherapie. Danach holte er seinen Realschulabschluss nach und machte eine Ausbildung als Koch. In den Augen seiner Mutter ein annehmbarer Karrieresprung.

21 Kurts Ende. Für die Zukunft alles Gute

Kurts Kopf lag ganz entspannt auf dem Kissen. Ein leichtes Lächeln in seinem Gesicht. Er war friedlich eingeschlafen. Wie lange sie geweint hatte, wusste sie nicht. Die Beerdigung war einfach und günstig. Die Kinder steuerten alle etwas bei. Wie zu erwarten, war die Witwenrente mager. Es war sehr wichtig, dass sie eine Vollzeitstelle hatte, um über die Runden zu kommen. Eines Morgens ging sie zur Bahn. Plötzlich bekam sie eine Panikattacke. Sie war gerade im Begriff in die Bahn zu steigen, da überfiel es sie schlagartig. Wie ein großes Tier. Das Herz raste. Der Puls nicht weniger. Der Boden unter ihren Füßen schien weg zu rutschen. Sie war nicht in der Lage, in die Bahn zu steigen. Eine Nachbarin, die hinter Rita stand und auch in die Bahn wollte, bemerkte Ritas schlechten Zustand. Sie packte sie beherzt am Arm. Mit einer beruhigenden Stimme redete sie auf Rita ein, „bleib ganz ruhig. Du musst versuchen, ruhig und regelmäßig zu atmen. Alles wird gut. Ich bringe dich jetzt zu dir nach Hause."

Rita folgte ihr wie ein dankbares willenloses Kind. Klara, so hieß die Nachbarin, kannte diese Symptome. Nach ihrer Scheidung hatte sie mehrere Panikattacken hintereinander. Sonst als unwiderstehliche Frohnatur bekannt und in allen Vereinen immer vorne weg, war diese Lebenskrise nicht spurlos an Klara vorbeigegangen. Zuhause angekommen, ging es Rita besser. Sie konnte nicht verstehen, dass es auch Leute wie Klara erwischen konnte. „Vor so was kann sich keiner schützen. Wenn es der Seele zu viel wird, meldet die sich", versuchte die Nachbarin ihr den Sachverhalt zu erklären. Kurts Tod verursachte bei Rita eine tiefe seelische Wunde. „Genau wie bei körperlichen Verletzungen muss man dagegen was tun", sagte Klara ruhig und bestimmt. Sie riet ihrer Nachbarin dringend, einen Facharzt aufzusuchen und vielleicht sogar eine Therapie zu machen. Die Krankenkasse bezahlt so was auch. Rita bedankte sich für die Hilfe und den guten Rat.

Als es ihr wieder besser ging, rief sie in der Bäckerei an und teilte ihrer Chefin mit, dass ihr plötzlich schlecht geworden sei und sie später komme. Die Chefin meinte, wie aus der Pistole geschossen, dass sie sich schon lange so was gedacht hätte. „Was du alles mitmachen musst und am Hals hast. Kein Wunder. Da habe ich eigentlich schon früher mit gerechnet. Bleib heute mal zu Hause und ruh dich aus. Der Betrieb läuft auch mal ohne dich", sagte die Bäckersgattin verständnisvoll. Rita bedankte sich, legte sich auf das Sofa und weinte bitterlich. Als ob sie das Elend der Welt beklagen müsste. Nachdem sie etwas geschlafen hatte, rief sie Felice an. Die riet ihr auch, sofort einen Facharzt aufzusuchen und mit ihm alles Notwendige zu besprechen. Felice bot sich an, sie zu begleiten. Das half ihr. Allerdings war es erst mal sehr schwer, einen kurzfristen Facharzttermin zu erhalten. Aber ihr Hausarzt zog sie erst mal aus dem Verkehr. Vier Wochen.

Damit hatte die Chefin, die sonst sehr zuvorkommend war, jedoch ein Problem. So auf die Schnelle konnten sich die Bäckersleute keinen vergleichbaren Ersatz besorgen. Bereits am ersten Tag fragten die Stammgäste alle nach ihrer „Königin der Tafel". Zunächst mitleidsvoll enttäuscht, machten mehrere der Kunden den Vorschlag für Rita zu sammeln. Es sprach sich rum, dass kürzlich ihr Mann gestorben war und sie finanziell auf wackligen Füßen stand. Um ihr wenigstens Mal Dankeschön zu sagen und sie auch finanziell etwas zu unterstützen, führten die Herrschaften, die ja alle ein gutes Einkommen hatten, eine Sammlung für Rita durch. Dabei kam ein stattliches Sümmchen raus.

Als Rita nach drei Wochen, eine Woche früher als vorgesehen, zurückkam, war sie von diesem Mitgefühl und der Sammlung so gerührt, dass ihr die Tränen liefen. Diese Anerkennung und Zuneigung trieben sie wieder an. Ganz besonders bestätigt fühlte sie sich, als wieder täglich der rituelle Satz durch den Speisesaal klang, „da kommt ja wieder unsere „Königin der Tafel", jetzt wird es wieder besonders lecker." Für die Köchin war es wie eine Wohltat, dieses Kompliment zu hören. Sie fühlte sich wunderbar angenommen.

Die nächsten Wochen und Monate vergingen wie im Flug. Der Alltag hatte sie wieder. Abgelenkt durch die tägliche Arbeit, dachte sie nur abends manchmal noch an Kurt. Dann aber so intensiv, dass sie lange Zeit weinen musste, bis sie dann endlich einschlief und manchmal von der schönen Zeit mit Kurt träumte. Mit Felice sprach sie oft über ihre Befindlichkeiten. Sie verstand es auch, Rita in einer einfachen Sprache zu erklären, was es mit Trauer und den damit verbundenen verschiedenen Phasen auf sich hatte.

Rita verstand dann ihren Zustand besser. Sie war nicht mehr so überrascht oder fühlte sich wie von einem großen Tier überfallen, wenn etwa Trauer, Wut, Freude, Zorn, Angstgefühle und Ruhelosigkeit durcheinanderwirbelten oder sie unter Schlafstörungen litt. Dafür hatte ihr der Arzt eine mittelstarke Medikation verordnet, die in solchen Fällen sehr wirksam war.

Inzwischen war sie auch in eine kleinere Wohnung gezogen. In dem Häuschen dachte sie zu oft auch an die letzten schweren Krankheitsjahre von Kurt zurück. Allein deswegen riet ihr Felice, sich nach was Kleinerem umzuschauen. Auch nach ihrem letzten Rentenbescheid war ihr klar, dass sie das schöne Häuschen nicht mehr bezahlen und sie auf keinen Fall früher in Rente gehen könnte. Das würde das finanzielle

Aus für sie bedeuten. Sie müsste dann Zusatzleistungen in Anspruch nehmen. Diese forderte der Staat wieder von ihren Kindern ein. Das wollte sie auf alle Fälle vermeiden. In Anbetracht dieser Tatsachen, sagte sie sich, „dass es sinnvoll ist, eine kleine billige Wohnung zu mieten. Solange ich noch voll arbeiten kann, ist es ja vielleicht noch möglich, was fürs Alter zurückzulegen." Sie wollte keineswegs in die Altersarmut abrutschen und ihren Kindern auf der Tasche liegen.

Sie war erst ein paar Wochen in ihrem neuen zuhause, als sie samstags nachmittags im Wohnzimmer stand und die gleichen Symptome verspürte wie seinerzeit an der Bahn. Plötzlich musste sie heftig weinen und hatte das Gefühl in Ohnmacht zu fallen. Ein körperlicher und seelischer Kontrollverlust mit Übelkeit, Zittern, Herzrasen, Erbrechen und Atemproblemen. Die zweite Panikattacke innerhalb von ein paar Monaten hatte sie erfasst. Allerdings wusste sie jetzt, was mit ihr passierte. Als sich der Kontrollverlust etwas gelegt hatte, nahm sie ihre Tabletten, legte sich ins Bett und atmete so gut es ging. Sie versuchte ruhiger zu werden bis die Attacke vorbei war. Am Montag rief sie in der Bäckerei an, um sich erneut krank zu melden. Ihre Chefin war wie immer nicht erfreut, drückte aber noch eine „Gute Besserung" heraus. Das machte ihr ein doppelt schlechtes Gefühl.

Mit einem Regenschirm als Stütze ging sie bei strahlendem Sonnenschein zu ihrem Hausarzt. Sie schaffte den fünfminütigen Gehweg ohne Komplikationen. Das Wartezimmer des praktischen Arztes war überfüllt. Ein junges Mädchen bot ihr einen Platz an. Wie ein Häufchen Elend saß sie auf dem Stuhl. Sollte sie ihr jetziges Gefühl beschreiben, war sie ein großes Gefäß voll mit Flüssigkeit, bei jeder Berührung lief das Wasser aus den Löchern. Der Arzt erklärte ihr, dass nach diesem zweiten seelischen Einbruch eine klinische Behandlung angezeigt sei.

Er überwies sie deshalb an eine Fachabteilung der Unikliniken. Den Einwand Ritas, sie verlöre ihre Arbeit, ließ er nicht gelten. Jetzt müsste sie nur noch an sich denken. Mit dem Hinweis, „die Einweisung für die stationäre Aufnahme bekommen sie vorne am Tresen, alles Gute", war die Sprechzeit für Rita zu Ende. Danach verschwand er in einem Nebenzimmer. Rita ging zur Rezeption, nahm die Überweisung und lief mit dem Schirm in ihre kleine Wohnung zurück. Dort angekommen, fühlte sie sich erleichtert.

Der Aufenthalt in der Klinik dauerte immerhin sechs Wochen. Unterdessen waren Enrico und Felice zum ersten Mal seit Jahren in Spanien bei ihrem Vater. Alfonso hatte mittlerweile mehrere Beziehungen gehabt. Einmal wollte er sogar noch mal heiraten und eine Familie gründen, doch inzwischen blieb es, allerdings immer seltener, bei wechselnden Partnerinnen. Anfangs gingen die erwachsenen Kinder allen möglichen Minenfeldern, die die Vergangenheit ihres Vaters betrafen, aus dem Wege. Doch vor allem Felice hatte irgendwann heftige Auseinandersetzungen mit Alfonso.

Sie schilderte ihm gegenüber ihre Erfahrungen in der damaligen Familie und verurteilte aufs Schärfste sein Verhalten und seine Flucht. Sich so aus der Verantwortung zu stehlen, seine Familie im Stich zu lassen und seine väterlichen Pflichten mit Füßen zu treten sei unmoralisch und nicht zu akzeptieren. Sein Einwand, „die Sache ist doch Jahrzehnte her, man muss auch vergessen können und außerdem ist jetzt über die ganze Angelegenheit hohes Gras gewachsen", ließ Felice nicht gelten. Im Gegenteil. Sie wurde zornig. Sein Angriff auf Rita sei unentschuldbar. Diese Schuld könne er mit ins Grab nehmen. Sie konnte ihm nicht verzeihen.

Enrico dagegen war sein Vater eher gleichgültig. Als dieser schlimme Vorfall damals passierte war er noch ein halbes Baby. Er hatte schon was mitbekommen. Dennoch nicht so klar wie seine ältere Schwester. Was dem Kleinen sehr viel ausmachte, dass ihm zunächst keine männliche Bezugsperson zur Verfügung stand. Bis sich Kurt dann intensiv um ihn kümmerte, hatte er wohl schon einen Knacks mit erheblichen Verlustängsten weg. Dieser Umstand war dann auch unter anderem ursächlich für seine Drogenkarriere. Der damalige kurze Aufenthalt bei seinem Vater in Benidorm war nicht wirklich gelungen. Er sah in ihm keinen großen Halt. Aber daraus wollte er Alfonso auch keinen nachträglichen Strick drehen. Enrico arbeitete all diese Dinge in seiner langen Therapiephase auf und wurde geheilt entlassen. Das war wichtig. Sonst nichts.

Rita freute sich wie eine Schneekönigin, als ihre Kinder alle paar Tage aus Spanien anriefen. Aus taktischen Gründen erzählte ihr Felice kaum etwas über die heftigen Gespräche mit Alfonso. Das Wetter, der Strand und das Meer sowie die abendlichen Diskoevents standen im Mittelpunkt der Berichte aus dem Süden der Iberischen Halbinsel. Nach diesen Telefongesprächen war sie immer entspannt und ein wenig glücklich. Bei der therapeutischen Morgenrunde erzählte sie stolz von ihren Kindern, wie wohl sie sich fühle und wie sehr sie sich aber auch auf zuhause freue. In den psychotherapeutischen Einzelgesprächen ging es dann aber oft sehr tränenreich und anstrengend zu.

Rita war einem Therapeuten zugeteilt worden, der von allen als „harter Hund" bezeichnet wurde. Bei ihm blieb auch kein seelischer Stein auf dem anderen. Er betonte immer, dass eine Therapie schmerzhaft sein müsse. Mit Kuschelkurs und Weichspüler sei kein erfolgreicher Therapieabschluss möglich.

Die gesamte Gefühlspalette von Trauer über Sehnsucht bis Zorn müsse ständig bewegt werden. Die vorhandene seelische Schieflage kann sich nur wieder stabilisieren, wenn der Patient hart an sich arbeitet. Dabei steht ihm der Therapeut mit Rat und Tat zur Seite. Rita war erst Mal erschlagen. Doch nach zehn Tagen fing sie langsam an zu begreifen, was Dr. Ridel meinte und worauf er raus wollte. Irgendwann mochte sie ihn sogar. Eine Übung war immer sehr tränenreich. Am Ende fühlte sie sich ausgepowert aber zufrieden und erleichtert. Sie sprachen über verschiedene Situationen in ihrem Leben.

Dabei stellte Dr. Ridel gezielte suggestive Fragen. Diese lösten bei Rita Phantasien aus. Es wurden verdrängte, verschüttete Prozesse und Bilder aus dem Unterbewusstsein freigesetzt und als Erzählung der Aktualität zugeführt. Da griff der Therapeut ein und spielte diese oft schmerzhaften Erinnerungen probeweise mit Rita durch. Damit waren für die Patientin Ausschnitte ihrer leidvollen Vergangenheit wieder zugänglich geworden. Nach dieser Therapie war sie eher in der Lage, mit ihren Gefühlen umzugehen und vor allem ihre vergangenen schmerzlichen Lebenserfahrungen zu betrauern, anzunehmen und wieder hoffnungsvoll nach vorne zu schauen.

Nach dem Aufenthalt in der Klinik schrieb der Arzt Rita noch zwei weitere Wochen krank. Dr. Ridel verordnete ihr auch eine ambulante Therapie, die sie mindestens das nächste halbe Jahr durchführen müsse. Schließlich entließ er sie mit dem Hinweis, dass, wenn es ihr schlecht ginge, sie auch jeder Zeit bei ihm vorsprechen könne. Das gab ihr ein gutes Gefühl. Einige Tage später klingelte der Postbote. Er hatte ein Einschreiben. Sie vermutete nichts Gutes. Die Bäckerei hatte ihr nach langen Jahren die Kündigung geschickt. Der Betrieb hatte sich natürlich abgesichert. Die Kündigung war rechtskräftig, da war nichts mehr zu machen.

Rita war jetzt Mitte fünfzig. Sie ging mit keinerlei Erwartungen zum Arbeitsamt. Ihre Beraterin machte ihr auch keine großen Hoffnungen. In dem Alter, dann noch eine lange Krankheit, da bestand nicht viel Aussicht. Es war klar, der Frau konnte nicht geholfen werden. In ihrem erneuten Rentenbescheid war eine karge Summe angegeben. „Es reicht nicht zum Leben und nicht zum Sterben", wie sie Inge verriet.

Nach einer Beratung bei der örtlichen Rentenanstalt war ihr sonnenklar, dass sie noch einen Job finden musste. Der Versuch, in einer Großküche etwas zu arbeiten, scheiterte. Die Erfahrung in einem großen Team gearbeitet zu haben, lag lange zurück. Schließlich fand sie eine Aushilfstätigkeit als Küchenhilfe in einem Restaurant. Sie war für Salate und die kalten Platten zuständig. Doch wenn der Koch frei hatte, musste sie noch eine Reihe anderer Tätigkeiten verrichten. Die Arbeitszeit begann um zwei nachmittags mit einer Pause von zwei Stunden. Anschließend ging es dann weiter bis elf Uhr abends. An drei Wochenenden im Monat hatte sie Dienst. Zwischendurch dann mal zwei Tage in der Woche frei. Die Tätigkeit war sehr anstrengend und belastend. Bei Hochbetrieb, was meistens der Fall war, konnte sie sich nicht einmal setzen. Die letzten Stunden bis elf waren dann immer sehr quälend.

Eine willkommene Abwechslung und Erholung war für Rita, wenn sie im Sommer auf den Campingplatz konnte. Sie hatte die Möglichkeit, mit einer alten Bekannten ihres ehemaligen Stammtisches an den freien Wochenenden in den Westerwald zu fahren.

Ihr Auto meldete sie nach Kurts Tod ab. Der Unterhalt war zu teuer. Rita war froh, dass Marion sie dann mitnahm. Einmal fuhr sie auch mit Bus und Bahn. Das war eine halbe Weltreise. Übernachten konnte sie bei einem bekannten Ehepaar aus Spieldorf. Sie hatten inzwischen ihre Wohnung gekündigt und waren auf den Campingplatz gezogen. Auf dem Gelände fand sie schnell Anschluss. Das wusste sie aus alter Campingerfahrung. Lange alleine blieb sie nie. Irgendwo stand immer eine Feier an. Manchmal hätte sie sich viel mehr Ruhe gewünscht, um wieder Kraft für ihren Job zu tanken.

Ihre Arbeit belastete Rita von Tag zu Tag mehr. Am Ende des Tages waren ihre Füße und Beine müde und schwer wie Blei. Bei Hochzeiten, die sehr häufig in dem Lokal stattfanden oder an Karneval wurde im Akkord gearbeitet. Für Rita eine enorme Belastung. Es musste schnell gehen. Ruhepausen gab es fast nie. Alle standen unter Strom. Toni der Kellner, der eine langjährige Erfahrung hatte, rief aufgebracht in die Küche, „Rita was macht das Russen Ei, meinst du das bekommt noch Beinchen oder schläfst du etwa." Es herrschte ein rauer Ton. Besonders wenn der dicke Hein kochte, riss er sein Maul auf und schrie, „hast du das Essen für Tisch sieben immer noch nicht fertig, nicht nur von den jungen Männern träumen."

Diese oder andere Reden gingen ihr mordsmäßig auf die Nerven. Es diente den Kollegen zum Stressabbau. Oft dachte sie an die Zeit in der Bäckerei zurück. Der feine Umgang mit den Gästen, die lockere Atmosphäre und sie als Mittelpunkt des Geschehens. Auch hier hatte Rita hin und wieder mal eine kleine Verschnaufpause und Zeit für ein kurzes Schwätzchen. Und als einmal ein bekannter Stammgast aus der früheren Bäckerei ins Restaurant kam und sie erblickte, freuten sie sich über das Wiedersehen.

Sie erklärte dem älteren Beamten, warum sie schließlich hier gelandet sei und fügte hinzu, dass sie sich in diesem Etablissement manchmal fühle wie eine Sklavin mit einer Kette um den Fuß. Mit ihm konnte sie offen reden. Und auf die Frage, wann sie denn endlich in Rente gehen könne, bemerkte sie bitter, „bis siebzig bestimmt noch. Bei den Aussichten und meinen Einkünften kann ich dann auch direkt zu meiner eigenen Beerdigung." Der hochdotierte Staatsdiener schluckte. Er war Ende fünfzig und ging in einem Jahr in die wohlverdiente Ruhephase seiner Altersteilzeit.

Der Chef plante Rita fest für den Sonntagsdienst ein. Eine große Hochzeit mit fast hundert Gästen war avisiert. Als sie morgens aufstehen wollte, konnte sie sich kaum noch bewegen. Wie sich herausstellte hatte sie einen schweren Bandscheibenvorfall. Nachdem sie der Notarzt behandelt hatte, rief sie Felice an. Der Arzt hätte ihr geraten, nachdem er mit mehreren Injektionen ihre Schmerzen einigermaßen lindern konnte, sich weiter klinisch behandeln zu lassen. Er stellte ihr auch direkt eine Einweisung zur weiteren stationären Behandlung aus. Mit dem Krankenwagen wurde sie in die Klinik eingeliefert.

Nach einigen schmerzhaften Untersuchungen, war eine Rücken OP dringend erforderlich. Der Arzt riet ihr auf das Energischste diese OP durchführen zu lassen. Rita überließ sich willenlos ihrem Schicksal. Ob sie wohl noch einmal ohne Schmerzen frei laufen könnte. Die OP wurde erfolgreich für die Patientin durchgeführt. Im Anschluss stand eine Reha nicht unter sechs Wochen an.

An Arbeitsaufnahme war nicht zu denken. Die Hochzeitsveranstaltungen im Restaurant fanden künftig ohne Rita statt. Der Chef hatte sie seiner Zeit direkt nach Felices Anruf, ihre Mutter habe einen schweren Bandscheibenvorfall, gekündigt. Um Sozialabgaben zu sparen, war sie einen aberwitzigen Deal mit dem Restaurantbesitzer eingegangen. Wie in der Branche oft üblich, wurden halblegale Vereinbarungen getroffen.

In diesem Falle hatte Rita einen befristeten vierhundertfünfzig Euro Vertrag ohne Kündigungsfrist unterschrieben.

Was sie über diese Zeit hinaus mehr verdiente, das war der Löwenanteil, bekam sie bar auf die Hand. „Für alle eine ‚Win-Win-Situation‘“, so der Chef.

Rita meldete sich arbeitslos. Die Sachbearbeiter auf dem Arbeitsamt versuchten Rita immer zur Frührente zu bewegen, da in ihrem Alter eine Umschulung nicht mehr vorgesehen war. Im Küchenbereich konnte sie aufgrund ihrer Krankheit nicht mehr arbeiten. Langes Stehen war aus medizinischer Sicht Gift. Man bedauerte, ihr nichts Adäquates anbieten zu können. Schließlich bedrängte man sie von Seiten der Arbeitsamtsverwaltung, aus dem Erwerbsleben auszuscheiden. Existenzsicherung und Lebensqualität durch Arbeit waren für die Verwaltung keine Argumente. Für sie war wichtig, dass Rita aus der Arbeitslosenstatistik rutschte. Wieder eine, die dazu beitrug die monatlichen Tabellen aufzupolieren. Und Vollzug zu melden. Wieder eine mehr im Kreis der Altersarmen.

Übles Umdenken war angesagt. Als Rita das erste Mal nach der Rentenzahlung ihren Kontoauszug in der Hand hielt, fing sie an zu heulen. Eine Mischung aus Trauer und Zorn. Dafür hatte sie Jahrzehnte lang gearbeitet. Kinder groß gezogen und zum Gemeinwohl beigetragen. Und jetzt. Die Retourkutsche. Rita las immer öfter in der Zeitung, dass vor allem alleinerziehende Frauen, Witwen und ältere Menschen von Altersarmut betroffen sind. Kürzlich hörte sie einen längeren Beitrag im Radio. Erst wollte sie das „Gelaber“ ausschalten. Nach kurzer Zeit jedoch hörte sie aufmerksam zu, als ein Armutsforscher interviewt wurde. Dieser kam dann auch in einer allgemeinverständlichen Sprache direkt auf den Punkt.

Die Verarmung von Millionen älteren Menschen sei vor allem auf die sinkenden Löhne und den sich immer mehr ausbreitenden Niedriglohnsektor und eine falsche Rentenpolitik zurückzuführen. Weil die über Jahrzehnte hinweg gut funktionierende jährliche Rentenanpassung wegfiel, die oft beitragsfreien Teilzeit- und Minijobs den Arbeitsmarkt überschwemmten, seien im Alter die negativen Auswirkungen sozialer Einschnitte besonders spürbar. Auch wurde das für den Sozialstaat grundlegende Prinzip der Lebensstandardsicherung in der Rentenversicherung aufgegeben. Absehbare Folgen sind eine noch stärkere Polarisierung der Gesellschaft in Arm und Reich. Schlechte soziale Absicherung, geringe Witwenrenten sowie Schwangerschaften, die Baby- und Erziehungspausen schlagen ebenfalls negativ auf dem Rentenkonto zu Buche. Für Rita war der Beitrag sehr aufschlussreich. Sie verstand jetzt, dass es vielen so ging wie ihr. Es war bekannt, dass allein die Armutsquote bei Rentnerinnen fast zwanzig Prozent beträgt. Tendenz steigend.

Die Witwenrente ihres Mannes reichte gerade für die Miete und kleinere Ausgaben. Vom Sparen war keine Rede mehr. Das Geld musste reichen. Oft, wenn sie über ihre Situation nachdachte war sie zornig und traurig zugleich. Mit abgezähltem Geld ging sie einkaufen. Eine Leidenschaft hatte sie noch, Fisch in vielen Variationen. Gerne ging sie auch schon mal zur „Nordsee" und schaute was es da Besonderes im Angebot gibt. Auch guten Kuchen ließ sie nicht stehen. Einen Ganzen zu backen, das war zu viel für sie alleine.

Außerdem funktionierte das Tiefkühlfach an ihrem Kühlschrank nicht mehr. Längerfristiges aufbewahren war nicht mehr drin. Dafür lief der restliche Kühlschrank noch ganz wunderbar. Kurz vor dem Monatsende war ihre Hängewoche. Da gab es kein Geld für irgendwelche Einkäufe. Sie wollte auf keinen Fall ihr Konto überziehen. Schon allein wegen der anfallenden Gebühren. Und die konnte man ja schließlich für was Besseres verwerten. Ihren monatlichen Stammtisch ließ sie sich nicht nehmen. Der Abend war genau durchgerechnet. Es gab zwei Kölsch, eine Frikadelle und ein Brötchen dazu. Dafür reichte ihr Etat. Nur noch selten konnte sie sich etwas Geld zurücklegen. „Für noch härtere Zeiten", dachte sie. Es könnte ja mal was kaputt gehen. Doch was morgen ist, weiß niemand.

22 Das Beste zum Schluss. Finale Begegnungen

In Spieldorf eröffnete kürzlich eine soziale Begegnungsstätte. Das Sozial- und Jugendamt der Stadt war hellhörig geworden, als sich Spieldorf im Laufe der letzten Jahre zu einem sozialen Brennpunkt entwickelt hatte. Da musste gegengesteuert werden. Wenn man von Seiten der Politik und Wirtschaft schon nicht in der Lage war, oder besser, sein wollte, die soziale Situation der Menschen grundlegend und nachhaltig zu ändern, so mussten wenigstens ein paar Feigenblätter, Alibis und Krokodilstränen her. Diese sozialen Anlaufstellen sollten helfen, die Armut und das Elend zumindest in Schach zu halten. Rita hörte von dieser Einrichtung. Dort gab es auch eine sogenannte Tafel. Eine von inzwischen fast tausend lokalen Organisationen, die über die ganze Republik verteilt waren.

Die überwiegend ehrenamtlichen Helfer sammeln überschüssige Lebensmittel und verteilen diese an bedürftige Menschen. So das Grundprinzip. Wenn Leute aus Geldmangel darauf angewiesen sind, Angebote einer Tafel in Anspruch zu nehmen, dann können sie in erster Linie nicht von dem Betrag leben, der als Existenzminimum definiert ist. Angesichts ihrer prekären Lebenssituation ohnehin schon ausgegrenzt und vom vorgegaukelten „Wohlstand für alle" weit entfernt, entwickeln viele Tafelkunden Schamgefühle. Mit der den Menschen gerne eingeredeten Floskel, „für ihre Lage ausschließlich selbstverantwortlich zu sein", was übrigens auch Ritas Schwester Gitta in ihrer überheblichen und dummen Art immer zum Besten gibt, werden diese noch stigmatisiert. Ständig stehen sie wegen des Bezugs von Transferleistungen unter öffentlichem Rechtfertigungsdruck und werden nicht selten von den einschlägigen Medien als Faulenzer, Drückeberger und Sozialschmarotzer bezeichnet.

Neulich traf Rita eine frühere Kollegin aus der Bäckerei. Der ging es auch nicht gerade rosig. Sie gab Rita den Tipp, wenn sie was nötig hätte, sollte sie die Tafel in der sozialen Begegnungsstätte aufsuchen. Dort würde ehrenamtliches Personal immer donnerstags noch gut erhaltene Lebensmittel verteilen. Zunächst lehnte Rita barsch ab. Als sie dann auf dem Nachhauseweg war, dachte sie, „wieso eigentlich nicht." Sie hoffte nur, dass sie nicht erkannt würde. Und an die große Glocke wollte sie die Sache auch nicht hängen. Wegen der Scham und der Demütigung. Andererseits brauchte sie bald einen neuen Kühlschrank. Und wenn sie schon mal einige Lebensmittel umsonst hätte, könnte sie sich das Geld für die Anschaffung zurücklegen.

An einem der nächsten Ausgabetage stand Rita in der Schlange. Vor ihr war ein älterer gepflegter Herr, der ihr gleich durch sein Wissen auffiel. Sie kamen ins Gespräch und es stellte sich heraus, dass Herr Kaspers, so sein Name, sechzehn Semester Philosophie studiert hatte. Wegen eines psychischen Zusammenbruchs konnte er leider keinen Abschluss machen. Seine akademische Karriere musste er vorzeitig beenden. Mit Taxifahren und anderen diversen Gelegenheitsjobs hielt er sich die letzten zwanzig Jahre über Wasser. Dann wurde er schwer krank, konnte nicht mehr arbeiten und überlebt jetzt ausschließlich mit den sehr mageren Transferleistungen. Seine Geschichte, warum er „tafeln geht", so Herr Kaspers. „Das hilft mir, vor allem im letzten Monatsdrittel über das Gröbste hinweg. Obwohl ich ein ausgeprägter Minimalist bin. Es reicht hinten und vorne nicht. Kino, Theater oder andere kulturelle Events kann ich mir ohnehin abschminken", sagte er bitter.

Rita erzählte ihm, dass sie früher bei feinen Herrschaften selbst noble Tafeln eingedeckt und wunderbare Speisen und Menüs zubereitet und aufgetragen hätte. „Und jetzt gehe ich selbst zur Tafel", sprach Rita. Herr Kaspers meinte, „ja, es ist schon paradox. Welche edle Wendung, meine Liebe, keiner weiß genau, wo das noch alles enden wird." Und dann ergänzte er noch, „aber eins ist sicher, diese Entwicklung ist nicht gut für unser Land und unser Gemeinwohl. Die Ursachen liegen doch auf der Hand." Er fragte Rita, ob sie Bert Brecht kenne. Sie zuckte nur mit den Schultern. Naja, dieser Brecht halt, der sagte einmal: „Reicher Mann und armer Mann, standen da und sahn sich an. Und der Arme sagte bleich: »Wär ich nicht arm, wärst du nicht reich«". Ganz einfach, also. Mit seinem kleinen Lebensmittelpaket in der Hand verabschiedete sich Herr Kaspers, „es hat mich außerordentlich gefreut, ihre Bekanntschaft gemacht zu haben." Dabei deutete er einen Handkuss auf ihrem Handrücken an.

Rita war nicht nur etwas verwirrt sondern auch leicht errötet. „Ach der Herr Professor, immer ein Gentleman", meinte eine ältere Dame die auf frisches Obst wartete. „Ich schneide mir das auf, später mache ich mir frischen Obstsalat. Dazu hole ich mir einen leckeren Vanillepudding im Supermarkt. Auch wenn ich da nicht viel einkaufe. Aber die Wurstreste, die eigentlich für Hunde gedacht sind, nehme ich mir mit. Das ist ja auch erheblich billiger, als die Sachen an der Wursttheke. Und diese Reste mit guter Lyoner bieten sich geradezu an für einen schwäbischen Wurstsalat. Das ist immer ein Festessen für mich. Ja man muss nur schauen." Ritas Antwort war eher bitter, „womit haben wir das nötig. Ein Leben lang schwer gearbeitet. Kinder groß gezogen. Na und jetzt die Almosen für uns wie früher die Suppenküche für die Armen." Die Frau sprach leise, „regen sie sich nicht so auf. Es bringt doch alles nichts. Sind wir froh, dass wenigstens diese guten Menschen für uns sorgen." Neben der wöchentlichen Tafel, servierte man in der sozialen Begegnungsstätte zwei Mal in der Woche ein gutes Mittagessen. Kostenlos. Der Speiseraum war immer überfüllt.

An manchen Samstagen hatte Rita wieder eine Mitfahrgelegenheit zum Campingplatz in den Westerwald. Ein früherer Schulkamerad, der inzwischen auch wieder in Spieldorf wohnte, nahm sie mit. Die Leute von früher waren entweder nicht mehr da, oder verstorben. Außer ein paar älteren Holländern, die sie noch vom Sehen kannte, waren ihr die Leute unbekannt. Aber sie war ja nicht wegen der Camper da. Sie liebte dieses Fleckchen Erde und verband damit schöne Erinnerungen an früher. Hier lernte sie Kurt kennen, mit dem sie die schönsten Jahre ihres Lebens verbracht hatte. Manchmal wurde sie wehmütig und hatte Tränen in den Augen. Armin, der ehemalige Schulfreund, war selbstständiger Schreinermeister und konnte immer nur an den Wochenenden bleiben.

188

Er bot ihr an, auch die Woche über den Wohnwagen zu benutzen. Es war ein großer schöner Campingwagen, für den Armin hier seit ein paar Jahren einen Stellplatz mietete. An der Vorderseite des Wagens hatte er noch ein großzügiges Vorzelt angebracht. Es war jede Menge Platz. Rita benutzte sofort die kleine Küche, machte sich nützlich und kochte. Armin war begeistert. Als Dank durfte sie sich in der großzügigen Schlafnische des Wagens ausbreiten, während Armin es sich im Vorzelt gemütlich machte. Er konnte ohnehin nur immer zwei Nächte hierbleiben, weil er in der Woche noch seine geschäftlichen Aufträge erfüllen musste.

Unterdessen richtete sich Rita häuslich ein. Mit Armin vereinbarte sie, die Sommermonate hierzubleiben. Gegen Entgelt natürlich. Das lehnte Armin kategorisch ab. Vom Hörensagen kannte er Ritas soziale Lage. Außerdem hatte er schon früher ein Auge auf sie geworfen und fand sie auch im fortgeschrittenen Alter noch attraktiv. Nach langen Auslandsaufenthalten kam er zurück in seine Heimat. Die Beiden trafen sich zufällig im Supermarkt und verabredeten sich zu dem erwähnten Campingausflug. Es war absehbar, bis Armin, der keinen Kontakt mehr zu seiner Familie hatte, in Rente gehen würde. Dann hatte er mehr Zeit. Alles andere würde sich ergeben.

An manchen schönen Sommertagen in dieser Zeit kamen zwei ihrer Kinder mit den Enkeln. Sie brachten sich ihre eigenen Campingutensilien mit. Da sie mit Autos kamen, hatten sie auch frische Lebensmittel für ihre Mutter dabei. Rita kochte. Sie erlebten eine schöne gemeinsame Zeit, wenn sie alle zusammen aßen und feierten. Rita blühte richtig auf. Der Aufenthalt tat ihr gut, sie sah richtig entspannt und rosig aus. Aus diesem Grunde überlegte sie sich auch, ob sie nicht in absehbarer Zeit ihre Zelte in Spieldorf abbrechen und ganz als Dauercamperin hierhin übersiedeln sollte. Damit würde sie zumindest einiges einsparen. Auf jeden Fall wollte sie sich diesen Gedanken im Hinterkopf behalten.

Abends saß sie mit einigen Campingfreunden in gemütlicher Runde beisammen, als der Platzwart angerannt kam und sie dringend ans Telefon bat. Felice war Apparat. „Papa ist tot", sagte sie mit belegter Stimme. Sie hatte zwar keinen regelmäßigen Kontakt mehr zu ihm und alles in allem mit ihm abgeschlossen. Dennoch nahm sie der Tod ihres Vaters mit. Alfonsos Bruder meldete sich bei ihr und berichtete davon, dass er einen schnellwachsenden Tumor im Kopf hatte und zum Schluss alles sehr rasch ging. Einen langen Leidensweg hatte er nicht. Felice bat ihre Mutter, an der Beerdigung teilzunehmen. Sie war zwar alles andere als begeistert davon. Aber sie wollte diese Bitte ihrem Mädchen nicht abschlagen. Den Flug bezahlten die Kinder.

Außer Alfonsos Bruder und einigen jüngeren Verwandten kannte Rita kaum noch jemand. Die Eltern waren schon lange tot. Nach der Beerdigungszeremonie fuhren sie in ein nahegelegenes Landgasthaus. Dort hatten sich viele Trauergäste, Verwandte, Freunde und Kunden der Familie versammelt. Enrico kam auf Rita zu und übergab ihr einen verschlossenen Umschlag. „Der ist von Papa". Kurz vor seinem Tod gab Alfonso dieses Kuvert seinem Sohn. Er bat ihn, den Umschlag an Rita auszuhändigen. Sie öffnete den Brief sehr argwöhnisch. Es war ein Entschuldigungsschreiben. Er wollte sich vor seinem Tod entlasten und mit reiner Seele sterben. Dem Schreiben lag eine Vollmacht bei. Darauf war vermerkt, dass Rita eine bestimmte Bankfiliale aufsuchen müsse. Dort erhalte sie fünfunddreißigtausend Euro zu ihren Händen. Das war Alfonsos Hinterlassenschaft für sie. Seinen Kindern vermachte er jeweils fünfundzwanzigtausend Euro als Starthilfe für ihr neues Restaurant. Für Rita war das ein Vermögen.

Wir wollen an dieser Stelle nicht verschweigen, dass auch kleine Freudentränen dazwischen waren. Alfonso war tot. Er konnte nichts mehr rückgängig machen. „Unterm Strich", dachte Rita, „war das letztlich noch ein anständiger Zug von ihm." In den letzten Jahren legte er sich einiges bei Seite. Obwohl er auch in alten Tagen immer noch seiner Spielleidenschaft nachging, konnte er doch aufgrund des gutgehenden Restaurants und von dem Erbe seines Vaters einiges zurücklegen. Rita konnte von dem Geld noch ein paar Jahre ganz manierlich leben. Niemand wusste, wann Schluss war.

Aber das war eine der besten Ideen Alfonsos. Vielleicht hätte sie ihn sogar noch eingeladen. Zur finalen Begegnung.

Mit dem Geld in der Tasche wollte Rita es nochmal so richtig krachen lassen. Eine finale Tafel. Unter dem Motto, „so jung kommen wir nie mehr zusammen … und morgen kann alles vorbei sein" lud sie all ihre noch lebenden Freunde, Bekannte und vor allem ihre Verwandten zu einem Festmahl ein.

Das „kalte Bügeleisen" hatte sich zu einem Szenerestaurant gewandelt und hieß jetzt „Matador". Rita freundete sich mit den jungen Leuten an und half, soweit es ihre Gesundheit zuließ, schon mal in der Küche aus. Alle kamen. Inge, mittlerweile in hohem Alter, immer noch fit, weise und klug, hielt zur Eröffnung eine kleine Ansprache. Ihre Tochter Britta, früher Ritas beste Freundin, hatte ihren Traum verwirklicht. Sie war Ärztin. Aber geschieden und ohne Kinder. Die beiden Frauen verloren sich im Laufe der Jahre aus den Augen. Sie hatten sich viel zu erzählen.

Auch Gitta kam. Sie zog schon vor über zwanzig Jahren nach Südbayern, war inzwischen auch geschieden und stand bald auch vor der Rente. Sie war in der Modebranche tätig und hatte eine gutgehende Boutique in der Münchner Innenstadt. Finanziell hatte sie ausgesorgt. Altersarmut war für sie kein Thema. Das Verhältnis der Schwestern war unterkühlt. Sie vertrat die Auffassung, „wer hier keine Karriere macht, ist selber schuld." Und setzte mit ihrem schon legendären Spruch, „jeder ist seines Glückes Schmied", noch einen drauf. Dafür hätte sie Rita auf den Mond schießen können. Doch das brauchte sie nicht. Schon nach der Vorspeise verließ sie wegen angeblich dringender Geschäfte in der Domstadt das Lokal. Meistens zu Weihnachten und den Geburtstagen telefonierten die Schwestern. Ansonsten ging jede ihrer Wege.

Und auch die Kinder kamen. Nina und Sascha waren schon lange verheiratet und mit ihrem Leben zufrieden. Darüber war Rita froh. Felice und Enrico, beide ledig, lebten nach dem Tod ihres Vaters zusammen in Südspanien und übernahmen das gutgehende Restaurant.

Felice konnte sich nicht vorstellen, ihr Leben lang im Rahmen der städtischen Drogenhilfe als Sozialpädagogin zu arbeiten. Ihr Bruder, ein inzwischen hervorragender Koch, überredete sie, nochmal was ganz Neues anzufangen. Das war's. Und sie lernte dort auch ihren späteren Lebenspartner kennen. Pablo war Politiker und saß für die linke Podemos-Bewegung im Regionalparlament von Andalusien. Felice, schon seit ihrer Jugend politisch interessiert, reizte auch das gesellschaftspolitische Engagement. Neben ihrer Arbeit im Restaurant, fand sie noch genügend Zeit diesem nachzugehen. Rita ließ ihre Beiden seiner Zeit ungern nach Spanien gehen. „Aber die Freiheit. Das ist ein hohes Gut", dachte sie und unterdrückte ihre Tränen.

Im nächsten Frühjahr begann die Campingsaison recht früh. Es schien ein heißer und langer Sommer zu werden. Armin war in Rente und beschloss mit Rita zusammen auf den Campingplatz zu fahren. Er holte sie ab und Rita betrachtete sich ihren ehemaligen Schulfreund. „Er war schon immer ein attraktiver Mann und auch ein lieber Kerl", fand sie. Auch er dachte in letzter Zeit sehr oft an sie. „Die Frau ist immer noch hübsch und begehrenswert und dazu noch eine herzensgute Seele", war sein Resümee. Dass sie beide zur gleichen Zeit dasselbe dachten, war wohl ein gutes Zeichen. Er nahm ihre Hand und sie lächelte schalkhaft.